U0462915

熔炉

任彧 著

北京燕山出版社
BEIJING YANSHAN PRESS

图书在版编目（CIP）数据

熔炉 / 任彧著 . —北京：北京燕山出版社，2019.8
ISBN 978-7-5402-5422-3

Ⅰ.①熔… Ⅱ.①任… Ⅲ.①长篇小说—中国
—当代 Ⅳ.① I247.5

中国版本图书馆 CIP 数据核字（2019）第 149294 号

熔炉

作　　者：任　彧
责任编辑：战文婧
封面设计：UNLOOK · @广岛Alvin
出版发行：北京燕山出版社有限公司
社　　址：北京市丰台区东铁营苇子坑路 138 号
邮　　编：100079
电话传真：86-10-65240430（总编室）
印　　刷：北京画中画印刷有限公司
开　　本：710mm×1000mm　1/16
字　　数：275 千字
印　　张：20.5
版　　次：2019 年 8 月北京第 1 版
印　　次：2019 年 8 月北京第 1 次印刷
ISBN 978-7-5402-5422-3
定　　价：68.00 元

版权所有　盗版必究

目
录

第一章　异变

一

北京八宝山，一场葬礼正在进行。

"你瞧瞧。"

"他一个同事都没来。"

"看来传闻是真的。"

"他还有脸来，真不是个东西。"

"陈海明，你居然敢来？胆子不小啊。"

穿着黑色西装的陈海明一脸颓唐，黑发不长不短，嘴边都是胡楂，显得有些消瘦和苍老。他不敢抬眼看眼前的人，只是淡淡地说："哥，我只是想来见小维最后一眼。"

"你还敢叫我哥？你是怎么对小维还有我外甥的！你这个人渣！"这人说着一把揪起陈海明的衣领子，抡起拳头就要打他！

陈海明没有躲闪，被一拳狠狠打在脸上，顿时坐倒在地。

眼前的人还想追打，但旁边几位中年男性赶紧拦住了他。"住手，程伟，别这样！"

程伟还是不依不饶："你们别拦着我！我要打死这个畜生！"

陈海明被打得有些蒙，摸了摸鼻子，发现已经出血了。他看了一眼程伟，慢慢起身说："我知道我对不起小维，但我还是要看着她走，因为我是她的丈夫。"

"你还敢说！！"程伟还想冲上去打陈海明，但被人再次拦了下来。

一个中年男性对陈海明说："你再在这里待下去，这场告别仪式都快进行不下去了，如果你还想看着小维，就站门口吧，那儿也能看到。"

陈海明想争辩，但抬眼看到周围人的眼神时，却一时语塞。他摇着头，眼泪啪嗒啪嗒地落下："我……"

"你什么！"程伟再次怒吼道。

高分贝的音量刺激着陈海明已经破碎的心。他后退了一步："我没有……"

"你还敢说你没有！放开我！我要替小维打死他！"

"程伟！还嫌你妹妹丢脸丢得不够多吗！"一名六十多岁、戴着眼镜的老者走过来吼了一声。

程伟这才冷静下来，叫了一声："爸。"

老者走过来盯着陈海明。

陈海明低着头，完全不敢看对方。

老者抬起手，指着门口恶狠狠地说："你给我出去。"

陈海明内心已经处在崩溃的边缘，不知道自己该怎么办，站在原地愣着不动。

旁边的人赶快拉了拉陈海明说："走吧，去门口吧。"

陈海明的眼泪仍在不停地滑落。他不敢看眼前的人，低着头，抹了一把眼泪，刚想听旁人的话去门口，老者却继续道："不要站在门口，不要站在任何我能看到的地方。"陈海明吃惊地望向老者，只见老者满眼的愤怒，正死死地盯着自己。

老者说："我们程家永远不会忘记这段耻辱，陈海明医生，你最好好自为之。"

陈海明瞪大双目，最后望了一眼躺在花丛中的小维，便离开了会场。他走了一段不近的距离，径直来到这里工作人员的办公室。

办公室里只有一个人。瞥见陈海明，那人赶紧起身低声说："我们找个安静的地方。"

俩人出了办公室，来到了院子的一个角落里。陈海明从包里掏出一沓钱，塞进对方手里。

工作人员也没多说什么，将钱收起来问："你确定要这么做吗？她都已经死了，我真不知道你是为了点什么？"

"我会在停车场等着你。"陈海明说完就转身走开了。

工作人员看着陈海明的背影，无奈地摇了摇头，喃喃道："真是个疯子。"

当天傍晚，在北京的一家麦当劳店里，手机铃响。拿起手机，陈海明看了一眼来电显示——"芳易"。

"是妈妈打来的电话吗？"坐在桌对面提问的孩子是陈海明的儿子陈霄枫，五岁，小名小枫。

陈海明并没有接听电话，对儿子说道："不是妈妈，快吃吧。"

小枫松开攥着的汉堡，问："妈妈什么时候回来？"

陈海明低着头，深吸一口气，解释说："过几天吧。"

小枫看着陈海明，又问："妈妈，还会回来吗？"

陈海明抬起头，摸了一把小枫的头说："说什么傻话呢？你妈当然会回来。"

"真的吗？"

陈海明犹豫了一下说："当然是真的，她一定会回来。"

"那妈妈怎么回来？"

陈海明一时间没听懂儿子的这个问题："什么？"

小枫说："妈妈一定是坐飞机回来吧？我们是不是该去机场接她！"

此时的陈海明不知道该哭还是该笑，他摸了摸小枫的头："是啊，我们得去机场接她。"

小枫笑着说："我还想再坐一次飞机！"

陈海明说："以后一定还会坐很多很多次的。"

"我要三个人坐一排！我要靠窗户的座位！"

陈海明不住地点头，泪水直接从眼眶滑落，说："没问题，一定没问题。"

"爸爸，你哭了。"

陈海明再难抑制泪水。

只见孩子起身，走到陈海明身边，问："爸爸你怎么哭了？你是不是害怕坐飞机？"

陈海明赶紧抹掉眼泪，吸了两下鼻子，说："爸爸没事，爸爸没事。"

这时，陈海明的手机响了，他看了一眼，是微信信息。他转头看向麦当劳大门外，只见自己的岳父、岳母已经站在了那里。陈海明跟儿子说："你坐回去，继续吃东西，不要离开，我出去一下，一会儿就回来。"

小枫看到爸爸在哭，不想违背爸爸的意思，于是点点头便坐了回去。

陈海明随即走出麦当劳，来到岳父和岳母的身前。

岳父瞥了一眼陈海明，愤怒地斥责道："多大人了，居然在孩子面前哭！孩子得怎么想?!"

陈海明抹了一把眼泪，没有说话。

岳母问："你跟孩子说清楚了吗？"

陈海明问："说清楚什么？"

岳父抢话道："当然是接下来他会由我们抚养这件事！"

陈海明摇摇头说："还没，我还没决定好，我还得征求一下我父母的意见。"

这时岳母的语气也变得严厉起来："你一个大男人怎么抚养孩子？"

陈海明解释道："可我是小枫的爸爸。"

岳母继续说道："你是医生，经常要上夜班，难道你打算把小枫独自扔家里吗？"

陈海明一时间不知道该怎么回答。

岳父说："让你把抚养权交出来，也是为了小枫好！"

自己的尊严也不甘心就这样被人威逼，陈海明抬起头道："我会请个阿姨来照顾小枫的。"

岳母冷笑一声说："哼，海明，你别执迷不悟了。以你那点工资，你怎么可能请得起一个阿姨来专门照顾小枫。"

二

市区里，焦黄的街灯一盏盏流过。陈海明开着汽车，独自行驶在四环路上。手机铃声再一次响起，他看了一眼来电显示，依旧没接听。

过了一段时间，进入小区，将车停稳，陈海明走入公寓大楼。登上楼梯，用钥匙打开家门，他脱下外套，走到窗边，给自己倒了一杯浓烈的伏特加。他已经忘记了自己从何时染上了饮酒的习惯，但他明白，如果不喝，那种焦虑和痛苦会杀了自己。他也不开灯，就坐在沙发上，静静地喝。

时间过去了一个多小时，就在这时，开门的声音传来。陈海明依旧坐在沙发上，看起来毫不在乎是谁打开自己的家门。对方的脚步很轻，走到客厅。借着外面微弱的霓虹灯光，陈海明抬眼看着，喃喃问道："你为什么要回来？"站在陈海明眼前的人居然和他今天在八宝山被火化的妻子长得一模一样！又或者说她就是陈海明的妻子——程柳维。

程柳维看着陈海明问："为什么家里不开灯？小枫呢？"

"你还没有放弃吗？"陈海明端着酒杯，冷冷地回应道。

"他是我的孩子，我怎么会放弃他？"

陈海明摇着头说："不，你不是他的母亲。"

"我就是，他是从我的肚子里生出来的。"

"不，你不是他的母亲，你永远都不会再是他的母亲。"

"你凭什么这样说?!"

"你已经死了,在所有人的眼里、心中,你已经死了!"

"不!我没死!我就站在这里!活得好好的!"程柳维激烈地争辩着。

陈海明也愤怒了,站起身一把将酒杯摔在了地上,怒吼道:"不要逼我!不要逼我再杀你一次!下次,我一定会下定决心将你彻底烧焦!"

"你说什么?"

陈海明继续怒吼着:"是的,就是我,是我在你汽车的刹车上动了手脚,是我故意让你出的事故!"

程柳维盯着陈海明,问道:"为什么?为什么你要这样做?我是爱你的,你为什么要这样做!"

陈海明胡噜了一下头发说:"你已经不再是当初的小维了,也不再是小枫的母亲了。你的变化,难道身为医生的我会看不出来吗?"

程柳维问道:"所以你才没有将我火化?"

陈海明又一屁股坐了下来,用手胡噜着头发,痛苦地说:"我做不到!我做不到!我没法看着你被烧成灰烬,我知道你还有活下去的可能,所以我做不到!"

"海明……"程柳维刚想走近陈海明。

陈海明当即从沙发的坐垫底下抽出了刀,有些颤抖地说:"不要过来!你已经不再是我的妻子了,你走吧,你离开这里!"

程柳维说:"不,我绝不会离开,我要找到我的孩子!他就在程家对不对?"说着程柳维就向家门的方向走去。

陈海明站起身,举着刀说:"不,我不会让你去找他的。"

程柳维回过头,问:"你要再杀我一次吗?"

"如果有必要,我会这么做。"

"你做不到的。"

陈海明走向程柳维,颤抖地说:"不要逼我,为了小枫,我什么也不会在乎!"

程柳维的语气也越发低沉与冰冷："海明，你最好也不要逼我……"说完程柳维径直走向门口。

就在程柳维拧开门的那一瞬间，陈海明冲向程柳维，一刀捅进了她的后背！太突然，程柳维没有叫喊，只是发出了痛苦的呻吟。陈海明也不知道自己哪儿来的勇气，吓得赶紧松开了刀柄，接连后退了好几步。

"海明……"程柳维转过身，向陈海明伸出手，似乎在求救。

陈海明上前，一把扶住自己的妻子，而刀还扎在她的后背上。

"为什么？"程柳维微弱地问道。

这时陈海明右手又紧紧攥住了妻子后背上的刀把，继续用力一捅说："对不起，我不希望我们的孩子时时刻刻都身处危险当中，我真的不能让你再接近小枫。"

程柳维睁大双目，神情越发黯淡，声音越来越微弱："照……顾……好……小……枫……"

陈海明没有回应，或许他不知道杀了人的自己该怎么回应。

陈海明发呆般地盯着妻子的躯体足足有半小时没有动弹。随后他将妻子的尸体装进一个黑色的袋子里，趁着暮色扛下楼，放在了汽车的后备箱里。

就在这时，突然一个声音叫道："爸爸！"

陈海明愣住了，转头看去，只见小姨子带着儿子陈霄枫走了过来。小姨子名叫程柳梅，和小枫还有自己的关系一直不错。陈海明愣住了，看着程柳梅还有小枫过来，半天没吭声。

程柳梅笑道："怎么了？看到儿子回来高兴得说不出话来了？"

陈海明问："怎么回事？你怎么把小枫给带回来了？"

程柳梅解释说："小枫虽然还小，也不是什么都不懂，看着大人们的状态还是能察觉出来些东西，所以他又哭又闹。"

陈海明问："大哥、妈还有爸那边知道你把小枫带出来吗？"

程柳梅说："怎么可能不知道，就是爸妈打电话给我，让我来哄哄小枫。我说带小枫出来玩会儿，就跑你这儿来了。"

陈海明觉得情况有些复杂，一时间没想到什么理由能让程柳梅把小枫带回去。

程柳梅问："姐夫，你真的决定把小枫撂在程家吗？"

陈海明摇摇头："只靠我自己，我没有信心给小枫一个完整的家。"

"那程家就是完整的家吗？老一辈根本代替不了亲生父母。"

陈海明双手扶在汽车上，叹了口气："我实在没有信心。"

这时小枫说："爸爸，我还想去公园玩。"

陈海明看起来有些为难。

程柳梅看出来了，问："怎么？姐夫？这么晚了，你要去哪儿？"

陈海明有些慌张地回答说："我要去医院值班，恐怕不能陪小枫了。"

程柳梅看了一眼表，问："就半个小时都不行？难道你真的有别人了吗？"

陈海明否认道："除了你姐，我没有爱上任何人。"

程柳梅似乎从陈海明的话里听出了什么："是你们医院的医生吗？"

陈海明说："我从没背叛你姐，但我确实得去工作了。"

程柳梅也很坚决："难道你要我把小枫马上送回我爸妈家？"

陈海明蹲下来扶着小枫的肩膀说："好吧，就一会儿，我们就去附近的公园玩一会儿。"拉起儿子的手，陈海明惴惴不安地朝公园的方向走去。

这时，程柳梅的手机响起了微信铃声。她看了一眼，发现是大哥程伟发来的，上面写着："你见到陈海明了吗？"程柳梅没有回复就将手机收了起来。

陈海明回头问道："没事吧？"

程柳梅摇摇头："没事，我们走吧。"

　　十几分钟过后，程柳梅的大哥程伟来到了陈海明家的楼下。看到陈海明的汽车还停在这里，程伟便匆匆跑上楼。他用力地拍响房门，可没有人来应门。他喊道："陈海明，你这个孙子，小枫在哪儿呢？快给我出来！"但喊了半天，依旧没人答应。他随即掏出钥匙，拧开了房门。这钥匙是在收拾妹妹衣服时得到的，他没还给陈海明，自己收着了。

　　程伟走进屋子，叫道："陈海明你给我出来！"可屋里黑着灯，根本不像有人在。程伟打开灯，刚往前迈一步，就感觉自己踩到了什么，而且还闻到了某种诡异的味道。

三

在公园里陪小枫玩着，陈海明却不时地看向自己汽车的方向。突然之间，公寓五层自己家的窗户亮了，一时惊得陈海明瞪大双目。会是谁？陈海明不敢想象。

程柳梅看到陈海明不寻常的样子，问："姐夫，你没事吧？"

陈海明害怕程柳梅这时也看到自己家的灯亮了这一怪事，赶紧将视线移开，回应道："没事……没事……"

程柳梅说："你白天才参加完葬礼，为什么不找人代一下班？"

"我们那儿是小医院，急诊大夫本来就少。"说着陈海明又焦急地看了看表。

程柳梅感觉出陈海明那异样的着急，便说："我和小枫陪你一起去医院，那样小枫还能和你多待会儿。"

程柳梅的话，正说中了陈海明最怕的事情。妻子程柳维的尸体还在汽车的后备箱里，他接下来要去的自然不会是医院。但程柳梅已经把话说到这个地步了，他也不好再推辞，否则肯定就会被看出有鬼了，便点点头说："好，我们一起去。"

踩到了什么？程伟向脚下看去，地上其实什么也没有，只是像刚拖过不久，还散发着一股浓烈的消毒水味道。

走进客厅，程伟突然看到在沙发上有一把菜刀。他拿了起来，菜刀上也全是消毒水的味道。程伟越发感觉到奇怪：陈海明用这把菜刀干什么了，需要这样消毒？

　　正当程伟在屋子里晃悠，不知道自己该找些什么的时候，窗外突然传来了一个熟悉的声音："爸爸，我们接下来要去哪儿？"程伟走到窗边，没有探出身子，躲在窗帘背后，朝楼下望去，只见妹妹程柳梅、陈海明以及小枫在一起，正朝小区的汽车走去。他想了想，将菜刀揣了起来，匆匆下了楼。

　　陈海明与程柳梅、小枫来到汽车前，刚打开车门准备坐进去。

　　程伟也下了楼来，疾步走向汽车，大声喊道："陈海明。"

　　陈海明听出是程伟的声音，看向程伟，不知道该说什么好。

　　程柳梅有些吃惊，赶紧过去拉着程伟，问："大哥？你来干什么？"

　　程伟甩开程柳梅，指着陈海明说："你还有脸见小枫？"

　　程柳梅赶紧阻止道："大哥，你当着小枫的面瞎说什么？"

　　程伟继续指着陈海明说："我现在就要把小枫带回去，你识相的话以后就离我们程家远点！"

　　程柳梅有些急了，压低声音呵斥道："大哥，你干吗呢？这些话是在小枫面前该说的吗？"

　　程伟推了自己妹妹一把，恶狠狠道："你帮着他？他可是害死你姐的凶手？你居然帮着他？你哪根筋有问题吗？还是说你也像你那无可救药的姐一样，喜欢上这个浑蛋了？"

　　听了自己哥哥的浑话，程柳梅抬起手就想扇他一巴掌，但程伟一把攥住了程柳梅的胳膊说："敢打你哥？反了你了！"接着程伟一把将程柳梅推了一个跟头，上去就抱起了小枫，说："来，跟舅舅回家！"

　　小枫明显不愿意，拍打着程伟说："不，不要！我要和爸爸一起去医院！"

　　陈海明依旧没有说话。他打算就这样让程伟把小枫带走，自己也就可以先去处理妻子程柳维的尸体了。

程柳梅有些吃惊地看着一言不发的陈海明，站起身过去拉着陈海明说："小枫他需要你，他在向你求救！你怎么能无动于衷呢？"

陈海明咬着牙，看着小枫不断地哭喊，最终还是无法忍受，便快步走向程伟，拦在对方身前说："把小枫放下来。"

程伟也毫不示弱，说："滚开。"

陈海明似乎也不想再退缩，再一次说："大哥，把小枫给我。"

"看来不给你点教训是不行了。"说着程伟将小枫放下。

小枫赶紧躲到陈海明的身后。陈海明摸着小枫的脑袋说："去你姨妈那边。我和你大舅有些事情要谈谈。"

小枫犹豫了一下，随即跑向程柳梅。

陈海明对程伟说："我们去那边。"

程伟没搭腔，只是点点头。

程柳梅喊道："你们俩疯了吗？姐姐已经不在了，你们还要干吗呢？"

陈海明看向程柳梅说："把小枫带远点。"

程柳梅不知道怎样才能同时保护小枫和陈海明，只能抱着小枫的头，无奈地看着陈海明和自己的大哥向公园里走去。

走到公园深处，程伟拉着陈海明衣领子，一拳将他打倒在地，接着上去就踹，嘴里还不停地嚷嚷着："踹死你这个狗东西，踹死你这个……"

陈海明似乎没有还手的意思，任凭程伟这样踹打着自己。

不一会儿，周围有人见状跑去找来了小区保安，阻止了程伟的暴行。但陈海明的鼻子已经被打得喷出了血，他躺在地上显得痛苦不已。

保安将陈海明拉起来，有个人指着程伟说："赶紧报警，抓这个家伙！"可当这个人刚掏出电话，陈海明走过去，用手压低对方的手，轻声说："他打我是应该的，请不要报警。"

这个人和保安都有些惊奇，连忙问道："小伙儿，你是认真的吗？"

陈海明点点头："我没事。"

程伟不知道陈海明打的什么主意，也没有再嚷嚷。

陈海明轻轻推开扶着自己的保安，接着走到程伟的跟前低声道："今天就到这儿吧，你也有老婆孩子，该回家了。"

周围人都盯着程伟，程伟不敢再贸然动手。他指了指陈海明说："咱们这事还没完呢！"见陈海明没有回应，程伟也就悻悻地走开了。

看着大哥走向自己，程柳梅有些紧张，捂着小枫眼睛的手也没有松开。

程伟来到程柳梅跟前，瞥了一眼小枫，还没开口，程柳梅先说话了："够了吗?! 你闹够了吗? 小枫以后会怎么看你? 你一点都不在乎吗?!"

程伟"哼"了一声，冷冷地道："如果我十二点打电话，小枫还没回家，我就拿你是问。"

程柳梅也气得不行，一时也说不出话来，只是两眼瞪着程伟离开。

见陈海明一瘸一拐地走过来，程柳梅赶紧松开小枫，过去关心地问："姐夫，你的鼻子……程伟这个浑球，居然下手这么重。"

陈海明用纸巾捂着鼻子，笑笑说："没事，我们正好要去医院。"

小枫抱着陈海明的腿问："爸爸，你鼻子怎么了?"

陈海明摸了摸小枫的头说："什么事也没有。我们现在出发去医院，不过你要答应我，在医院里不要乱跑、乱摸。"

小枫认真地点点头。

程柳梅随即将陈海明扶上车，自己坐到驾驶座上，发动引擎，驶离了小区。

毕竟是孩子，坐在后座上的小枫很快就睡着了。

程柳梅冲仰着头、攥着鼻子的陈海明问："姐夫，你今后真的打算把小枫放在我爸妈家吗?"

陈海明问："你觉得呢? 你觉得我应不应该让小枫待在身边?"

程柳梅坚定地说："当然，小枫已经没了母亲，难道你还想让他失去父亲吗？"

陈海明痛苦地笑了笑，将捂着鼻子的纸巾放下来——血已经止住了——说："但我没有信心能照顾他，能给他一个完整的家。"

程柳梅质问道："那你就将他头顶仅剩的屋檐也拆掉吗？"

看着不断闪过的街灯，陈海明说："我只是不希望有一天屋檐塌了，把他砸伤。"

程柳梅觉得姐姐的离去对姐夫的打击太大了，便说："生活还要继续，你是小枫父亲这件事，你没法逃避。"

"我知道我对于小枫的重要性。"

"那你还把他送到我爸妈家？"

"我只是觉得他有一天肯定会失去我。"

"谁能永远拥有谁？比起死亡，生别离更会扭曲人心。何况小枫他只有这么小，他会受到多大的打击？"

小枫母亲的异变憋在陈海明心中，像连环炸弹一般，不停地爆破着。可他明白必须忍住不向任何人提起，或许还有和小枫真正团聚的一天，便苦笑笑，没再说话。

程柳梅忍不住心中的怒火，又一次质问道："难道你已经不爱小枫了吗？难道你真的已经不爱我姐了吗？到底是什么样的女人能让你抛弃他们?!"

陈海明眼中带着泪光，看着窗外，苦笑着说："或许让我做出这一切改变的正是你姐姐。"

"什么？我姐有什么对不起你的？你要这么做？"

陈海明摇摇头："我不想再说下去了。"

听到陈海明的言语已经带着哭腔了，程柳梅也不愿再逼问。随即俩人沉默下来。

四

就在汽车来到医院停车场时，后备箱突然"咚"地响了一声，引得解安全带的陈海明一愣。

程柳梅问："什么声音？"

陈海明有些慌张地遮掩道："我没听到，你是不是听错了？"

程柳梅皱着眉头，想回头看后备箱。这时小枫醒了，他起身问道："我们到了吗？姨妈。"

程柳梅说："是啊，我们到了。"

三人下了车，陈海明有些惶恐不安，听刚才那一声，难道小枫的母亲又……

"怎么了？姐夫？"

陈海明摇摇头，赶紧拉起小枫的手说："来，先去我的办公室再说。"

进入医院，陈海明有意避开自己的同事，带着小枫和程柳梅迅速来到自己平时出门诊的诊室。他从抽屉里拿出一个变形金刚，递给小枫说："这是给你的。"

小枫接过来，"哇"的一声叫了出来，赶紧想拆掉包装。

陈海明说："小枫你是不是忘了什么？"

小枫抬起头看着陈海明，愣了一下说："谢谢爸爸！"

陈海明点点头，看向程柳梅说："你先陪小枫在这里待会儿，我去找同事，看看能不能调一下班，然后我就带小枫回家。"

程柳梅听陈海明这么说，心里稍感安慰，说："你去吧。"

陈海明离开办公室后，并没有去找同事，而是匆匆下楼，来到停车场。看着汽车的后备箱，陈海明迟迟不敢打开。突然间，后备箱里再次传来"砰"的一声，陈海明吓了一大跳，往后退了两步，心中大感不妙。

这时从一辆刚开进来的汽车上下来一名女士。"海明？我以为你今天不来上班了。"

陈海明慌张地转过头看去，犹犹豫豫地回答道："我知道今天人手少，所以就来了。"

女士神情显得有些尴尬，憋了半天说："海明，你不要自责，这和你并没有太大关系。"

陈海明喃喃道："芳易医生，谢谢你。"

芳易尴尬地笑笑，说："那……我先上楼了。"

陈海明目送芳易上了楼后，目光重新转回汽车的后备箱，犹豫了几分钟，最终还是没敢打开后备箱，又走回了医院。

芳易医生在大厅里跟一位护士交谈了两句。她看到陈海明神情紧张地进了大厅，便问道："陈医生，你真的不用回家休息吗？"

陈海明瞥了一眼芳易，回答道："没事。"随即匆匆向楼梯走去。

芳易身旁咨询台的小护士问："他怎么了这是？"

芳易摇摇头："别人家的私事，别打听了。"

护士继续问："有什么的啊，说说呗？"

芳易显得有些不耐烦，拎起包走出两步，回头说："你要想知道，直接去问陈医生不就行了。"说完扭头就走了。

护士皱了皱眉头："怎么了，这是？陈医生的事跟她有什么关系啊。"

这时一旁坐着的胖护士说："怎么没关系啊？你没听说吗？"

"没听说什么？"

"最近陈医生总是来上夜班，经常主动从白班换夜班，大家都说是因为她。"说着，胖护士的目光瞥向芳易的背影。

"不会吧，陈医生不是有老婆和孩子吗？我见过他老婆，长得可漂亮了。"

"漂亮管什么用？男人不都喜欢新鲜的吗？"

"也是，芳医生大学刚毕业，天天打扮得花枝招展的，哪像个医生啊。"

这时，一个个头不高的光头男性手里拿着一个包，走进了医院大厅。他身后还跟着两个男青年，瞅东瞅西的。光头穿着皮衣，看起来像个土老板，走到咨询台前问："护士小姐，我想找个人。"

"叫什么？"

"李久华。她应该是今天早上被送来这里的。"

护士在电脑上查了查说："她在住院部呢。现在已经过了探视时间，你明天再来吧。"

"护士小姐，她是我妈。我这刚从外地谈事情中间赶回来的，那可是一笔上亿元的买卖。看在我这份孝心上，你就通融一下，让我进去看看我妈！"

护士瞥了一眼眼前的光头，接着看向身旁的胖护士。

胖护士站起身说："规矩就是规矩。现在已经过了探视时间，如果帮你开门，我们会受到处分的。"

光头笑着说："处分？谁敢处分你们，我跟他没完。你们院长不就是任关青吗？打个电话给他，说李久华住院了，她儿子李舜予要来看望一下。"

这时小护士突然眉飞色舞起来，问："你是李舜予？那个袁博地产有限公司的老板？"

李舜予笑笑："认识我？"

小护士点点头，笑道："当然了，网上评选北京十大黄金单身汉，你排第七位。"

李舜予尴尬地摸摸自己的光头，笑道："我倒不知道有这么一个榜，不过还挺光荣。居然能排第七？根据的是什么？"

小护士解释道："资产。"

李舜予皱着眉头说："想来也不会是我的形象。"

"您太会开玩笑了，"说着小护士走出咨询台，"我带您去住院部那边。"

李舜予点点头说："好啊。"说完就跟着小护士走向电梯间。

陈海明站在三层走廊上，眼睛盯着停车场里自己的汽车。远远听着，似乎后备箱还在持续发出"咚、咚、咚"的声音，陈海明的心已经完全被恐惧所占据。"你怎么在这儿待着呢？小枫一直在等你呢。"身后突然传来的声音让陈海明浑身一激灵。他急忙回过头，看到是小姨子程柳梅，解释道："我想透口气。"

看到陈海明额头的汗珠，程柳梅以为姐夫真的要被悲伤压垮了，走过来，扶着陈海明的肩膀安慰道："姐夫，你还有小枫，你必须挺下去。"

陈海明点点头。

程柳梅接着说："我们回去找小枫吧！把他一人撂在诊室里，我不大放心。"

程伟刚踏入家门，就被父母痛批了一顿，责怪他没把小枫带回来，所以他又打车来到医院。就在路过医院门前的停车场时，"咚、咚"的响声引起了程伟的注意。响声还是从陈海明的汽车里传出来的，这更加深了程伟的怀疑。他来到陈海明的汽车前，听出声音是从后备箱里传出的，但后备箱锁着呢，根本无法抬起来。程伟想了想，从衣服里将陈海明家的菜刀抽了出来，插进后备箱的缝隙，用力向下一压菜刀，将后备箱的盖子顶了起来。一瞬间，程伟愣住了、惊呆了，手中的菜刀滑落在地。

只见一个人从后备箱里缓缓起身。

“……小维？”程伟吓得不断地后退，惊魂未定地问道，“你……真的是小维吗？”

程柳维没有说话。她跳出后备箱，突然上前一把掐住了哥哥程伟的双腮，让他什么声音也发不出来！

“爸爸，我不想回姥爷、姥姥家，大舅在那儿！我讨厌他！”

看着小枫那坚定的眼神，陈海明有些不知所措，只能蹲下来说：“爸爸要工作了，你姨妈也要回去休息了，你只能一个人待在这里。”

小枫依旧坚定地说：“那我就一个人待在这里。”

陈海明实在为难，可又不能直接拒绝小枫，那样太伤孩子的心了，便起身看向程柳梅，向她求助道：“能不能让小枫先在你那里住一晚上？”

程柳梅吞吞吐吐地说：“也不是不可以……”

看出了程柳梅的为难，陈海明只好说：“你要不方便就算了。”

程柳梅说：“我家里最近来了几个……亲戚在住。如果可以的话，我其实可以在这里陪着小枫。我们俩在病床上睡就可以了。”

妻子的尸体还在汽车后备箱里，陈海明自然不希望程柳梅还有小枫继续待在医院。因为只要他俩离开了医院，陈海明就可以踏实地开车去处理妻子的尸体了。陈海明皱了皱眉头说：“这怎么行，你没必要非得在这里陪小枫，回家好好休息，明天还得上班呢。”

程柳梅搂着小枫的头，看着陈海明笑着说：“我不是跟你说了吗？家里来人了，我在家也休息不好，还不如和小枫在这里凑合一晚。”

看来儿子和小姨子的态度一致、坚决，而从心底里说，陈海明也不希望小枫去和程家的人一起住。他会害怕，害怕程家的人会不断地灌输一些东西，最终让小枫讨厌自己、仇恨自己。陈海明低着头，一时间有些语塞。他不知道该用什么样的方式来让小枫离开。

程柳梅靠在桌子上，盯着陈海明，似乎猜出了他接下来可能要做什么，摇了摇头："正因为你不是那样的人，我姐才嫁给你。"

陈海明看向小枫，淡淡地回答道："或许我还有你不知道的一面呢？"

程柳梅问："你指的是什么？"

陈海明走到窗边说："没什么。"

程柳梅驳斥道："没有人只有一面。你真的希望小枫的成长过程变得扭曲而痛苦吗？"

陈海明手攥着窗户的边沿，越攥越紧，反驳道："这世上没人比我更爱小枫。"

"那就承担起一个父亲的责任！"

就在这时，桌上的电话响了。陈海明接起来，说："喂。"

电话那头说："陈医生，有个人要找你，她说她叫程柳维。"

陈海明一时间愣住了，睁大双目，半天没有回答。

只听电话里继续问道："陈医生？喂，陈医生你还在吗？"

陈海明尽量抚平自己的颤抖，问道："她在哪儿？"

"一楼大厅。"

陈海明咽了下口水说："告诉她稍等，我马上下去。"挂上电话，陈海明的神情看起来十分震惊与恐慌。

程柳梅有些怀疑地问道："到底谁啊？"

陈海明努力挤出一道尴尬的笑意说："有个病人来找我。你陪小枫在这里待着，我下去看看。"

看着陈海明匆匆离开诊室，程柳梅十分不放心，便对小枫说："不许乱跑，在诊室里待着。你爸爸可能有点事，姨妈去帮帮他。"

小枫点点头。

程柳梅随后也出了诊室，看陈海明走向楼梯间，便跟在他身后不远处，一同下了楼。来到一楼，程柳梅盯着走向咨询台的陈海明。

陈海明的动作看起来极度紧张不安。他不断瞅着周围，来到咨询台跟前，左看右看之后，才冲咨询台的胖护士问道："你刚才说来找我的人呢？"

胖护士起身看了一圈，奇怪道："欸，人刚才还在这儿呢？会不会是去洗手间了？"

听了胖护士的话，陈海明赶紧跑向厕所，直接推门进了女洗手间。

不远处的程柳梅看到这一切，不禁感到十分震惊，而且越发确定陈海明有什么事在瞒着她、瞒着大家了。

推开每一个隔间，陈海明找遍整个女洗手间，却没有发现妻子程柳维的踪影。突然间，他似乎意识到了什么，赶紧冲出洗手间，又跑向了楼梯间，一路奔跑上楼，来到自己的诊室前，一把推开门，只见小枫坐在床上甩着双腿看向自己。陈海明过去一把就抱住了小枫。

小枫奇怪地问："爸爸你怎么了？"

陈海明说："没什么，就让爸爸抱一小会儿。"身后的门再一次被推开，陈海明赶忙回身看去，是自己的小姨子程柳梅。陈海明奇怪地问："你去哪儿了？"

程柳梅回答道："我只是去了趟洗手间。"

第二章　融合

一

一辆黑色奇瑞汽车里，电台正在播报新闻："对于连环神秘失踪案，警方已经锁定了嫌疑人的身份……"

听到新闻播报，张小凡一边开车，一边迅速用手机打开中国警察网，看了看上面的消息，不由自主地将嫌疑人的身份特征念了出来："郭瑞东，山西太原人，三十四岁，身高一百七十五厘米左右……"

将车在路边停稳，张小凡刚刚下车，手机就响了。她接起电话，里面一个男性声音说："凡爷，你知道警局最近的大案吗？"

张小凡皱了皱眉头，快步走向路边的大酒店，着急地说："当然，怎么？你有什么内部消息是吗？"

"当然，没点好处还敢给凡爷打电话吗？"

"关于什么方面的？"

"地点。"

"开个价吧。"

"凡爷就是爽快。十分钟之内，支付宝转账五千。"

张小凡停住了脚步："啊?!五千？你在开玩笑吗?"

"您还别嫌贵，这已经是友情价了。郭瑞东啊，已经有好几个人因为他而失踪了。好几条人命的新闻，难道你不觉得五千块钱太便宜了吗?"

张小凡左手叉着腰，表情有些不快，冲电话里回答道："好吧，账户还是原来那个？"

"是的。凡爷，您得快点，这条消息十分钟后就属于别人了。"

张小凡不耐烦道："我马上转，马上转！"

"成，一会儿把材料发您邮箱里。"

挂上电话，张小凡进入酒店大厅，右拐朝着餐厅就走了过去。

餐厅里，服务员迎上来问道："您几位？"

"我约了人。"说着张小凡就找到了自己的目标，朝他走了过去。

张小凡将包放下之后，一边解围巾，一边问道："魏长海？"

只见这位叫作魏长海的男性穿着一身西服，看起来得三十五岁以上了，满脸堆笑地站起身，伸出手，一个字一个字地加重音说："张小凡！对不对？"

张小凡笑着伸出手，点点头："你好。"

俩人坐下后，魏长海说："我是真没想到像你这么年轻漂亮的姑娘会和我出来见面，看来这个相亲网站还是比较靠谱的。"

张小凡点点头，说："通过相亲网站，我已经了解到您的基本情况了，我觉得您大致符合我的要求和征婚条件。"

魏长海听了张小凡的话，喜笑颜开，感觉突然有了自信，也不拘束，打了下响指，说："服务员，点菜。"

但这时张小凡突然从包里拿出一个文件袋，递给魏长海，说："这上面的内容是核实您信息用的，如果所有都符合，请您在最底下签字，那我们就可以交往了。"

魏长海愣了一下，但还是满脸堆笑地接过文件，嘟囔着："你这个年纪的女生就是古灵精怪。我看看，我看看。"

将文件递给对方之后，张小凡冲服务员说："再给我一份菜单。"

很快，魏长海看着文件上的东西，慢慢笑不出来了。

拿过菜单，张小凡瞥了一眼魏长海，看他皱起了眉头，便解释道："如果条件符合，请您在后面的框框里打个钩。"

魏长海从上衣兜里拿出钢笔，看着文件，却怎么也下不去手。

张小凡问道："您怎么了？我目测了您的身高，跟相亲网站上提供的资料差不多，您打钩就行了，我只是再确定一遍。您知道我不是很高，如果我们将来生的是男孩，不能长到您这个身高，以后找媳妇就费劲了，为了要他保持在平均身高以上，我不得不谨慎点。"

魏长海还是没动笔，尴尬地笑了笑，问道："你的意思是我的身高是平均身高？"

张小凡摇摇头："没啊，您有点矮了。不过现在这个年代，营养都好，孩子比父母高个几厘米是很正常的，我把这个偏差值也算进去了。"

魏长海挑了挑眉，犹犹豫豫地在身高和收入这些选项后面打了钩，笑笑说："你这么漂亮的女孩子有这样的要求是正常的。"但接着往下看，魏长海很快就又皱起了眉头……问道，"这些是交往后的要求吗？"

张小凡一边看菜单，一边回答道："是的，我工作很忙，还在打拼的初期，所以可以陪您的时间或许不多，存款也不多。"

魏长海挠了挠额头，问道："所以首付我一个人付？"

张小凡摆出一副楚楚可怜的表情，说："别担心，您是北京户口，这项加分很多，所以房贷我可以帮您一起还。服务员，来，我要点菜。"

听了这话，魏长海完全愣住了。

"我要这个，还有这个。"张小凡点完之后，看向魏长海，也看出对方神情不对头，笑着说："您怎么了？"

"张小姐……这份协议……"

张小凡没等魏长海把话说完，解释道："您也明白，男人最注重的是什么，是外貌，而我这样的外貌条件，对比您这个条件和年纪，我已经给您打了很大的折扣了。"还没等魏长海回答，张小凡的手机响了。打开屏幕，发现是一条邮件，看到内容，张小凡"腾"地一下站起身，冲魏长海伸出手，问道："您签好文件了吗？"

魏长海不明所以，将文件递还给张小凡，战战兢兢地回答道：

"还没。"

张小凡接过文件，拿起包和围巾说："我们下次再约吧。我现在有事，必须得走了。"

魏长海问道："可你刚才已经点了菜！"

张小凡说："我只点了我那份，你可以吃我那份，再见！"说完张小凡就撂下魏长海一个人，匆匆离开了酒店。

【几个小时以后，在北京市郊的一段公路上。】

"跟着他，视线一秒也不要离开他！"

张小凡坐在自己的黑色奇瑞里。她的车台是特制的，可以非法接收到警察的无线电频道。警察的喊声被她听得一清二楚。张小凡发动汽车，朝着北面的山脚下而去。

没多一会儿，眼看要到附近了，张小凡先是灭了车头灯，接着又开了一小会儿。忽地她似乎看到了野地里有什么在动，随即将车停在路边，自己从副驾驶前面的抽屉里拿出防狼喷雾以及多功能折叠刀，将相机挂在脖子上，推门下了车，朝着刚才有动静的方向走过去。夜晚的天空有些阴沉，反倒显得比较亮。没走出去几步，张小凡就停了下来，因为她模糊之中看见前面逐渐隆起的地面上有两个黑影一前一后地移动着，很可能是警察在跟踪犯人郭瑞东。张小凡举起相机就拍摄了几张二人的照片，接着快步跟了上去。还好周围的树丛与矮木非常稀疏，张小凡离黑影越来越近。

双重跟踪持续了一会儿。爬上山腰没多久，最前面的黑影突然消失了，跟在后面的警察赶紧停下脚步，仔细看去。

正当警察犹豫时，张小凡也发现最前面的人消失在一片黑暗之中，随即端起照相机，调了调距离，看着那一片漆黑，发现似乎是个洞穴。张小凡又看了一眼跟踪的警察，听见他似乎掏出了无线电在请求支援，顿觉得这是个抢新闻的大好机会，便悄悄地绕道，从警察左侧的山丘绕了过去。很快她便来到了山洞附近，趴在一块石头后面，下面的警察正好看不到她，接着端起相机对着山洞连拍数张。可就在这时，山洞内突然传出了某种野兽般的低鸣！张小凡盯着漆黑的山洞，不知道里面除了嫌疑人郭瑞东之外，还藏着什么。好奇心驱使着张小凡，她稍稍蹲起来，越过石头，向山下看了眼，发现警察还在那里，那自己就很难更深入去调查，便从地上抓起一颗石子，朝山洞里面扔了过去！

"啪啦啦……"石子顺着山洞斜坡滚了进去。突然间，低鸣停止了。

张小凡贴着地，倾听地面传来的声响，发觉一个脚步正在慢慢从洞的深处向洞口走来。在橘黄色天空的映衬下，张小凡盯着洞口，不敢眨一下眼睛。

一个脑袋探了出来，紧接着是一双在打量周围动静的眼睛。

张小凡趴在那儿，丝毫不敢动弹。虽然她趴得很低，但依旧能分辨出从洞内探出的是人类的脑袋。

就在这时，山下的警察突然举起手电，朝山洞这边照了照。

光束虽然只是一晃而过，但张小凡借助着那一瞬间的光亮，发现这个探头人并不像那个连环失踪案的嫌疑人郭瑞东。

看到山下传来的光亮，那个黑影也迅即趴了下来。

张小凡屏住呼吸。她举起相机，想要拍对方，可光线太暗了，即使拍出来，谁也说不准这人是不是郭瑞东。照相机上配有闪光灯，如果用就会被对方发现自己……两难的抉择在张小凡心中激烈地碰撞，张小凡按住自己略有些颤抖的手，慢慢向后爬了两下，还是决定冒险拍下这个躲藏在山洞里的嫌疑人。下了决心，张小凡从身旁迅即抓了一块小石头，朝着洞口旁另一侧就扔了过去！接着猛然间起身，对准山洞口，就扣下了快门！"咔嗒！咔嗒！"闪光灯连续亮了两下，张小凡也没多想，回身拔腿就跑！

警察自然在山下也看到了照相机的闪光灯，随即起身举枪对准山洞口的方向！

　　张小凡一路跑下山。她不敢回头看，也不知道藏在山洞里的那个人追上来没有。来到山下，张小凡依旧在跑。她想赶紧上车，可脚下一个趔趄，摔了一跤。她赶紧起来，先查看相机有没有损坏。好在相机挂脖子上呢，没有被摔太远，只是角被磕了一下。这时她才回头看去，似乎并没有人追上来。她刚要起身，结果一下子竟撞在了一个人的身上，吓得她又一屁股坐了下来。她抬头看去，只见是一个手里拿着枪的警察，揉揉眼睛，仔细一瞧，是好几位警察，都拿着枪，穿着防弹衣。

　　其中一个带头的高大男警官对身旁的同事说："你们先去范明那儿，我随后就来。"看着同事们都走了，这高大的警官俯下身，一把将惊魂未定的张小凡脖子上的相机拽了下来，一边查看相机一边说："你是记者？胆子够大的。"说着这警官睁大了双目，他发现这记者确实照到了郭瑞东。

　　张小凡这才反应过来，赶紧起身，想要夺回自己的相机。

　　这警官脸部轮廓很深，头发有些散乱、有些卷，身高将近一米八五，一抬手，张小凡怎么也够不到自己的相机。接着这名警官将相机的存储卡摘了出来，揣进衣服内兜里，冷冷地道："你居然开闪光灯了，如果郭瑞东跑了，我一定不会放过你。"随即一把将相机扔飞出去，摔在地上！

　　张小凡吃惊万分，赶紧跑向自己的相机，发现塑料壳虽然碎了好几块，不过好在镜头似乎没有摔坏。她冲这名警官怒目而视，吼道："你叫什么？！我也一定不会放过你！"

　　"曹卫民。"说完对方就朝山脚下而去。

　　二十多分钟过后，张小凡回到了自己的汽车里。她知道那个叫曹卫民的警察抓住郭瑞东后一定会往城里走，便熄灭车灯，把车藏在路边一座房子的侧面。不久，她就看到了三辆装着警灯的越野车呼啸而过！她赶紧踩下油门跟了上去，发誓一定要抢到独家镜头和新闻。

二

汽车开了将近两个多小时，周围高楼渐起，终于要进城里了。可就在这时，张小凡听车台里传出曹卫民的喊声："去医院！去最近的医院！"很快，前方不远处的那三台越野车就一同拐下高架桥，朝着附近的医院疾驰而去。张小凡知道车内一定发生了什么大事！她丝毫没有犹豫地开车跟了上去。

来到医院，把汽车停在了医院外面，张小凡挂着照相机匆忙地跑进医院，一眼就看到了曹卫民他们。她吃惊地发现，似乎有个警员受伤了，郭瑞东也上了担架，难道他们在汽车里对郭瑞东实施了暴力？张小凡抬起相机，赶紧将这一幕记录下来。

很快，另一副担架来了。只见曹卫民和一个同事将脖子受伤的警员抬上担架车，接着冲停车场的另外几个便衣说："你们先回去报告情况，就说郭瑞东突然发狂，咬伤我的组员。再通知一下志刚的妻子，让她赶紧来医院。"说完曹卫民便和医护人员一起进入医院。

张小凡看了眼表，正好是凌晨十二点。等那几位警察开车离开后，她也赶紧进了医院。

看着小枫在床上睡去了。陈海明冲程柳梅轻声说："你也睡会儿吧，我去值班了。"

程柳梅也显得困顿不已，眯着眼，趴在了桌子上。

陈海明走出诊室，刚下楼，见门口那边，护士刘梅推着一个担架车进来，便赶忙过去询问情况："怎么回事？"

护士刘梅着急地说道："刚才我们已经接收了几个类似症状的病人，我们现在也不知道怎么回事。"

陈海明问："你们怎么不叫我？"

刘梅说："我以为你今天休假了。"

陈海明赶紧看向病人。他突然觉得这个病人有些眼熟，又见病人双手被手铐铐住，忽地想起这人是最近经常上新闻的通缉犯郭瑞东。继续查看，他发现郭瑞东牙齿上有血迹，不断呕吐出黄色液体，浑身抽搐，手臂泛紫斑，是典型的中毒症状。陈海明问："他吃什么了？或者被什么咬过吗？"周围没人回答。陈海明喊道："赶紧安排他洗胃！"

后面又有一副担架推了进来。陈海明赶紧上前，发现担架上躺着一名年轻男性。接过护士手里捂着男性脖子的纱布，轻轻抬起，陈海明发现这人脖子上有一个伤口，像是被撕咬过的痕迹，接着继续按着止血，问："他被什么咬伤？"担架周围的护士面面相觑。

曹卫民这时上前道："他是被人咬伤的。"

陈海明非常吃惊，因为他想到刚才推进去的郭瑞东牙齿上有血迹，心中不禁怀疑人怎么能咬出这么深的伤口，便问："你确定吗？"

曹卫民点点头。

陈海明瞥了两眼曹卫民，随即跟随担架进入急救室。

看着走廊里地上的黄色液体，张小凡有些莫名的恐惧：郭瑞东莫不是得了什么传染病？张小凡举起照相机，将这些痕迹一一记录下来。

这时，芳易医生也来到急救室，在门外看到不断照相的张小凡，随即问："别拍了别拍了，你知道这是医院吗？"

张小凡放下照相机，看向芳易，心里不禁觉得对方以医生来说，有些打扮得过头了，举起照相机笑道："知道啊，但是工作需要。"

"什么工作需要？你谁啊？"

张小凡指了指急救室，说："我是警局鉴证科的人。受伤的同事现在就在急救室里，我得记录下来他出事的原因。"

听张小凡说得理直气壮，芳易没有多想，打量了几眼张小凡后，刚想进入急救室，便听到急救室里面出来呵斥的声音："你们几个赶紧出去！"和从里面轰出来的警察们擦肩而过，进到急救室，芳易就被眼前的景象震惊了。

刘梅赶紧过来，递给芳易口罩和手套。

陈海明指着呕吐的郭瑞东，冲芳易喊道："你干吗去了？怎么这么久才来！快给他洗胃！"

护士递给芳易胃管，但芳易看着不断呕吐的郭瑞东还有其他病人，着实不敢下手。

看到芳易的状态，陈海明吼道："干什么呢！还不快帮他洗胃！"

芳易看着手中的胃管，基本陷入了失神的状态，不知该怎么办。

陈海明见状，知道刚毕业的芳易负责不了这些呕吐的病人，便气冲冲地走过去，一把抢过芳易手里的胃管，迅即插入了郭瑞东的嘴里。陈海明指着另一个病床上脖子受伤的警员，冲芳易命令道："去处理那名患者的外伤！还要验血，看看他有没有被感染的危险！"

芳易满脸震惊："感染？感染什么？"

陈海明厉声道："照我说的做！"

芳易便赶紧去处理警员的伤。

透过门缝，陈海明看了一眼站在急救室门口的警察曹卫民，将胃管弄好后便走出急救室，来到曹卫民跟前。陈海明指了指受伤的警员问："那名伤者是警察？"

曹卫民点点头说："我的同事，刘志刚。"

"家属能联络上吗？我们需要他们签字之后，才能进行更进一步的治疗。"

曹卫民解释道："他的家属在来的路上了。"

陈海明问："如果我没记错的话，你送来的另一个患者是新闻上的那个？"

曹卫民冷冷地道："是，他就是郭瑞东。我们今晚刚抓到他，但在运送途中，他突然犯病，还咬伤了我们的警员。"

陈海明问："您怎么称呼？"

"曹卫民。"

一旁曹卫民的部下范明凑上来说："他是我们队长。"

"那好，曹队长，"陈海明继续问道，"你们知道他一个小时之内吃过什么吗？"

曹卫民摇摇头："被我们抓住后，他没有吃过东西。"

陈海明瞥了一眼走廊上的其他便衣警察，问道："这几个人都是你的人？"

"是的。"

"你的人会一直待在这儿吗？"

"是的。医生，你怎么称呼？"

"陈海明，叫我小陈就行了。"

另一个警员李爽也过来，着急地问道："志刚情况到底怎么样了？"

陈海明解释道："他没有伤到动脉，情况还在控制范围之内，那我进去了。"

李爽说："拜托你了，医生。"

陈海明回应道："放心吧，我会的。"

看着陈海明再次进入急救室之后，曹卫民一屁股坐到走廊的椅子上。

范明跟过去冲曹卫民问："曹队，这郭瑞东到底什么情况？"

曹卫民并没有回应范明。他沉默着，只是冷眼看着护士们进进出出、忙个不停。

　　张小凡站在急诊连接门诊的楼道里，整理了一下照片，将已经存上照片的存储卡藏起来，以防再次被曹卫民拿走。就在这时，一个人拎着一把刀从张小凡的面前走过。张小凡低着头看相机里的相片，一时间没反应过来，等突然意识到自己的视线里似乎闪过一把刀时，只见这人已经去了急诊那边。于是张小凡赶紧跟了过去。她站在墙边，心想这哥们儿可算是倒了霉，无论他想伤害谁，这里这么多警察，恐怕是没得跑。可放眼望去，只有曹卫民坐在椅子上，低着头，似乎在思考着什么。他的三个部下已不见踪影。这拿刀的人径直走向急救室，低头沉思的曹卫民竟完全没有发觉。张小凡犹豫着，到底要不要提醒一下曹卫民。理智让她最终还是喊了出来："有个人拿着刀！"

　　曹卫民不明所以地转头向张小凡看去，只见张小凡手指着急救室的方向，果真有一个人拎着刀推门闯进了急救室！

　　程柳梅忽地起身。她似乎听到了自己哥哥程伟的叫喊，但不是很确信。她感到了冷，拉了拉衣服，来到过道里左右看了看。周围很安静，这就更能听清楼下传来的叫喊声。程柳梅浑身一哆嗦，那声音真的是大哥程伟的。他来干什么？不安、紧张的程柳梅赶紧跑下楼。

　　张小凡为了躲避曹卫民，在提醒了他一句之后，便急忙朝急诊相反的方向而去，和程柳梅擦身而过。

　　离急救室越发近，程柳梅就越确定这奇异的喊声就是来自大哥程伟，便加快了步伐！径直推开急救室的大门，映入程柳梅眼前的是令人吃惊的一幕！大哥程伟竟然手持一把菜刀，勒住了陈海明的脖子。还有一个人正举着枪，对准程伟。

　　举枪的人正是曹卫民。他喊道："我是警察，放下刀！你到底想干什么?！"

　　程伟的菜刀就架在陈海明的脖子上，高声道："小枫在哪儿?！小枫在哪儿?！"

曹卫民问道："谁是小枫?"

程柳梅赶紧过去，冲曹卫民说："小枫是我外甥，他是我大哥，那个医生是孩子的父亲。"

曹卫民低声道："赶紧劝你大哥把人放了，要不我开枪了。"

程柳梅赶紧道："不要！不要！我这就去劝他。"

曹卫民视线不敢离开程伟，只是点点头。

程柳梅慢慢靠近程伟，问道："大哥你疯了吗？你到底要干吗啊?"

程伟的神情看起来十分激动，甚至有些诡异，不断重复道："我要小枫！我要小枫!"

程柳梅完全不明白程伟为什么突然变成这样，就算真的想要把小枫带回爸妈家，也不至于拿着刀威胁陈海明吧，给自己打个电话不就完了。程柳梅说："大哥你到底怎么了？你喝多了吗？先把刀放下。"

程伟忽地用刀指向程柳梅："告诉我小枫在哪儿?!"

陈海明则说："不要告诉他！他现在不正常！他会伤害小枫!"

"我是你妹妹啊，你用刀指着我?"

"没人能把小枫从我这里抢走!"

听到这话，陈海明和程柳梅感到十分不解：程伟有自己的孩子和自己的家庭，对小枫也从没有过什么更深的情感，这是怎么了？程柳梅双手压低说："大哥你喝酒了吧？你还认得我是谁吗?"

程伟的眼神发直，根本不去看程柳梅，继续自顾自地说道："是他！我知道是这个浑蛋，让你们欺骗我！不让我见小枫！不让我把小枫带走!"

程柳梅越发不解："大哥你到底说什么呢？小枫就在楼上，明天我就带他回家，来，先放下刀。"

听着双方的对话，曹卫民也是一头雾水，搞不清楚眼前是什么状况。但程伟的样子有些不寻常，曹卫民端着枪，视线不敢偏离一秒。

听说小枫就在楼上，程伟一把松开陈海明，接着举着刀朝程柳梅走过去!

曹卫民见状不妙，赶紧冲上去，一把推开程柳梅，抬起枪扣动扳机！

"砰！"这一枪直接击中程伟的胳膊！刀迅即掉落在地，程伟也捂着胳膊倒下来。

程柳梅惊讶地喊道："哥！"

曹卫民赶紧将刀踢到一旁，继续用枪指着程伟！

听到枪声，外面的范明等人急匆匆地冲了进来！"怎么回事？曹队？""发生了什么？"只见程伟被手铐锁在了急救室里的一张病床上，陈海明医生正在给他包扎胳膊上的伤口。

范明拉了一把曹卫民说："曹队，志刚的媳妇我们接来了，就在外面呢。"

曹卫民瞥了一眼依旧昏迷的刘志刚与郭瑞东，跟着范明走向门口。一不留神被一名护士撞了一下肩膀，曹卫民停住脚步看去，只见这护士神色焦急、步履匆匆。

护士来到陈海明身前说："我们又接到急救中心的电话，有些听不清，但好像还有三名患者要送到我们这里。"

陈海明十分吃惊："什么？怎么回事？告诉他们，我们这里已经乱成一锅粥了，值班的医生也不多，让他们送去附近别的医院。"

护士解释道："可他们说别的医院也送去很多人了，之后电话就断了，我们就再也打不通了。"

陈海明的白大褂上有血、有呕吐物，连口罩上都有些许。他抬起头，愣了两秒，看向郭瑞东、刘志刚还有其他症状类似的病人，突然明白过来：这或许是某种传染病！陈海明着急道："快！所有人戴上口罩和手套，我记得八层的外科病房空床位最多，把那里的病人都移走！然后把这儿的病人搬过去，再将那层东区、西区的病房隔离起来！芳易，你找几个人，在所有人离开之后，将急诊室贴上封条，然后把所有来的新病人直接送到空的隔离病房。"

曹卫民刚想过去问到底怎么个情况，只见陈海明医生指向自己喊道："曹队长，你赶紧带着你的人出去！快！找护士要口罩，进行全身消毒！"曹卫民随即和范明走出急救室。

刘志刚的妻子杨丽芬就等在急救室外面。见曹卫民出来，她着急地问道："队长，怎么回事？我丈夫怎么样了？"杨丽芬看起来心情激动，满脸虚汗，被张博搀扶着。

曹卫民叉着腰，叹了口气解释道："小刘被嫌犯打伤了，不过伤情已经被控制。弟妹，你不要太着急。"

杨丽芬喘着粗气，脚下似乎有些犯软，说："队长，我才刚刚有了志刚的孩子，你可不能让他就死了！"

曹卫民对于杨丽芬怀孕不知情，吃了一惊，赶紧伸手去扶杨丽芬，说："弟妹，你不要太激动，医生说了没事的。"接着便将杨丽芬扶着，坐在一旁的椅子上。可刚刚坐下，见陈医生走出急救室，杨丽芬便又站了起来。

陈海明朝不远处的护士叫了一声："刘梅。"刘梅来到跟前，陈海明在她耳边低声说道："马上给疾病预防控制中心打电话，请专家来。"

护士刘梅吃惊地问："难道你认为这是某种重大传染病？"

陈海明点点头，语气低沉地说："很有可能。"

担架车被一辆辆推出急救室。杨丽芬看到其中有自己的丈夫，便上前拽着担架车，不断哭喊："老公，老公！"

陈海明见状，害怕杨丽芬被传染，但他自己身上也都是呕吐物，所以不敢动手，赶紧冲曹卫民他们喊道："快，快把她拉开！"

范明他们都没反应过来，只有曹卫民懂了陈海明的意思，赶紧过去一把拉住杨丽芬说："弟妹，不要太激动，你丈夫没什么事，不要妨碍医生。"范明、李爽也赶紧过去帮着曹卫民拉住杨丽芬。

在杨丽芬的哭闹声中，陈海明随着担架车离开了急诊室。

三

　　程伟暂时被单独关在了一间病房里。病房外，透过门上玻璃程柳梅看着大哥程伟，心中充满了不解。程柳梅冲一旁的范明问："我能进去跟他说两句话吗？"

　　范明瞥了一眼屋里的程伟，他看起来已经平静多了，反问说："你确定吗？"

　　程柳梅点点头："我大哥不会伤害我的。"

　　范明说："他刚才可是要拿刀砍你。"

　　"我想他只是喝多了。"

　　范明笑道："就算是喝多了要砍人也不得了啊。"

　　程柳梅再一次说："我确信，我大哥不会伤害我。"

　　范明说："你能别为难我吗？曹队长也是看在陈医生的面子上才暂时不把他带回局里。你如果再出点事，那真就不好办了。"

　　程柳梅看范明虽然笑嘻嘻的，但怎么都说不通，神情显得十分焦急。

　　范明看着程柳梅焦急的样子，一点也不心软，就跟没事人一样地坐在一旁的椅子上。

　　看着怎么说，眼前的这位警察都无动于衷，无奈，程柳梅只好离开了。

　　范明目送着程柳梅走远，一声没吭。

来到小枫睡觉的门诊诊室，程柳梅轻轻推开门，放眼看去，小枫居然不见了踪影。程柳梅急叫道："小枫？你在哪儿？别躲着了。"室内找了一圈，并没见到小枫的人影，她这才意识到不妙，赶紧出来，焦灼地喊道，"小枫！"程柳梅的声音回荡在空荡荡的楼道里。门诊这一层现在空无一人，护士台里也没有护士。程柳梅赶紧上楼。她要去找陈海明，告诉他，请他一起找小枫。

坐在关押程伟的房门边，范明不由得有些犯困。他看了一眼表，已是凌晨两点多了。这时，有一只细小的手，拽了拽范明的裤子。范明转头看去，竟是一个孩子。范明左右看了看，没发现孩子的父母。

孩子率先开口问道："你知道我爸爸在哪儿吗？"

"你爸爸？他叫什么？"

"陈海明，他是个医生。"

范明一拍脑门，说："原来你就是小枫！"

孩子笑了出来："你认识我爸爸？"

就在这时，"砰"的一声，身旁病房的门突然被重重地拍响！范明和小枫都吓了一跳，转头看去，只见程伟趴在门上，透过玻璃盯着小枫，喊道："小枫！是我！小枫！我来接你了！"

小枫吓得一屁股坐在了地上，张着小嘴，紧张极了。

看程伟的神情，范明也觉得十分诡异。他赶紧扶起小枫，左右看了看，依旧没人，便对小枫说："我带你去找爸爸。"随即俩人便离开了病房外的走廊，朝更高层而去。而程伟的叫喊在持续："小枫！不要走！难道你要抛下我吗！"

站在角落的张小凡盯着范明与小枫，待他俩离开之后，便走到关押着程伟的病房前。记者的好奇心驱使她想知道程伟到底怎么了。郭瑞东、传染病加上这个程伟，三个可以组合到一起，标题就写《医生的秘密、传染病以及杀人犯——医院的罪恶之夜》。张小凡举着照相机来到门前，见程伟依旧站在门内玻璃窗前，眼睛恶狠狠地盯着自己。张小凡尽管有些害怕，但还是义无反顾地举起相机，"啪啪啪"接连给程伟那有些狰狞的模样拍了多张照片。

程伟继续用力拍打着在外面锁得严实的房门，大声地喊道："放我出去！我要去找小枫！没人能从我这里夺走他！他是属于我的！"

张小凡诱惑对方说："跟我解释解释，没准我能帮你。"说完张小凡掏出手机，准备录制视频。她明白这样的东西发到网上，没准就是爆炸性新闻，尽管之后可能被封，但一时间的点阅量一定会是很惊人的。

程伟盯着张小凡，说："陈海明！绝对不能把小枫交给陈海明！"

"陈海明？就是小枫的爸爸？"

"就是他！他不让我见小枫！不让我把他带走。"

"可你是小枫的舅舅，他没有权力不让你把小枫带走，你到底对陈海明有什么不放心的？"张小凡问出的问题带有引导性。她希望从程伟的嘴里套出一些有关陈海明医生的事情，因为她觉得程伟这么恨陈海明，其中一定有耐人寻味的缘由。

"他有了外遇！他出轨了！那个出轨的女人一定会伤害小枫！一定会！"

看着程伟那激动的神色，张小凡突然感觉有些诧异。这些话听起来不像是一个男人会说的，反倒像是从小枫的母亲嘴里蹦出来的。"出轨？他为什么要出轨？你有什么证据吗？"

"他这几个月总是加夜班！"

张小凡问道："难道他是和这里的女医生出轨了？"

程伟抢着说："一定是！一定是！那个抢走我妹妹老公的婊子一定就在这家医院里！"

张小凡接着问道："那你妹妹呢？你妹妹现在在哪儿？她为什么不来找自己的儿子？"

程伟喘了一口粗气，恶狠狠道："我妹妹被陈海明杀了！被他杀了!"

张小凡震惊得睁大了双目。可就在这时,走廊另一头传来走路的响声,张小凡赶紧跑开,然后躲到一个拐角,探头看了一眼,是一名护士。把头缩回来后,张小凡跑进应急通道里,等待护士离开之后再去与程伟对话。突然间,传来玻璃碎裂的声响,这让张小凡心头一紧:难道是程伟打碎了玻璃?从病房里出来了?她有些紧张,有些害怕,又有些好奇,但她却没敢去查看。过了不一会儿,张小凡从应急通道门上的玻璃悬窗向外看去,只见刚才那名护士从门前走过,似乎什么也没有发生的样子。

张小凡轻轻推开门,回到关押程伟的病房前。门上的玻璃真的碎了,门锁也被撞开了。张小凡走入病房,环视了一圈,程伟已经消失无踪了。她赶紧追了出去,想去找刚才路过的那位护士,但到楼梯口,再跑到电梯间,竟然也没见到那位护士的踪影。

范明带着小枫来到了隔离病房西区外的走廊里。

程柳梅正不安地等在这里,看到小枫到来,高兴地迎过去,将小枫紧紧抱在怀里。程柳梅看向范明说:"太感谢你了,你怎么找到的小枫?"

范明腼腆地笑笑,刚想解释,一旁的曹卫民过来问:"范明?你怎么上来了?不是让你看着程伟吗?"

范明指着小枫解释说:"刚才在楼下坐着,他突然过来找我,让我带他找爸爸。程伟看起来非常激动,我怕他被吓到就赶紧带他上来了。"

曹卫民顿觉十分不安,问道:"那这么说,程伟现在没人看守?"

范明似乎也意识到了问题:"曹队,我马上回去。"

"好,我和你一起去。"曹卫民又看向张博和李爽,指着杨丽芬说:"你们俩陪着弟妹在这里守着,志刚和郭瑞东一有消息就立马通知我,我和范明赶快下去看看。"

看着曹卫民与范明离去,程柳梅抱着小枫走到一旁。

小枫问："爸爸在哪儿?"

程柳梅指着隔离病房西区的大门说："你爸爸在里面工作,现在不能去打扰他。"

"那我什么时候能见到爸爸?"

程柳梅看了一眼表说："别着急,我想他就快忙完了,姨妈陪你在这里等着他。"

"那妈妈呢? 你知道妈妈什么时候回来吗?"

程柳梅不知该如何回答,便问小枫说："你爸爸是怎么跟你说的?"

小枫睡眼惺忪地回答道："爸爸说妈妈过几天一定会回来。"

程柳梅摸了摸小枫的头说："你相信爸爸的话吗?"

小枫摇摇头,说："我觉得妈妈回不来了。"

程柳梅问道："为什么?"

"爸爸每次说谎时,眉头都会皱在一起。"说着小枫用手将眉头拧在一起。

程柳梅搂住小枫,说："乖,睡会儿吧,姨妈陪着你。"

"今儿个医院怎么了? 楼上怎么这么吵?"工头李舜予坐在自己母亲的床边,一边削苹果一边说。

房间里有两张病床,但只有李舜予的母亲李久华一个人躺着,另一张床上堆着杂物。李久华看着房顶,说："看起来有什么人在急救。"

李舜予看了眼手表说："这都夜里两点多了,还让不让人睡觉了。妈,我去看看啊。"

李久华提醒道："你小心点。"

李舜予笑笑,放下苹果说："这儿可是医院,能遇到什么危险。"说着李舜予就走出了病房。门口两侧的椅子上,他的几个手下赶紧站了起来。李舜予问："这是怎么了? 楼上还咣当咣当的。"

几个手下相互看看,没人能答得上来。

看着不顶用的手下，李舜予气不打一处来，大声呵斥着："都傻了啊，找个护士去问啊！"

挨了训斥，几个手下赶忙向护士站那边跑去。

李舜予刚想转身回病房，只见走廊另一头走来一个护士。李舜予觉得真巧，便走过去，拦住护士问："请问楼上这是怎么了？大晚上还这么折腾，我妈都没法睡觉了。"

这护士脸上看起来没有血色，盯着李舜予的眼神也十分诡异。她没有回答李舜予的问题，而是反问道："你见过小枫吗？"

李舜予一脸不解："护士，我在问楼上是怎么回事，什么小枫，谁啊？"

护士依旧面无表情地说："小枫是个五岁的男孩。"

李舜予觉得很诡异，回头看了一眼护士站那边，再次转头盯着护士说："护士小姐，你叫什么名字？我觉得我得跟你们领导谈谈了。"

但这位护士却不为所动，依旧说道："我在问你看到他没有？"

李舜予笑了出来："你告诉我楼上发生了什么，我就告诉你小枫在哪儿。"

护士没有回答，竟想直接从李舜予身边走过去，但李舜予一把拉住护士说："就这么不负责任地走了，不太好吧，护士小姐。"护士依旧没说话，一把也抓住李舜予的胳膊，用力一攥，竟让李舜予疼得立即松开了手。他倒退了两步，甩着手说："哎哟。"

几个手下听到李舜予叫唤，反身赶紧又跑了回来。可护士已经转身离去了。

李舜予指着护士的方向，气急败坏地冲手下嚷道："快去把那护士给我拦住！"

可待几名手下跑上去，转过一个拐弯，便不见了护士的踪影，只有一名男性正匆匆走向楼梯的方向。

李舜予抬着自己被护士攥过的胳膊，走到自己的手下跟前问：

"人呢？"

一名手下摇摇头回答道："不知道啊，刚兄弟们追到这儿，那娘们就不见了。"

李舜予左右看了看，有些怀疑，冲其中一个比较年轻的手下问："小何，你一直做事很认真，不打哈哈，那护士真的就这么消失了？"

小何没有犹豫地道："老板，大家说的是真的。"

李舜予摸了摸自己的光头，咒骂了一句："真他妈的见鬼了。"

快步来到关押程伟的病房前，看到未关的门以及破损的玻璃，曹卫民拔出手枪，推门而入，只见病房里空无一人。曹卫民回头看向范明，神情很不好看。

范明知道自己犯了大错，看着门锁，用手拨弄了两下，说："这家伙力气还挺大。"

曹卫民走到门边，从窗框还残留的玻璃上看到了血。他心想：这是程伟的血，还是别人的呢？不过从出血量来说，应该只是划破了皮，可这家伙到底为什么这么执着于自己的外甥？他外甥难不成掌握着什么财产的继承权？

范明问："曹队，我们怎么办？要不要叫人来帮忙搜索医院？"

曹卫民说："如果那家伙就是想找那个孩子，他肯定会去隔离病房那一层。我们现在人手太少，根本不可能搜索整栋医院。兄弟们这些日子为了抓捕郭瑞东已经累得够呛，我不能因为一个不明所以的程伟就把大家都招呼过来。"

显然范明有些自责，所以他坚持说："那我还是在这附近找找他吧。"

曹卫民有些嗔怒地说："不要废话，上楼。"

范明被曹卫民低沉的语气吓到了，唯唯诺诺地点点头。

曹卫民与范明很快便回到隔离病房那层。曹卫民左右看了看，大家都各自待着，似乎没有任何事情发生。他走到杨丽芬跟前，递给她一瓶从自动贩卖机里买的饮料，接着冲李爽问："医生没出来过吗？"

李爽摇摇头，当着杨丽芬的面，没敢说太多，只是简短回答说："里面还是忙得不可开交。"

曹卫民从大门的窗户向里面的楼道望了望，叉着腰，一筹莫展。

四

清晨，隔离病房的病人基本上已经得到了妥善的医治。医院消毒室里，陈海明在护士的帮助下，脱掉了防护服，进行全身消毒，而防护服之后也会送去焚化。疲惫的陈海明走出消毒室，看到程柳梅和小枫就等在外面。陈海明刚想去摸小枫的头，但不由自主地把手又缩了回来，问："在这儿待够了吧？是不是该让姨妈带你回家了？"

小枫有些害怕，拉着程柳梅的裤腿说："我不想走。"

陈海明蹲下来说："爸爸还有很多工作要忙，很难陪你。姨妈也累了，她今天还要上班。你再留在这里，就只能一个人待着了。"

"我能回自己家吗？"

陈海明皱了皱眉头说："小枫，你要坚强，爸爸今天下班之后，就把你从姥姥、姥爷那儿接回来。"

尽管小枫一脸的不愿意，但他没有反驳。

陈海明站起身，冲程柳梅说："今天就别让他去幼儿园了，带他回爸妈那儿吧。"

程柳梅有些犹豫："可程伟他……"

陈海明知道程柳梅不放心程伟昨晚的那种疯狂，说："我想大哥也该酒醒了，再说还有爸妈呢，不怕大哥犯浑。"

程柳梅跺了下脚，说："这浑球，昨儿离开病房之后也不知道去了哪儿。"

陈海明安慰说："别担心，没准早就回家了，爸妈没发消息什么的给你吗？"

程柳梅摇摇头："从昨晚，我这手机就不知道咋了，一直没信号。"

陈海明回答说："可能是医院里信号不好，你赶紧带着小枫回爸妈家吧。"

程柳梅看了一眼小枫，最终还是点点头说："好吧，那我带他回家。你也累了，回办公室休息会儿。"

"嗯，我知道。"

看着程柳梅带着小枫离去，陈海明心情难以称得上好。更别提，他还在担心程伟以及汽车后备箱里妻子的尸体。进入空无一人的诊室里，陈海明来到窗前，瞅着外面，天儿有些阴沉，接着他看了一眼表，现在是七点半。陈海明刚想坐下来，护士刘梅走了进来。

刘梅的神情看起来有些焦灼，急切地说："陈医生，疾病预防控制中心那边的电话打不通。"

陈海明愣了一下，接着问道："怎么可能？ 他们应该是二十四小时值班才对！"

护士刘梅说："我也不知道为什么，可我打了很多次，就是没人接。"

陈海明一时间想不明白这到底是怎么回事。

刘梅继续说道："但现在病患并没有继续增加，病人的情况在洗胃之后也有所好转，会不会不是什么特大传染病呢？"

陈海明问："血液检测有什么结果吗？"

刘梅点点头，说："芳易医生看了化验单。警员刘志刚的白血球非常高，而嫌犯郭瑞东没有任何问题。"说着她把化验单递给陈海明。

陈海明翻了翻，简直有些不敢置信，惊愕道："怎么可能？ 这怎么可能？"

刘梅语气低沉地说："确实不可思议。"

"我打电话跟院长商量一下。"陈海明想了想说。刘梅离开诊室后，陈海明拿起桌上的座机，却发现电话已经不是对方忙音的问题了，而是根本拨不出去。

张小凡站在自动咖啡机前，打了个哈欠。等咖啡调好，张小凡将纸杯拿出来，坐在椅子上。她看了看手机，发现依旧没有信号，便有些不耐烦地摇晃了摇晃手机。可手机信号的标示并没有因她的摇晃而出现。

就在这时，一个人从不远处喊道："张小凡！"

张小凡本就非常困顿，这一喊，吓了她一跳。她手一哆嗦，咖啡杯晃悠了一下，咖啡洒在了裤子上。她也顾不上用纸去擦擦裤子上的水渍，赶忙站起身看去，是曹卫民。

曹卫民面色铁青地走过来，居高临下地瞪着张小凡说："我就觉得之前楼下提醒我的那个声音有点耳熟，果然是你。"

张小凡冷冷地问："曹队长，我来这里看急诊不行吗？"

曹卫民一把抓住张小凡的胳膊，说："你不是想要大新闻吗，跟我来。"

张小凡扔了咖啡杯，用拳头砸在曹卫民胳膊上说："你要干吗？！放开我！"

曹卫民根本不在乎张小凡的捶打，拽着张小凡就往电梯方向走去。

张小凡根本拧不过曹卫民的力气，只能大声喊道："流氓啊！流氓啊！"

路过的护士纷纷看向张小凡和曹卫民，曹卫民冷不丁地大喊道："看什么看！警察抓人！"

曹卫民拽着张小凡，来到隔离病房的楼层。

范明笑着挑了挑眉，走上前冲张小凡说："你还真是不死心。"接着他看向曹卫民问道："曹队？你想拿她怎么办？"

曹卫民威胁道："我觉得应该带她去局里坐坐。"

张小凡笑出声来："好啊，我正想跟你们领导谈谈，是叫吴常峰吧。"

听张小凡说出了局长的名字，范明有些不安地看向曹卫民：

"曹队……"

曹卫民不耐烦地说："她是个记者，情报源多的是，知道局长的名字有什么可奇怪的。"

就在这时，隔离病房西区的大门打开了。护士刘梅走了出来。

刘志刚的妻子杨丽芬赶忙起身，带着哭腔迎上前询问道："护士，我丈夫他怎么样了？"

刘梅回答道："放心吧，你丈夫的情况很稳定。"

听到丈夫的情况很稳定，杨丽芬急迫地追问道："那我现在能进去看看他吗？"

刘梅转身，打开了西区门，带着大家走入病房前的走廊，很快就来到了刘志刚所在的病房前。

透过玻璃窗，杨丽芬看到了病床上丈夫安静地躺着，不禁转悲为喜。她擦了一把眼泪，问刘梅说："我能进去吗？我能进房间吗？"

刘梅有些为难地说："你现在还不能进去。我们还得观察一段时间，确定你丈夫的伤口没有被感染才成。"

杨丽芬还想继续求刘梅，这时曹卫民过来，扶着杨丽芬的肩膀说："弟妹，医生既然这么说了，你就放心吧。你有身孕，不如先回家休息，放心吧，我们会在这里好好地看着小刘。"

张博在一旁附和着："是啊。嫂子，您现在怀孕了，赶紧回去休息吧。"

杨丽芬站在原地，低着头，显然有些拿不定主意。

护士刘梅安慰说："放心吧，您丈夫真的没事，一切都平稳了。"

在众人的反复劝慰之下，杨丽芬透过窗户再次深情地看了看病床上的丈夫，点点头："好吧，那我先回去歇会儿。"

曹卫民冲张博命令道："小张，你送嫂子，记得送上楼。要是我弟妹出了什么事，你就不用回警局报到了。"

张博点点头，对杨丽芬说："来，嫂子，我送你回家。"

曹卫民则推了一把一旁的张小凡，说："你也跟着一起去。"

张小凡瞥向一旁，根本就没搭理曹卫民。

曹卫民再次冲张博说："还有她，把她带去局里，好好给我看住了！"

张博随即抓着张小凡，和杨丽芬一同离开了隔离病房区。

待杨丽芬消失在走廊尽头，曹卫民冲刘梅问道："护士小姐，我希望你能告诉我实话。小刘他真的没事了吗？之前陈医生的反应……我总觉得有些不对头。"

刘梅解释说："嫌犯和刘警官的情况都很稳定，应该是陈医生多虑了。"

透过窗户，看着躺在病床上的刘志刚，曹卫民发现刘志刚好像突然抽动了一下，赶紧对护士刘梅说："我刚才好像看到小刘动了一下！"

刘梅看了一眼，有些疑惑地说："可能是意识恢复了，我找陈医生来看一下。"

"你别拽我，我自己会走。"在电梯间里张小凡不耐烦地冲张博说。

张博也没办法，他不敢像曹卫民一样下手那么重，便松开了张小凡。

张小凡瞪了一眼张博，冲杨丽芬说："你不好奇你丈夫是怎么受伤的吗？"

杨丽芬皱着眉头问："你什么意思？"

张小凡说："曹队长是个情绪化的人，由他带队，恐怕手下人很难不受伤吧。"

张博质问道："你说什么呢？"

张小凡看向张博，厉声呵斥说："那就告诉她，她丈夫是怎么受伤的？"

张博有些为难，提高了声调："你到底什么意思？大家都知道志刚是被犯人咬伤的。"

张小凡笑了："怪事了，本来那个犯人好好的，车什么事也没有地开了好几个小时，郭瑞东怎么会突然发狂咬人呢？"

张博无言以对，显得有些焦虑。因为他与刘志刚不在同一辆车上，不是特别了解当时到底是个什么情况，无法反驳张小凡，只能以闭嘴应对。

电梯到了一层，出了电梯，三人向医院大门走去。张小凡因为装了窃听器，对于郭瑞东到底怎么发狂的，自然知道得一清二楚，便趾高气扬地继续说着："我猜是曹卫民在汽车上擅自审问了郭瑞东吧？以他的个性来说，弄出这样的事情并不奇怪。"

张博了解曹卫民的性子，心里也觉得张小凡没准猜了个十之八九，但为了维护曹队，同时也不想让刚刚平静下来的杨丽芬情绪出现反复，便急忙反驳道："你没有证据，不要瞎说啊！"

"你丈夫受伤，绝不是偶然！"张小凡则看着杨丽芬说，语气坚定。

杨丽芬有些迷茫。她转看向张博，想从他那里寻求真实的答案。

张博为难地说："嫂子，你不要听这个记者瞎掰。"

可就在这时，张小凡已经被眼前的事情吸引了注意力。医院大门方向，只见一群人聚集在那里，似乎在吵吵嚷嚷。

杨丽芬跟在张小凡后面，冲张博问："怎么回事？"

张博回答道："那边乱，我先过去问问。"

只听到聚集在门口人群几乎众口一词："怎么回事？为什么不让我们离开？我们是病人的家属。有没有医院的人？出来说句话。"

张小凡走上前，冲一个中年大叔问："大哥，请问这怎么了？"

中年大叔摇摇头说："我也不知道，一大早想出医院的时候，医院门就已经被封上了。"

张博也凑过来，惊愕道："啊！门被封了？"

中年大叔指了指医院大门那边说："对啊，你看，门外面都用板子围住钉死了，还拿黑布都给盖上：这是不让我们出去的意思啊。"

张小凡赶紧问道："医院的人干的？"

中年大叔皱了皱眉头说："这谁知道啊，前台也没个护士解释一下这到底是怎么回事。"

"请大家让一让，让一让。"

听到声音，众人纷纷看去，只见是陈海明医生。看到是陈医生，大家纷纷让出一条路。

陈海明来到医院大门前，程柳梅和小枫也从人群中走出来。程柳梅问道："姐夫，这到底怎么回事？"

陈海明摸了一下儿子小枫的头，安慰道："没事，我来看看。"说着他用手摇晃了一下大门，发现被封得死死的。

众人问："医生，这是怎么回事啊？你能解释一下吗？"

陈海明又使劲摇晃了一下，门依旧动也不动。他转过身冲众人说："请大家冷静，我想这应该是某种恶作剧，我们医院的相关人员绝不会干出这种事。我现在就联络警务人员，把这些东西拆掉！"

众人问："我们只是想离开医院，你们这里还有别的出口吗？"

陈海明点点头，高声地冲人群说："有的，请大家随我来！"

众人跟着陈医生还没走出去两步，就有几名护士跑了过来。其中一名护士气喘吁吁地冲陈海明说："陈医生，我们发现医院的各个出口都被封死了。"这时，众人的目光齐刷刷地都落在了陈医生的身上。

陈海明问："那窗户呢？"

护士回答道："低层的窗户也都被封上了。晚上拉着窗帘，谁都没发现这些东西是什么时候给装上去的。"

陈海明十分震惊，赶忙从怀里掏出手机。他要报警。

众人一看陈海明也说不出个所以，便大声喊道："这个医生也不知道怎么回事！"

"就不信出不去了！"

"砸碎这些门！"

看大家群情激动，陈海明赶忙劝道："请大家冷静！请大家冷静！我们现在应该报警！"

可众人的心已经沸腾起来，他们根本不顾陈海明的阻止，有人拿起一旁的灭火器就砸向了玻璃门，玻璃门碎了，但外面的板子却怎么也砸不动。众人纷纷惊奇道："这玩意难道不是木头吗，怎么这么硬？"

看着大家伙激动的情绪，陈海明知道自己已无力阻止，便赶紧对程柳梅说："带小枫先上二楼，这里太乱了。"

程柳梅抱起小枫，快步朝电梯走过去。

护士刘梅和程柳梅擦身而过，也顾不上打招呼，匆匆跑过去对陈海明说："陈医生，刘志刚那边有情况！"

三层诊室外的走廊里，李舜予带着自己两个手下在附近晃悠。他们看到一间诊室的门打开着，里面似乎也没人，便直接走了进去。李舜予推了推窗户，窗户外也似乎是封着木板。他上下打量了一番，接着后退了两步，冲自己的两个手下小何和小萧说："去外面把灭火器给我拿来。"

小何和小萧拿来了灭火器。李舜予指着窗户对他俩说："给我砸。"于是，两人拿起灭火器就砸向了玻璃，和楼下的情况一样，玻璃很快就被砸碎了，但外面的木板却怎么也砸不破。

李舜予有些惊奇地笑了出来："嘿，新鲜了，干工程这么多年，从没见过这么结实的木头板子，这活干得也忒实在了。行了行了，别砸了，咱们下楼去看看吧。"

"啊啊啊啊啊啊……"吼叫来自刘志刚。他躺在西区隔离病房里的一张病床上。只见他一手捂着喉咙，一手在眼前不断挥舞，仿佛受到惊吓一般，呼吸机也给挥到了一边。

病房的门被推开，陈海明连防护服都没穿就赶着过来了，身后紧跟着护士刘梅。陈海明赶紧回头问："怎么回事？早上他注射过什么？"

刘梅回答说："除了正常的补液什么也没有给！"

看着刘志刚痛苦的样子，陈海明继续问道："过敏史呢？"

"没有！昨天我看了他的医疗记录。"

陈海明立即停止了输液，可发现刘志刚并没有任何改善，依旧在疯狂地挣扎。陈海明用手指按住刘志刚的脖子，冲刘梅喊道："他没法呼吸！快！给他注射肾上腺素！"

刘梅赶忙从医疗推车上拿起肾上腺素，迅速注射进刘志刚的胳膊里。

就在这时，跟过来的杨丽芬看到了丈夫痛苦的挣扎，也闯进了隔离病房。她扑到刘志刚的病床前，不断地哭喊道："志刚！志刚！"

陈海明吃了一惊，怒吼道："出去！这里是隔离病房！家属不能进来！"陈海明一边喊，一边盯着仪器，发现血氧浓度持续下降，赶紧又将呼吸机给刘志刚戴上。

听到陈医生的怒吼，站在门外的曹卫民急忙进入病房，抓着杨丽芬的胳膊说："弟妹，不要这样！有医生在！志刚不会有事的！"

李爽与范明也疾步上前，和曹卫民一起去拉杨丽芬！

刘志刚依旧呼吸困难，紧闭双目。可突然间，他一把抓着陈海明的衣服，呢喃道："救……我……"

陈海明愣了一下，刘志刚随即昏了过去！

几乎同一时间，杨丽芬晕倒了，曹卫民他们赶紧把她架到门外。

刘梅有些吃惊，不确信地冲陈海明问："他刚才说话了，难道不是癫痫？"

陈海明没有搭腔，紧忙给刘志刚做心肺复苏。

把杨丽芬扶到病房外的椅子上躺好，曹卫民便被张博拉到了一旁。曹卫民奇怪地问："怎么了？还有什么事能比小刘这边紧急？"

张博说："头儿，我觉得有点问题。"

　　看着慌张的张博，曹卫民问道："什么问题？瞧你哆哆嗦嗦的。"

　　张博解释说："医院的各个出口都被人用木板子给封上了。"

　　曹卫民皱了皱眉头，轻蔑地说："什么玩意？什么人干的？砸开不就完了？"

　　张博摇摇头："没那么简单，我也不知道那啥玩意，可就是砸不开。"

　　曹卫民依旧不屑一顾，说："这么点小事，瞧你那样儿。去找城管，让他们找几辆铲子车，还有砸不开的东西？"

　　张博从怀里掏出手机，指着屏幕左上角。

　　曹卫民好几天没睡了，一时间没有看清，问道："你指什么呢？"

　　张博语气低沉地说："您看这儿。无服务，代表着手机没信号。"

　　曹卫民不耐烦地说道："你直接告诉我你手机坏了不就得了。"说着，曹卫民掏出自己的手机，看也没看，就直接拨了一个号码，却怎么也拨不出去。这时他看了看手机屏幕，发现左上角也是显示无服务状态。

　　范明凑过来说："没什么可大惊小怪的吧，这附近都是ICU什么的，信号被屏蔽了吧。"

　　接过话茬，张博说："可我刚才在医院的大门口，手机上也显示的是无服务状态。"

　　曹卫民指了指不远处的护士台，说："去借用座机，护士台一定有。"

　　张博走过去，发现护士台里面没人。他拿起座机，可怎么按都是忙音。

　　看到张博半天没拨通电话，还冲自己打手势，曹卫民便走了过去。

　　"你们干吗呢？"正好走过来的芳易问道。

　　曹卫民解释说："我们只是想借一下电话。"

　　芳易皱了皱眉问："你们手机没电了吗？"

　　没等曹卫民回答，张博便插嘴道："曹队，这座机也拨不通。"

　　在和曹卫民对视了两眼后，芳易从张博手里接过听筒，按了几下数字键，发现确实是忙音，接着挂下，拿出手机，一看屏幕上面显示的也是无服务状态。

曹卫民提醒道："网呢？看看现在电脑的网络断没断？"

芳易赶紧坐下来，用鼠标点了点，发现电脑的网也断了。

曹卫民这才感觉到事情蹊跷。他走出几步，直接闯进一个没有人的病房。走到窗户边，曹卫民朝外面看去，零星的路人在行走，一切一如既往，并没有什么特别的。拉开窗户，曹卫民冲外面喊道："我是朝阳小渠派出所的民警曹卫民！医院的出口被封住了！谁能帮我打个电话报警！"可喊了两声，并没人答应，甚至连朝窗户这边看的人都没一个。这时曹卫民是有些着急了。他回头在屋子里寻摸了一圈，拿起一个补液瓶，直接就从窗户扔了出去。补液瓶砸碎在地上，声响的动静并不小，奇怪的是那些路人却听而不闻。曹卫民奇怪道："难道这些家伙都聋了吗？"

范明和张博更是不明所以，无言以对。

曹卫民转身说："范明、李爽你们俩继续在这里给我守住病房里面的郭瑞东。张博，你带家伙了吗？"

张博点点头。

曹卫民说："走，我们下楼看看到底怎么回事。"

在医院门诊大厅里，记者张小凡举起相机，将一幕一幕不同寻常的诡异现象全部记录了下来。突然，她瞥见在人群的后面，站着一位护士。她让张小凡觉得有些眼熟。她不正是路过关押程伟的病房后，程伟就消失了的那个护士吗？想到此，出于记者的好奇，张小凡便慢慢凑了过去。

而那名护士冷眼在人群后看了一会儿，突然从人群中拉一个人出来就问："你见过小枫吗？"

张小凡内心不禁十分惊讶：她也在找陈海明的儿子小枫？

那人根本不认识什么小枫，反问道："你说啥呢？"

这位护士继续冷冷地问道："就是一个五岁的男孩子，你没见过吗?"

那人挠挠头,不耐烦地看向人群,找了找说:"刚才我好像是瞥见过一个,现在咋没了。"可当那人再次转头瞥向护士时,这位护士已经离开了。

张小凡跟在这位护士后面,随她走上楼梯,来到二层。张小凡心里惴惴不安,她知道程柳梅和小枫应该就在这一楼层。而这位护士到底是什么人?她为什么要找小枫?

就在跟踪的过程中,突然一位胖护士推着药品车迎面走来。胖护士把药品推车挡在了张小凡跟踪的那位可疑的护士身前,说:"把这个送去七楼陈海明医生那里。"

这位护士先是低眼看了一下推车,又抬头瞥了一眼胖护士。

只见胖护士不耐烦地说道:"抓紧点!现在大家都忙得不可开交了,你不知道吗?"

张小凡盯着可疑的护士:她并没有答话,而是推着药品车直接走向了电梯。张小凡赶紧跑向楼梯间,飞速地向上爬。等她来到七层时,只听到电梯门打开的声响传来。她躲在拐角处,继续盯着这位护士。

可接下来,这位护士站在西区隔离病房的门前待了好一阵儿,也不吭声,也不开门,不知道在想什么。

这时,只见护士刘梅打开西区的门,匆匆走出来,冲这名可疑的护士喊道:"你站那儿干吗呢?不要慢慢吞吞的!快把药品车推进来!"随即这位可疑的护士便在刘梅的带领下进了西区的隔离病房。

隔离门眼看就要关上了,张小凡趋步上前,可还是迟了半步,隔离门关上之后,便被电子锁自动锁上。张小凡不敢叫里面的人来开门,只能透过门上的玻璃朝里面望去。

只见那名可疑的护士就站在某个病房外,而且眼睛直愣愣盯着病房内。

张小凡举起相机,将这一幕记录了下来。

　　很快，医生芳易从另一间病房里走了出来。她似乎也看出了这位护士的行为有些怪异，于是上前问道："你怎么了？"

　　那位护士直愣愣地看着芳易，问："你知道小枫在哪儿吗？"

　　芳易皱了皱眉头问："小枫？陈海明医生的儿子？"

　　那位护士点点头。

　　芳易瞥了一眼病房里的陈海明，发现他正在救治警员刘志刚，便问："你为什么要找小枫？"

　　那位护士说："程柳梅和小枫走散了，所以让我帮忙寻找。"

　　张小凡在西区大门外也听到过俩人的对话。她非常震惊，很明显这位护士在撒谎。

　　芳易说："我现在也走不开，没法帮你，但我想你应该去二层陈医生的诊室那边看看，我记得之前小枫在里面睡觉。"

　　那位护士问道："他的诊室？"

　　芳易点点头，说："对，不是他的办公室，是门诊的诊室。"

　　"谢谢你。"说完那位护士就折身朝西区大门这边走来。

　　张小凡感觉十分诧异，也顾不上更多地思考，立即跑向了电梯间。好在电梯还停在这层，她迅速进入电梯，赶紧按下二层的按钮！

　　在警员刘志刚的病房内，陈海明站在病床前，显得十分的疲惫。护士刘梅双眼紧盯着记录仪器上的数值。刘志刚生命是抢救回来了，但仍在昏迷中。

　　陈海明想闭上眼睛休息一下，但觉得屋内很亮。他抬起头睁开眼，看着屋顶的白炽灯，突然想到一件事。陈海明说："再给他验一次血，这次化验狂犬病毒。"

　　刘梅转过头看着陈海明，一脸的吃惊，疑问道："你确定吗？刘警官除了脖子上被嫌疑人咬出的外伤之外，没有任何被狗或其他动物咬伤的伤口或者疤痕。"

陈海明在思考中没有说话。

刘梅继续说："而嫌疑人咬伤他是在昨天，就算真的被传染了，狂犬病也不会发病这么快的。"

陈海明慢慢地解释道："但他的症状像极了狂犬病人，光敏感、喉咙痉挛、有意识。"

刘梅想了想说："好，我这就给他验血。"

陈海明点点头，说："我们分头行动，我去给郭瑞东验血。"

隔离病房东区，李爽和范明守在郭瑞东的病房前。李爽打了个哈欠，站起身，回头从窗户里看了看病床上的嫌犯郭瑞东，说："这丫怎么还睡着呢，到底什么病啊？又咬人，又吐的。"

范明耸耸肩，说："不知道，这大半天也看不到一个护士，也没人来接班。"

李爽建议道："你给曹队打个电话问问吧。"

"刚才不都说没信号了嘛。"

李爽不耐烦道："你去楼梯那边试试。"

范明刚走，李爽便看到陈海明医生打开了东区大门，径直走向郭瑞东的病房这边。

到了病房前，陈海明也没跟李爽打招呼，便直接推门而入。刚一进屋他就愣住了，郭瑞东居然已经坐了起来。赶紧又推开门，冲病房外的李爽说："嫌疑人醒了，我要给他抽血，你最好进来看着点。"

李爽赶紧和陈海明一同进屋，手按在腰间的枪上。

陈海明拿着针管和消毒用的棉球棍走到病床边。

嫌疑人郭瑞东突然开口说道："你是医生？对吧。"

陈海明有些不解地看了眼郭瑞东，自己穿着白大褂，不问也应该能明白吧，回应说："是的，你现在有没有感觉到哪里不舒服？"

郭瑞东回答说："没有。"

陈海明继续问道："也没有呕吐感吗？"

"没有。"

"我要再给你化验一次血。"

郭瑞东没有吭声。

陈海明医生拿起郭瑞东的胳膊给他采血。在针扎入郭瑞东胳膊的那一瞬间，郭瑞东似乎发出了某种低吼，很细微。陈海明不由得看了他一眼，发现郭瑞东在龇牙。按说，抽血扎针的痛感没有这么邪乎。陈海明没多想也没敢再多看，抽完血，赶紧将针头拔了出来。

郭瑞东就那样一直瞪着陈海明。

陈海明感觉很蹊跷，回头看向李爽，俩人眼神对了一下。李爽点点头，没说话。带着抽好的血，陈海明就离开了病房。

五

　　医院门诊大厅门口，在几个手下的护卫下，李舜予推着坐在轮椅上的母亲，走向围在门口的人群。"快，让开！都他妈让开点！"他有些不耐烦地大声抱怨道，"这他妈到底怎么回事？我还得赶着回去和人谈生意呢。"

　　李舜予的母亲李久华说："舜予，你怎么又骂脏话，这里可是公共场所。"

　　李舜予回应说："抱歉啊，妈，今天这笔生意谈不成，我要亏一大笔钱，有点急。"

　　李舜予的骂声引起了站在人群中的曹卫民的注意。他回过头，看到是李舜予，便开口叫道："李老板？"

　　李舜予瞥见曹卫民，笑着说："哦，曹队长啊？怎么？连为人民服务的公职人员也出不去了？"

　　曹卫民回答道："是啊，也不知道这是什么情况，医院大门全被封死了。"

　　李舜予又问："能翻出去吗？"

　　曹卫民语气略显阴沉地回答说："高层可以，只要你敢冒那个险。"

　　李舜予笑了笑说道："曹队长，也别卖关子了，直说吧，你一定知道些内幕吧？"

　　曹卫民反问说："知道内幕的人能在医院里面待着？"

李舜予皱着眉头说："不会吧？打个电话问问呢？"

曹卫民回应道："你的电话有信号吗？有信号的话借我用用。"

"这里是医院，偶尔没信号不很正常吗？"

"我可从来没听说过医院的门诊部会屏蔽所有的电话信号。"

李舜予松开扶着母亲轮椅的手，走到曹卫民跟前低声道："我是真有笔买卖要谈，曹队长，能不能行个方便？"说着李舜予掏出一盒看似名贵的烟想塞给曹卫民，曹卫民用手给挡了回去，也没说话。看着面无表情的曹卫民，李舜予笑道："不是吧，曹队长，以我们的交情，这点事情还摆不平？"

曹卫民依旧脸色铁青。

李舜予继续说："你看大家伙都这么着急，给我个面子，说说，这到底是怎么回事。"

张博在一旁有些不耐烦地插嘴道："说什么？我们确实不知道是怎么回事。"

听了张博的话，李舜予的脸色瞬间变了，变得有些嗔怒，呵斥道："你哪根葱啊？我跟曹队长说话呢。"

曹卫民一字一字地说："李老板，我是真的不知道。"

李舜予的语气也变得转了起来，质问道："你不知道谁知道啊？你可是警察，你可是这片管事的。大家说是不是啊！"

在李舜予的怂恿下，众人纷纷附和道："是啊。"

"他一定知道怎么回事，就是不愿意告诉我们！"

"他可是警察，怎么可能一点风声都没得到。"

曹卫民高声安抚道："大家冷静点。我和大家一样，也被困在了这座医院里，也很焦急，但我是真的不知道这一切到底是怎么回事。"

李舜予瞥了两眼曹卫民的腰，问："曹队长，带着家伙呢吗？"

曹卫民警惕地问道："什么家伙？"

李舜予建议道："我想我们应该把那玩意拿出来，看看能不能打破这堵墙。"

一旁的张博已经横眉怒目，吼道："你开什么玩笑?！枪是你们能随便用的东西吗?"

曹卫民瞪了一眼张博，意思是让他不要随便开口说话。

李舜予笑了："那意思就是带了。"

曹卫民问："李老板的意思是要用枪打穿那些砸都砸不开的板子?"

李舜予反问道："你还有什么更好的办法吗?"

曹卫民有些不屑一顾，说："你太高估这小枪小炮的威力了。"

李舜予毫不退让，问："不愿意吗?"

曹卫民深吸一口气，语气低沉地说："没什么不愿意，只是没有用而已。"

李舜予摆了摆手，鼓动周围的众人说："有没有用，试了才知道，大家说是不是啊?！"

周围的人群起哄道："是啊，是啊！犹豫什么呢！快把枪拿出来！"

电梯门打开后，按住脖子上的照相机，张小凡赶紧朝护士站跑去。可过去一看，护士站空无一人。张小凡着急地朝走廊左右看去，依旧没有护士可打听陈医生的诊室在哪儿，只能大喊道："程柳梅，你在吗?！"向诊室的方向跑过去，张小凡一路喊着："程柳梅！"

在叫声中，一间诊室的门被推开了，只见程柳梅探出头来，瞥了一眼已经从门前走过的张小凡的背影，看她不像什么坏人，便走出来问："喂，你为什么找我?"

张小凡回身，她认得程柳梅，赶紧过去，一把将程柳梅推进诊室，随即也看到了里面的小枫，接着细声说道："我是记者，叫张小凡。我在这间医院里一直做追踪采访，刚才我发现有个可疑的护士一直在找你和小枫。"

程柳梅一脸不解："可疑的护士?"

张小凡喘了口粗气说："是，她一直在找你们俩，还向别人撒谎。"

程柳梅看了一眼小枫，问道："她是谁？为什么要找我们？"

张小凡摇摇头说："我不知道，但她说有人拜托她找你们。"

程柳梅惊愕道："难道是我哥程伟拜托她？"

张小凡用低沉的声音说："我不清楚，但她现在已经朝这一层来了，我觉得你们在这里躲着不够安全。"

程柳梅问："那我们该去哪儿？"

"我也不知道，但赶紧离开这层是最要紧的。"

程柳梅赶紧过去拉住小枫的手，看了一眼张小凡，似乎依旧不能确定是不是要听对方的。

看出程柳梅的心思，张小凡说："如果你不相信我，可以去我的微博看看，那上面有我的介绍，我没有任何理由骗你。"

程柳梅点点头，随即拽着小枫离开了陈海明的诊室。

张小凡在身后提醒道："不要坐电梯。"

陈海明走进隔离病房外不远处的办公室里。见芳易也待在里面，陈海明显得有些不自然，但他没吭声，径直走向水池，拧开水龙头，开始洗手。芳易也起身，走到窗边，看着外面阴云密布的天空。就这样俩人寂静无声地待了一会儿。

芳易转过身，看向陈海明的背影，淡淡地问道："这到底是怎么回事？难道真的是特大传染病？可把所有人都困在医院，这种做法是不是有些疯狂？"

陈海明没有回答，依旧在洗手，可他突然发现自己的手指甲相比昨天有了明显的变化——长长了不少。陈海明感到十分奇怪，抬头看了一眼镜子，发现自己的胡子也长得比平常长了。陈海明很是震惊，突然去翻垃圾桶，从中翻出一个纸团，打开来，里面都是被剪掉的指甲。

芳易奇怪地问道："你干吗呢？怎么不说话。"

陈海明回头，用惊愕的眼神看向芳易问："看看你的手指甲，有没有突然变长？"

芳易抬起手看了看，不解地问道："你说什么呢？我的手指甲……好像稍微长长了点。我记得我前几天剪掉的，不过这个生长速度很正常吧。"

陈海明站起身，走到芳易身边，将纸团里面的手指甲摆在芳易眼前。

芳易赶紧躲开说："你干吗啊？！好恶心。"

陈海明说："这是我前天下午剪的，你再看看我的手。"

芳易先是愣了一下，接着说："你一定是记错了吧。"

陈海明说："你还记得你什么时候倒的纸篓吗？"

听了这话，芳易一脸震惊，说："前天上午。"

陈海明低下头，陷入了思考，而后缓缓说："被封锁，指甲生长速度加快，疑似狂犬病患者，一连串东西一定不会是巧合，有什么巨大的改变发生在这家医院里，甚至在我的身上。"

芳易不敢置信地说："你别吓唬我，你是说你也被感染了吗？"

陈海明摇摇头，说："我不知道，包括我的胡须，生长的速度都变快了。"

芳易将手轻轻搭在陈海明医生依旧戴着婚戒的左手上，温柔地说："海明，你没有外伤，狂犬病毒没法进入你的血液，更何况狂犬病不会加速人的新陈代谢，这症状根本不一样。"

陈海明赶紧将手抽离，没有回应。

门被突然推开，护士刘梅走了进来。她将血液检测结果的表格递给陈海明。

陈海明先是瞥了刘梅一眼，只见她满脸的焦急和震惊，接着迅速翻看表格。一瞬间，陈海明愣住了，因为血液检测表明：在嫌疑人郭瑞东和警员刘志刚的血液里均检测出狂犬病毒。

看到陈海明的紧张模样，芳易一把抢过化验单。看完之后也是一脸震惊，她有些结巴地说："这……怎么可能？"

陈海明赶紧冲刘梅问道："那两个便衣还守在嫌疑人的病房门口吗？"

刘梅点点头："我想是的。"

陈海明铁青着脸，匆匆跑出办公室！

刘梅和芳易不知道陈海明医生要干什么，但知道事情不妙，便紧跟着他也出了办公室。

躲在走廊尽头的拐角处，张小凡通过门缝盯着外面，等了一会儿也没见那位可疑的护士，但却有一个从没见过的年轻女性走向之前小枫藏身的诊室。她轻轻敲响房门，细声道："小枫？小枫你在吗？"张小凡举起相机，按下快门。她心中大为不解：这女的又是谁？为什么这么多人都要找小枫？这孩子是关联一大笔财产还是怎样？听屋里没有回应，那女的直接拧门，走了进去。张小凡听到她在诊室里面大喊道："小枫！小枫你在哪儿？！是妈妈啊！是妈妈啊！"震惊、诧异，张小凡甚至觉得自己是不是听错了。她说她是小枫的妈妈？可从程伟、程柳梅还有陈海明他们之间的对话来讲，听起来小枫的妈妈已经……接着只见这个自称小枫母亲的女人从诊室里出来，看起来满脸的惊愕与焦急，继续在走廊里大声喊道："小枫！小枫你在哪儿？妈妈来了！"张小凡再次端起相机，透过玻璃悬窗从各个角度拍摄着这个女人。见这个女人朝自己的方向走来，张小凡赶紧回身朝应急逃生出口那边走。这时只听身后一个声音厉声叫道："喂！前面那个穿灰色运动衣的女的！给我站住！"

张小凡全身一激灵，因为她就穿的是灰色运动衣，但她没有停下脚步，而是继续匆匆向前走。但没走出几步，只觉得肩膀一下子被一只手狠狠地拽住，张小凡不由自主转过身来，冲眼前这个自称小枫母亲的女人说："你在叫我？抱歉啊，我以为你在叫别人。"

这女人眼神凶恶，死死地盯着张小凡，冷冷地问："小枫！你是不是见过小枫？他在哪儿？"

"小枫？你是指陈海明医生的儿子吗？"

听张小凡这么说，眼前的女人突然激动地抓紧她的肩膀，摇晃着吼叫道："不！小枫不是他的儿子！他是我的儿子！我程柳维的儿子！他在哪儿？！你一定知道对不对？！"

张小凡心里很害怕，有些哆哆嗦嗦地说："我知道他在哪儿，你先放开我。"

程柳维慢慢松开张小凡，眼睛依旧紧盯着她，还咬着牙，似乎张小凡如果这时说不知道，她就会咬断她的脖子一样。

张小凡拿起照相机，调出小枫的照片，展示给程柳维看，问："你要找的小枫就是这个孩子，对不对？"

程柳维抓着相机，点点头，接着指着照片上的程柳梅说："我认得她，她是我妹妹！"

张小凡说："现在医院的情况很不妙，程柳梅带着他躲到地下室去了。"

"地下室的哪个房间？你带我去！"

张小凡心中一沉，这下可给自己惹上了大麻烦，便推辞道："我也不知道具体是哪个房间，你再向别人打听打听吧。"

程柳维一把攥住张小凡手腕，怒吼道："你一定知道！带我去！带我去！！"

"喂喂喂，这可是医院，你吼什么吼呢？"这时程柳维身后不远处一个护士走过来，没好气地说。

程柳维转头，看向护士问："你知道小枫在地下室的哪个房间吗？"

护士眯着眼打量了一番程柳维，问道："小枫？地下室？你说什么呢？"

程柳维松开了张小凡，转身走向护士。

护士看到程柳维那诡异的神情，不自觉地后退了一步，问道："你要干吗？"

　　来到跟前，程柳维一把掐住护士的脖子，甚至将她直接举了起来，质问道："小枫?！小枫在哪儿?！"

　　不想一个女人的力气竟大到了这个地步，张小凡知道这样下去，没准要出人命。于是她趁程柳维的精力都集中在那护士身上，从一旁抄起一个灭火瓶，照着程柳维的后脑就砸了过去！"砰"的一声！程柳维的手松开了。护士也一屁股坐在了地上。程柳维摇晃了两下，一下子瘫倒在地。

　　张小凡和护士对视了一眼。护士依旧满脸惊恐，紧张得一时间说不出话来。缓了一会儿，护士站起身问："她是谁？她要找的小枫又是谁？"

　　张小凡解释说："她是谁我不知道，但小枫是陈海明医生的儿子。"

　　护士慌张地问："我们拿她怎么办？就让她在这里躺着吗？"

　　张小凡看着躺在地上的程柳维说："先把她搬进一间没人的诊室吧。"护士点点头。俩人随即将程柳维搬进了一间诊室，让她躺在了给病人做普通检查的床上。张小凡说："我现在去找陈海明医生，问问他认不认识这个女人。"

　　护士有些害怕道："难道你要我一个人在这里看着她？"

　　张小凡摇摇头："不用，我看她一时半会儿醒不过来。"

　　俩人出了诊室，没有主意的护士问张小凡说："要把门锁上吗？"

　　张小凡想了想，点点头："嗯。"

　　陈海明、刘梅与芳易来到隔离室病房东区的走廊，看见一个身着病服的男性站在郭瑞东的病房前。护士刘梅认得这个人，问道："林国庆？你在这里干什么呢？"

　　林国庆瞪大双目看着隔离病房里面，隔了好几秒，用手指了指，用略显呆滞的语气说："外星人！外星人！我们会超越美国，对不对？"

　　大家不明白林国庆在说什么。芳易冲刘梅小声地问道："这人谁啊?"

　　刘梅解释说："林国庆，之前因为高烧住进来的。可一个礼拜过去了，也没有家属来给他办出院。"

　　芳易疑问："他家哪儿的? 脑子烧坏了?"

　　刘梅摇摇头："不知道，据说小学毕业就出来打工了。"

　　林国庆有些兴奋，自顾自地说道："我是第一个发现外星人的，对不对?"

　　陈海明来到林国庆身边，并没有吭声，也从窗户朝隔离病房里面看去。可陈海明没有看到什么外星人，只见郭瑞东直挺挺地坐在那里。陈海明明白医院里发生了怪事，所以变得谨慎起来，问："林国庆，那两个看守这间病房的便衣警察呢?"

　　林国庆继续用手指着，说："他们都进屋了。"

　　透过玻璃看向屋内，陈海明并没有发现任何警察的影子，便又一次问道："进屋了?"

　　林国庆重复说："是啊，他们都进屋了。"

　　陈海明瞥了一眼林国庆，不知道他的话可信不可信，又看向身后的芳易和刘梅说："我先进去，你们俩在外面等着。"

　　看到陈海明那严肃的神情，芳易和刘梅都点点头。芳易提醒道："你小心点。"

　　陈海明轻轻推开门，郭瑞东坐在床边。郭瑞东在看到陈海明之后，率先开口道："陈医生? 我感觉自己已经没有什么大问题了。"

　　陈海明扫视了房间一圈，依旧没有看到那两个便衣，也就是范明和李爽，随即问："那两个看守你的警察呢?"

　　郭瑞东露出一瞥淡淡的笑意，说："你在问一个嫌疑人看守他的警察去了哪儿?"

　　陈海明有些犹豫。他是个医生，着实不知道该怎么与嫌犯问话。

　　郭瑞东继续说："我不知道，或许回家了吧。"

陈海明斩钉截铁地说:"现在没人能离开这座医院,他们是不会回家的。"

郭瑞东突然用鼻子闻了闻,盯着陈海明说:"你身上的气味有些糟糕,说明你确实已经很久没回家了,你没有在说谎。"

陈海明点点头:"是的,所以我希望你能待在这里,不要随便走动。"

"为什么?我以为我的病已经好了。"说着郭瑞东就要起身下床。

觉得有些不妙——毕竟眼前的人可是杀人犯,陈海明一点点后退,很快退到了门边,回头就跟芳易和护士刘梅喊了一句:"快去找曹队长!"接着陈海明将诊室的门关上,也没来得及锁,便赶紧和刘梅、芳易朝东区隔离病房走廊尽头的大门跑过去!

跑出东区大门,护士刘梅想将大门关上,但陈海明一回头,赶紧阻止了她,喊道:"先别关门!林国庆还没出来!"只见林国庆还站在隔离病房门外。陈海明站在走廊尽头的门边,冲林国庆招手。

"快!快过来!"经陈海明医生这一喊,林国庆才跑向这边。就在林国庆快到大门边时,郭瑞东也在后面跟了出来。郭瑞东跑步的姿势令人心惊胆战。只见他像狗一样,双手伏地,用四肢在奔跑,速度奇快。千钧一发之际,陈海明一把将林国庆拉出来,接着将门关上,电子锁随即自动将门锁了起来。"砰!"郭瑞东狠狠地撞在大门上,接着站起身,手指抠着玻璃问:"陈海明医生,你在干什么?"

陈海明摇摇头说:"抱歉!在跟曹队长商量之前,我暂时不能放你出来。"

就在这时,"砰",楼下传来一声枪响。芳易和刘梅都哆嗦了一下。刘梅惊恐地问:"什么响?"

只见林国庆抱着头,朝西区的病房跑去,大声地喊着:"枪!枪!有人开枪了!"

在医院大门口,曹卫民的手枪还在冒着余烟。只见他举枪冲天,冲周围的民众厉声道："都给我后退！"

众人面面相觑，纷纷退开。

曹卫民接着说："你们疯了吗？抢夺执法人员的枪支可是重罪。"

张博和曹卫民靠在一起，也举着枪，有些紧张地看着周围。

李舜予上前一步，开口道："曹队长，容我说句公道话，大家的心情是可以理解的。被困在这种地方，也没人给个交代，问医院，医院的人不知道。我们可不马上就想到了人民警察，我们的卫士，你怎么也得为我们做点什么吧？曹队长。"

曹卫民瞥向李舜予，冷冷地说道："我会尽最大努力帮助大家搞清楚状况，但希望大家不要再冲动行事。如果枪械走火，可不是闹着玩的。"

李舜予点点头，问道："曹队长，有你这句话就行了，不过现在大家都很着急，你最好仔细想想，最近上头有没有发什么批文之类的？"

曹卫民摇摇头："没有，据我所知没有。"

李舜予点燃一根烟，指着曹卫民说："再好好想想。"

张博有些愤怒地说道："曹队长说了没有就是没有！"

"砰！"李舜予一脚踢翻一旁写着"安静"的牌子，瞪着张博，恶狠狠道："那你最好也想想看。"

曹卫民赶紧拦住张博，让他不要太激动，随后冲李舜予说："李老板，你这话听着似乎指我隐瞒了什么。"

李舜予回答道："你心里清楚就好。"

眼见俩人的火气都上来了，李舜予的母亲李久华被人推着上前，开口道："曹队长，抱歉，孩子今天有笔大生意要谈，难免有点冲。我的主张是万事好商量，没有什么是不能疏通的。"

曹卫民略知道这个老太太的一些来历，语气变得恭敬许多，说："夫人，有些事情不是钱能搞定的。"

"那不如这样，告诉我们一下，曹队长，还有这位……"说着李久华看向张博。

曹卫民介绍道："他是小张。"

李久华慢慢说道："曹队长还有小张同志，你们看起来健健康康的，为什么会来这个医院？还带着枪？"李久华一语中的，大家纷纷向曹卫民投去异样的目光。

曹卫民知道自己不说不行了，解释道："我的一个下属受伤了，所以我们是送他来这里的。"

李舜予抢着问："他为什么会受伤？"

"他在追捕一个嫌疑人时受了伤。"

李舜予问："嫌疑人？那这个嫌疑人现在在哪儿？会不会就是他导致我们被困在这里的？"

曹卫民不想说实话，犹豫一下没回答。

李久华似乎一下子找到了突破口，又一次开口问道："他也在这家医院里？"

曹卫民明白话说到现在这个地步，隐瞒下去只能是激化矛盾，便无奈地点点头。

就在这时，陈海明匆忙地跑了过来，冲曹卫民着急地说："曹队长，那个杀人犯醒了，可负责看守他的两个警员不见了！"

曹卫民圆睁双目，问："那郭瑞东呢？"

陈海明上气不接下气地说："我们暂时把他锁在了隔离病房的东区。"

曹卫民没有多说，当即和陈海明一起离开医院大门口，朝电梯疾步而去。

李舜予弯下腰来冲李久华说："妈，我也过去看看情况。"

李久华点点头，说："小心点。"

李舜予转头又冲手下人说："小何、小萧你俩在这里看着我妈。我妈要有一点差池，小心明天我把你俩和水泥沙子一起搅了。"

走进隔离病房西区大门，张小凡站在走廊里问："陈医生？陈医生你在吗?"可并没有人回应张小凡。张小凡再也不敢随便进入病房,左看右看,突然在走廊的角落发现一个人蹲在那里,不禁吓了一跳。仔细看去,是一个穿着病服的病患。张小凡是记者,胆子一向很大。她走上前两步,越发觉得这人的神情不太正常,可还是问:"请问你知道陈医生在哪儿吗?"

躲在角落的病患正是林国庆。他双手抱着腿,蜷缩着身子,不断地颤抖,嘴里还不住地细声念着什么,似乎根本没听到张小凡冲自己问话。

张小凡走过去,用手碰了一下林国庆:"嘿。"

林国庆打了一个激灵,向后躲着,头依旧冲下,似乎不敢看张小凡,语气慌张地说:"我投降! 不要开枪杀我! 不要开枪!"

张小凡顿时明白了,大概林国庆是被刚才的枪声吓到了。虽然自己也想去看看到底发生了什么,但目前还是先找到陈医生要紧。

"不要紧张,我不是开枪的人,也没有枪。"张小凡蹲下来温柔地说。

林国庆依旧紧紧蜷缩着,低着头说:"我不相信,他们一定是来杀我还有那些外星人的。他们要毁灭证据! 毁灭世上有外星人的证据!"

张小凡听出来了,这患者肯定是脑子出了问题,但她还是好奇,疑问道:"外星人? 什么外星人?"

林国庆这时突然抬起头,双目圆睁,盯着张小凡,说:"就是外星人! 就在东区!"

张小凡回身看着走廊另一头的东区那边。她并不相信林国庆的话,略带笑意地继续问:"我刚才路过东区门口,怎么没看到什么外星人?"

林国庆一把拽住张小凡的胳膊,说:"你不相信我吗? 外星人就在郭瑞东的病房里!"

听到郭瑞东这三个字,张小凡愣了一下,觉得眼前这人似乎也不是那么疯,便收起了笑容,站起身问:"外星人长什么样?"

林国庆抱着头,不住地念叨道:"郭瑞东……郭瑞东……郭瑞东……"

就在这时,杂乱的脚步声传来。张小凡没空再管林国庆的疯癫,赶紧跑向西区的大门。

率先跑过来的人是曹卫民与张博。他俩看起来也非常紧张，握着枪，站在东区隔离病房大门的两旁，从门上的窗户向里面张望了一通。随后赶来的是陈海明医生等人，他们一个个气喘吁吁，看起来也格外紧张。

张小凡低下头，躲在西区的门后没敢吭声。她知道如果曹卫民看到自己，肯定不会有好脸色。

曹卫民看到走廊里空无一人，便让陈海明用门卡打开了电子门锁。

"他一定是躲进了某间隔离病房。"陈海明说。

曹卫民没有回头，眼睛一直盯着走廊前方问："其他隔离病房里还有患者吗？"

陈海明点点头，肯定道："有，有四个和他症状类似的人。"

曹卫民随即伸手去拧门，冲小张命令道："跟着我。"

陈海明说："我还得提醒你一件事，这名嫌疑人或许携带着狂犬病毒，并且传染给了你的同事刘志刚。"

曹卫民有些诧异，不由得回过头，仔细看着陈海明的神情，以确定他没有在瞎说，问："你说什么？怎么可能，就算志刚真的被传染了，也不可能发病这么快啊？"

"我也不敢相信，但两个人的血液里都检测出了狂犬病毒。"

显然对这个说法，曹卫民有些难以接受，但他还是点点头说："先把郭瑞东找出来再说。"随后曹卫民和张博便推开东区的门，小心翼翼地走了进去。

与此同时，张小凡也推开了西区的门，从背后慢慢走向陈海明医生。离近了，她轻声呼唤道："陈医生？"

听到叫声，陈海明、芳易与刘梅几乎是同时转过头来看着张小凡。陈海明并不认识张小凡，问："是我，你找我什么事？"

张小凡虽然觉得那个自称陈海明妻子的女人很蹊跷，但觉得暂时不宜过度宣扬，便冲陈医生说："您过来一下，我有件事想和您谈谈。"

芳易和刘梅都明白张小凡是想私下和陈海明说事情，俩人也就没有吭声。

陈海明跟着张小凡走到一旁，问："到底什么事情？"

张小凡低声道："有好几个人在找小枫和程柳梅。"

陈海明吃惊道："什么？谁？程伟吗？"

张小凡摇摇头："是一名护士，还有一个女的。我不知道她们是不是受程伟指使，但那个女的……她自称是小枫的妈妈。"

陈海明震惊得目瞪口呆。

"我曾经听到程伟和程柳梅的对话，你的妻子似乎是已经死了，对吧？那这个人是谁？我这里有她的照片，你要看一下吗？"说着张小凡抬起手中的照相机。

陈海明心里着实有些害怕，但为了儿子的安全，还是凑过去瞥了一眼，当即双目圆睁，紧张得不知所以。这张面孔他再熟悉不过，毫无疑问是他的妻子程柳维。

看着陈海明震惊的神情，张小凡更是感觉不可思议，难道这女的真的是陈海明的妻子？

陈海明突然声音变得低沉和冷酷了许多："她不是小枫的妈妈。她在哪儿？"

张小凡说："她刚才掐住一个护士的脖子，情况十分危急，迫不得已我用消防瓶打晕了她。她现在就在二层你的诊室里。"

陈海明突然睁大双目一把攥住张小凡的肩膀问："那小枫和他姨妈呢？"

张小凡回答道："我已经让他们先行离开了，具体去哪里躲着，我也不知道，但应该很安全。"

陈海明长出一口气，没再说话，当即就要下楼。

张小凡没明白陈海明要干什么，赶紧跟上去问："你要去找她吗？"

　　陈海明没有停下脚步，回答说："是的，我要去问问到底是谁派她来找小枫的！"

　　进入东区的走廊，曹卫民、张博挨个搜查了前几间病房。病房里空无一人，也没有任何可以藏身的地方。一间一间搜查，一无所获。俩人来到了最后一间病房门边，曹卫民指了指窗户，张博蹲下来，缓步挪到窗户的正下方，接着慢慢抬起头向病房内部望去。曹卫民站在门边，看着张博。

　　突然间，张博叫唤了出来："妈呀！"接着他一屁股坐在了地上，看起来是被屋里的什么东西吓到了！

　　曹卫民也没空再去瞅屋里到底是什么惊到了张博，抬起一脚，踹开了病房的门，举着枪就冲了进去。见眼前的人居然是范明，曹卫民压低枪口，左右看了看，问："范明？郭瑞东和李爽呢？"

　　范明回答道："李爽他刚才下楼了。我也找郭瑞东呢。"

　　这时张博也进来，突然举着枪对准范明，冲曹卫民喊道："队长！他不是范明！不要被骗了！"

　　曹卫民一脸疑惑地看向张博，问道："你说什么呢？"

　　范明冲张博反问道："我怎么不是范明了？"

　　张博的手有些抖，瞪大眼睛，高声说："我刚才看到了！你的牙！"

　　范明继续反问道："我的牙怎么了？"

　　"张开嘴让我看看！"范明听张博的话，张开嘴。

　　范明嘴里的牙看起来很正常，曹卫民有点疑惑，不知道张博到底看到了什么，在一旁半举着枪，没有多说。

　　张博依旧举着枪，厉声问："刚才那些獠牙呢！那些像鬣狗一样的獠牙呢？！"

　　范明冷冷地反驳道："什么獠牙？你吃错药了吧！"

　　张博看向曹卫民，说："队长，我真的看到了！"

　　曹卫民做了个下压的手势，说："张博你冷静点，事情还没弄明白之前，我们不能误伤同事。"

　　张博十分激动，喊道："队长，我没有骗你！他绝不是范明！"

　　曹卫民想了想说："那这样吧。"他掏出一副手铐扔给范明。

　　范明拧着眉头，看向曹卫民，不敢置信地问："曹队，你让我把自己铐上？"

　　曹卫民用低沉的声音说："现在是非常时期，不得不谨慎点，委屈你了，兄弟。"

　　尽管范明一脸的不乐意，在犹豫了几秒之后，还是顺从了曹队长，将自己铐了起来。

　　张博则警惕地走过去，将范明腰间的枪拿走。

　　范明依旧盯着曹卫民，口气带着不满说："曹队，我以为我们是多年的战友了。"

　　曹卫明也很为难，但为了安抚张博的情绪，必须出此下策。随后曹卫民走到窗户边了看，没有绳子，也没有什么可以攀爬的地方。曹卫民转身来到走廊，喊道："陈医生！"

　　芳易和刘梅走了过来。芳易问："怎么了？郭瑞东找到了吗？"

　　曹卫民没有回答，而是问："你们真的确定那些病患都在房间里吗？为什么刚才我进去看，每个房间都空无一人。"听了这话芳易一脸茫然。

　　刘梅赶紧进入一间病房，只见里面空无一人，不可思议地说："怎么可能？"

　　曹卫民冲芳易继续问道："这里的大门一直是锁住的吗？"

　　芳易被问得有些茫然，冲走出病房的刘梅问道："东区的大门，我们一直锁着呢吗？"

　　刘梅摇摇头，说："并没有。因为那两个警察一直守在这边，为了方便他们行动，我们之前并没有锁东区的大门。"

站在自己的诊室前，陈海明愣了很久。他不知道自己是不是该打开眼前的门，更不知道打开之后自己的命运将会发生什么样的变化。

张小凡也从楼梯来到了二层。她本以为陈海明应该已经进去和他妻子说话了，但没想到他还站在门口，犹豫是不是该进去。张小凡观察着陈海明，觉得他的神情已从刚才的慌张慢慢转为了黯淡。随后，只见陈海明推开门，走了进去。张小凡端着照相机走上前。门被陈海明关上，门诊诊室的门上也没有玻璃窗，张小凡只能竖起耳朵使劲听里面的动静。只听陈海明恶狠狠地问道："你是谁？你究竟是谁？"门外的张小凡越发好奇，她的耳朵几乎贴在了门板上。

此时在屋里，陈海明盯着眼前这个和自己妻子长得一模一样的女人，神情有些恐惧。他提高了调门，再一次追问道："你到底是谁?!"

女人突然将手指比在嘴前，低声道："门外有人。海明，你最好不要太激动。"

陈海明紧张地向后瞥了一眼。可就在这一刹那，程柳维突然蹿到了陈海明的跟前，瞬间捂住了陈海明的嘴。只听她说："嘘，如果你不想引起更大的骚动，不想被关进监狱，就听我说。"随后程柳维轻轻松开了陈海明。

陈海明低声问："你想干吗？"

程柳维的神情显得非常平静，眼中似乎还带着一丝柔情。她后退了两步低声说："海明，就算走到今天这一步，我也不希望你进监狱。我只是想和小枫生活在一起。如果你愿意，你也可以和我们一起。"

陈海明后退了一步，摇着头说："小维，你真不明白吗？你已经不是从前的那个人了。"

"怎么不是？我就是我，我就是程柳维。"

陈海明的神情相比上一次和程柳维对话时，已经平静了许多。他对程柳维说："杀了我吧，那样你就能跟小枫在一起了。"

程柳维盯着陈海明，依旧平静地说："你走吧！只要我还是程柳维，我就绝不会伤害那个叫陈海明的男人。走吧，走吧。"说着程柳维的声音越发的低沉与哽咽。

陈海明问："你还会来找小枫吗？"

程柳维没有第一时间回答，沉默了将近一分钟，回答道："是的，他是我的孩子，我一辈子都不会放弃他。但我不想在这里闹出更大的骚乱，那样会害了你。我会离开一段时间再回来。到那时，我还是会带走小枫。"

陈海明不知道自己还能怎么办，只得先点点头说："好吧。"

门外的张小凡很难听清俩人的谈话。突然传来拧门的声音，张小凡赶紧抱着照相机躲进相隔不远的诊室，透过门缝盯着走廊。只见陈海明医生率先走了出来，而且是向自己这边走来！张小凡赶紧把门缝关严。她慢慢数着脚步声，听出陈海明已经走远，这才蹑手蹑脚地出来，跑到之前的诊室前，轻轻拨开门，屋里已经空无一人。

六

　　李舜予看到曹队长带着范明从隔离病房东区大门出来，而且范明手上还戴着手铐，便上前问："曹队长，这家伙就是那个杀人犯？"

　　曹卫民有些不耐烦道："他是不是杀人犯跟你都没关系，李老板。"

　　李舜予露出一丝贼笑："嘿，这可关乎我们老百姓的生命财产安全啊，怎么就没关系了？"

　　曹卫民没再理李舜予，径自带着范明先离开了。

　　【西区的走廊里】

　　"小姑娘，外星人要来吃我们了，我们得快跑！"恍惚间，似乎听到有人说话，本来昏迷的杨丽芬忽地从长椅上惊醒过来，起身向周遭看了看，只见一个自己并不认识的身影朝走廊尽头的大门小跑过去。杨丽芬站起来，用手扶着脑袋，感到一阵难受，接着朝隔离病房内的丈夫望过去。这一看杨丽芬惊呆了：病床上，自己的丈夫竟然不见踪影！而就在杨丽芬想要叫喊的时候，病房的门把手突然传来声响。"咔嗒。"杨丽芬看去，自己丈夫竟然推门而出。

　　刘志刚看着双目圆睁的杨丽芬，连忙问道："老婆？你怎么了？"

　　杨丽芬不敢置信地问："志刚，你没事了？"

　　刘志刚点点头，露出一瞥轻松的神情说："是啊。"

　　杨丽芬皱着眉头说："怎么可能？你昨晚伤得很重啊。"

　　刘志刚双手扶着杨丽芬的肩膀说："我已经没事了。你看我脖子也不渗血了。"

　　杨丽芬依旧很不安，转身说："你不应该起床，我现在马上叫医生帮你看看。"

　　但刘志刚却一把拉住杨丽芬的胳膊，说："没事了，老婆，我已经没事了。"

　　"怎么可能没事！你刚刚差点死了。"说着杨丽芬还是想去找医生。

　　但刘志刚一使劲，就将杨丽芬拽进自己怀里。

　　杨丽芬不知道自己的丈夫是怎么了，连忙安慰道："别怕，我马上就回来。"可两人离得近了，杨丽芬突然闻到一股腥味，还有像哈喇子一样的东西滴在她的肩膀上。她抬头朝自己的丈夫看去，这才发现：刘志刚脖子上的纱布没了，伤口也不见了！

　　曹卫民将范明带到了医院警卫室。"妈的，整个医院的监控器都没有信号？"盯着监控器屏幕的曹卫民愤怒地踢了一脚椅子。张博站在范明身旁，看着范明。屋里还有两个保安站在角落，都不敢吭声。

　　曹卫民冷静了几秒，转过身，拉了把椅子让范明坐下，自己也坐下，问："范明，你在我手底下几年了？"

　　范明回答道："三年吧。"

　　曹卫民的神情有些冷酷，说道："三年了，我们一直合作愉快，我不想为难你，但我确实有好几个疑问，你必须如实回答我。"

　　范明点点头："队长你说吧。"

　　"刚才陈医生说，郭瑞东醒的时候，你和李爽全不在，你们干吗去了？"

　　范明平静地说："我给家里人打电话，报一声平安。"

　　曹卫民冷冷地反驳道："我记得之前你就应该知道了，现在电话都不通，包括医院的座机。"

范明耸耸肩，依旧狡辩说："怎么着也得尝试一下。"

听了范明这句话，曹卫民越发感觉出异样。他接着问道："范明，我记得你是南方人，怎么突然间普通话变好，还满嘴的京味儿了？"

范明盯着曹卫民，面无表情地回答说："是吗？可能跟李爽待多了吧。"

"是吗？可这是第一次把你和李爽分到一起执行任务。"

范明反问道："这帝都难道就李爽一个北京人吗？"

曹卫民摇摇头："可我们重案组，就李爽一个人是北京人。"

范明露出一丝不可思议的神情，说："不是吧，队长，难道我的口音变了就是你要拘捕我的理由吗？"

曹卫民并没有跟着范明的思路走，而是继续问道："今天这间医院里发生的怪事太多了！那李爽呢？他跑哪儿去了？"

"这我就不知道了。我离开之后再回去，郭瑞东和李爽就都不见了。"

曹卫民露出一丝罕见的冷笑："回去？我正想问这个事呢，你怎么回去的？东区的大门上着锁，你没有钥匙，甚至我们到那里时，大门还反锁着，你到底怎么回到那间隔离病房的？"

李舜予在医院门诊大厅抽着烟，与几个人围在一起，盘腿坐着。

一个面色沧桑、外形不经打理的中年人开口说："李大老板，你可得为我们做做主啊！这医院已经坑光我半年挣的钱了。再这么耽误下去，俺挣不着工资，明天的饭钱都是个问题。"

李舜予没说话，他的手下小萧在一旁煽风点火地说："李总，我总觉得那个姓曹的警察知道些什么，他妈的就是不愿意告诉我们。"

小何附和着："李大哥，这里也没吃的。再这么待下去坚持不了两天，大娘的身体情况……我怕她老人家撑不住啊。"

李舜予低着眼，似乎在思考，但突然不好气地蹦出一句："别叨叨了，让我安静一会儿！"

这时，一名戴着口罩、打扮略显妖娆的女子走过来，咳嗽了两声，接着叫道："李老板。"

李舜予有些不耐烦，斜着眼瞥过去："谁啊？"

这名女子将口罩摘下来说："李老板，您不认得我了？"

李舜予抬眼上下瞧了瞧，突然愣住了，接着望向自己的母亲，看母亲没看自己这边，这才回头冲那女子说："晓晓？你在这个医院看什么病啊？"

名为晓晓的女子在李舜予旁边坐下来说："我来给孩子开药，没想到遇到这种事。"

李舜予不知该摆出什么表情，露出略显尴尬的笑容，用轻佻的口气说："几年没见，连孩子都有了？什么病啊？"

"小孩嘛，感冒发烧。"

李舜予安慰道："别太着急，全北京也不是只有这一家医院。"

晓晓瞥了瞥围坐着的一圈人，问道："你们在这儿商量啥呢？"

李舜予轻磕烟灰，说："没啥，就哥们几个诉诉苦，商量一下接下来怎么办而已。"

晓晓故意往李舜予身边靠了靠说："李大哥，我刚才听到了几位大哥的话，我觉得那些警察或者医院的工作人员里一定有人知道这一切到底怎么回事。这里就属你的社会地位最高，你给拿个主意呗。"

李舜予皱着眉头，看向晓晓："拿主意？什么主意？"

晓晓放低声音说："您知道这里有食堂吗？"

李舜予笑着反问道："哪个医院没食堂啊。"

晓晓继续说："食堂的厨房现在没人。"

"这种情况哪还有人会有心情做饭？别绕圈子了，你到底想说什么？"

晓晓有些犹豫："那些切菜用的……"

听了这句话，李舜予一瞬间明白了，和周围的民工以及自己手下对视了几眼。他低声跟陈晓晓说："那几个警察可有枪，你这刀还没架人脖子上呢，子弹就得打穿你的脑袋。"

晓晓看了看四周，低声说："这里有不少医护人员。"

还没等李舜予反应过来，小萧率先说道："李总，我觉得她这建议不错啊。"

小何也点点头："有可行性。"

李舜予瞪了两眼小何与小萧，愤怒地反驳说："都他妈的不想活了吧！在这里面犯了法，出去之后呢？没警察会来抓是怎么着？光想着眼前，都不想想以后吗？"

小何和小萧瞬间没了声音。

晓晓在一旁，双手扶在李舜予的肩膀上，安抚道："李大哥，我们可以不逼那些警察说出真相，但医院现在这么个情况，啥时候大家急了爆发暴乱啥的，我们是不是得有点准备？"

李舜予想了想，点点头说："这还像句人话。"

这时大厅里突然有个人喊起来："我好像听到了什么！大家安静！我好像听到围墙外面有人在说话！"大家纷纷起身，看着门外。

李舜予看到众人的目光都集中向门边，扯了晓晓的衣角一下，接着给小何、小萧使了个眼色。晓晓随即点点头，带着小何和小萧一起前往食堂去拿刀具。

在警卫室里，范明和曹卫民依旧在僵持。范明问："队长，能来根烟吗？"

曹卫民掏出烟递给范明，并帮他点燃，怀疑地说："范明，看来你真是有事瞒着我们？"

范明抽了两口烟，仰起头说："队长，我和李爽都很尊敬你，除了你有时会意气用事之外，觉得你确实把我们这个组带得很好。"

曹卫民一时间没明白范明为什么要这么说，没有搭话。

范明接着说："所以队长，我觉得，为了你的生命安全，你最好赶紧把我捆起来。"

曹卫民非常不解："你说什么呢？"

突然之间，只见范明缓缓张开嘴，他的牙在慢慢变长，肤色也在发生些许改变！

一旁的张博大惊失色道："曹队，他果然有问题！"

看着范明的这种变异，曹卫民也是吃惊万分，甚至不知道该喊出什么话来警告对方！只得赶紧起身抽枪！

"都给我安静点！"喊完一声，李舜予带人走到医院大门前，耳朵趴在砸不碎的木板上静静聆听。

只听到外面一个大妈的声音问："怎么了这是？怎么门全打不开了？"

"大早上就封上了。"

"怎么回事啊？"

"谁知道啊，莫名其妙的。我今早想来开点药，结果看到这样，里面看着也没人。"

"哎哟，这是我最近的定点医院，其他地方的医保不给报啊。"

"怎么回事？！怎么回事？！这医院怎么了？"

"不知道啊，我也正着急呢。"

"谁知道里面住院的人都怎么样了？！"

"这谁知道啊。"

"我妈还在里面住院呢！怎么会这样！"

李舜予用手拍了拍木板，喊道："外面的人，能听到我说话吗？！医院里被困了不少人！"

外面的人似乎没有任何人听到李舜予的喊叫声，都还自顾自地说："没有新闻报道这件事吗？""这到底怎么回事啊？！""妈！！你在里面吗！"

李舜予没多想，赶紧应答道："对！你妈也在这儿，快去报警！"外面依旧无人搭理李舜予。

"小姑娘，你别着急，现在就是医院被围上了，里面人没准没啥事。"

李舜予一脸茫然，回头看着其他人，有些不确定地说道："搞什么鬼啊，这帮人听不到我说话吗？"

外面的声音还在传来，似乎在打电话："喂！喂！这儿怎么没信号啊？"

"小姑娘，你离大门远点就行了，不知道为啥这医院大楼附近都没信号。"

打电话的声音似乎离远了些，李舜予轻微听到了报警声："喂！喂！是警察局吗？我要报警！现在第七医院的大门怎么也打不开了，我妈还在里面，这到底是怎么回事？"李舜予喜笑颜开，高声冲大家说道："她报警了！大家可以放心了，她报警了！"

可就在这时，外面的人突然说道："什么？什么？特大传染病？"听到这话，医院大厅里顿时一片哗然！

李舜予也是万分惊愕。他拍了拍木板，高声问道："说清楚点！什么传染病啊？！喂！！外面的人！！听到我说话没有！！"

其他人也跟着李舜予喊了起来。"怎么回事？外面的人！说清楚啊！"

外面的人群似乎根本听不到，完全对医院内部人说的话无动于衷。

此时，大厅的民众情绪已经开始失控。

"原来是因为传染病才把我们封闭在医院里！"

"完了！这回我们完了！"

"救命啊！救命啊！我还不想死！"

看到哭泣、不断拍打围墙、情绪失控的众人，李舜予越来越感觉到了事态的严重性。他来到咨询台，发现一个扩音话筒，打开通话键，喊道："大家都冷静点！"李舜予这一嗓子还真有效果，人们一瞬间安静了下来，连喇叭都产生了爆音效果，声音一下传到了医院各处。李舜予继续说道："请大家听我说一句。我觉得情况并没有糟糕到大家想象的地步。看看你们左右的人吧，有一个病倒的吗？医院内部的情况，我们自己最清楚，根本没有什么传染病在蔓延。"

众人问："那你说我们应该怎么办?!"

李舜予犹豫了几秒，建议道："得让那几个警察把杀人犯的事说清楚，我觉得这一切一定跟他们有关！"

这时，恐慌已经使众人的头脑变得越来越简单。当有一个人附和时，其他人便会紧随其后，因为在危急关头跟随集体才能使人有安全感。

"一定跟他们有关！"

"他们在哪儿？我们现在就得让他们说清楚！"

就在一分钟前，陈海明坐电梯回到了隔离病房所在楼层。他见芳易正坐在不远处的长椅上发呆，便走过去，看了眼东区那边，接着向芳易问道："郭瑞东和曹队长他们呢？"

芳易没有说话，突然紧紧搂住陈海明。

陈海明感到芳易的身体有些颤抖，摸了摸她的头，不解地问："你怎么了？"

芳易低声问："你去见谁了？"

"刚才一个病人到门诊找我。郭瑞东和曹队长他们呢？"

芳易的声音也越发颤抖："郭瑞东不见了。曹队长带着自己的手下去警卫室调监控录像了。我害怕！那个连环杀人犯就在这间医院里游荡，还有那些情绪激动的民众，我不知道该去哪里。"

"什么叫郭瑞东不见了？那其他病房的病人呢？"

芳易摇摇头："都不见了。他们都消失了。整个东区，只找到了一个便衣警察，好像叫范明。"

"范明，我记得是看守郭瑞东的两个警察之一。那郭瑞东呢？是我亲手将东区的大门锁上的，难道他们从窗户……"

"不知道。不过我已经吩咐医院的保安去寻找病人了。"芳易的声音中似乎带着颤音与哭腔。她已经处于失控的边缘了。

陈海明抱紧芳易，搓了搓她的胳膊说："来，起来，我先带你离开这儿，去个安全的地方歇会儿。"

就在这时，喇叭里传来一个声音："请大家听我说一句。我觉得情况并没有糟糕到大家想象的地步。看看你们左右的人吧，有一个病倒的吗？医院内部的情况，我们自己最清楚，根本没有什么传染病在蔓延。"

陈海明心想不好，看来民众已经知道医院是因为传染病才被封锁起来的。

接着喇叭里又传来话语："得让那几个警察把杀人犯的事说清楚，我觉得这一切一定跟他们有关！"

陈海明对芳易说："我们得赶紧向民众说清楚，起码医护人员还没有人被感染！这未必是什么特大传染病！"

芳易似乎有些虚弱，没有回应。

于是，陈海明扶起芳易。俩人走向电梯，可这时两台电梯都已经去了一层。陈海明不想让此时有些失神的芳易和愤怒的民众接触，怕她受伤，便扶着她又去了楼梯间那边。俩人刚推开门，就听到楼下有个人在低声自言自语。

"我先去看一眼。"说着，陈海明松开芳易，下了几阶楼梯，拐过去便看到了蹲在角落里的林国庆。陈海明过去，一把将林国庆拽起来，质问道："林国庆？你怎么跑这儿来了？"

林国庆不敢抬头看陈海明，只是不停地嘟囔着："外星人！到处都是外星人！"

"哪有外星人？"

这时芳易也独自走了下来，她的嘴唇依旧有些发抖，说："别理他了，我们赶紧去大厅那边吧。"

陈海明看了一眼芳易，心中十分不安，向林国庆继续问道："你到底看见了什么？"

林国庆大声争辩着："你不懂吗？就是外星人！外星人！"

芳易过去扶着陈海明的后背说："海明，我们走吧，没时间再跟他说下去了。"

听了林国庆的话，陈海明总觉得哪里不对：外星人、狂犬病、失踪的郭瑞东、便衣警察李爽，以及突然出现在隔离病房的范明。陈海明拽着林国庆，继续厉声质问道："你刚才躲在哪儿？为什么要跑这里来？"

林国庆低声自言自语，并不回答陈海明的问题。

芳易回忆了一下说："我记得他之前是从隔离病房西区跑出来的。"

陈海明睁大双目，一瞬间将几件事情有机地联系到了一起："糟了！那个警员刘志刚的妻子还在西区走廊的长椅上！"

"砰！砰！砰！"枪声不断传来。李舜予和民众们面面相觑，纷纷停下脚步，不敢接近不远处的警卫室。过了不大会儿，枪声停歇，一切都安静下来。突然，有人怂恿道："李老板，您是带头的，您去看看到底什么情况。"

民众都是墙头草。李舜予知道自己要是不敢带头上前，恐怕就没人听自己的了。于是他深吸一口气，慢慢走上前，伸手去拧警卫室的门。可就在这时，门把手自己动了一下。他赶紧后退了两步。门从里面被人拧动了，只见曹卫民开门走了出来。李舜予心头的大石头总算落了下来，故作镇定地问道："曹队长，我希望你能给我们大家好好解释一下。传染病，还有刚才的枪声到底是怎么回事？"话音刚落，李舜予就发现了曹卫民身上竟然有血迹。

身后的民众也纷纷嚷道："快看，他身上有血。"

"妈呀，有血！"

"他杀人了！"

"到底发生了什么？"

曹卫民指了指身后，冷冷地道："自己看吧。"

李舜予和身旁几个人对视了一眼，随即一同进入警卫室，只见里面范明和张博都躺在血泊之中，一旁的两名保安也死了。"我的天。"李舜予感觉到事情越来越恐怖，必须让曹卫民说出真相。一回身他出了警卫室，指着曹卫民，冲民众们喊道："围住他！不能让他走！"可就算李舜予喊破嗓子，现场也没有人敢上前阻止一身是血的曹卫民。李舜予见状，直接冲自己的两个手下喊道："你们俩还等什么呢？把他给我拦住！"

无奈，小何、小萧只得硬着头皮挡在了曹卫民身前。

可曹卫民突然回身，举起枪，直指李舜予的脑门！

李舜予尽管见多识广，但还是头一回被人用黑洞洞的枪口指着脑门，难免心慌肝颤。

只听曹卫民恶狠狠地说："你想死吗！"

李舜予的语气来了个一百八十度转弯，尴尬地笑着解释说："曹队长，干吗这是？至于吗，把枪先放下，万事好商量。"

曹卫民继续冷冷地说道："李老板，我听到你刚才的广播了，我可以回答大家。"

李舜予不知道曹卫民葫芦里卖的什么药，问："曹队长，你什么意思？"

曹卫民突然露出一瞥令人恐惧的邪笑，扫视了一圈众人，解释道："这间医院里，现在确实弥漫着传染病，只不过这种传染病并不会致命，而是会让人发疯，这就是我为什么会把自己手下打死的原因！"

众人一听这话，个个呆若木鸡。

"李老板，这就是我为什么不想说话的原因，你满意了吗？"

听曹卫民问自己，李舜予赶紧点点头。

随即曹卫民放下枪，瞪了周围人一眼，匆匆离开，进入楼梯间。不断地登上楼梯，曹卫民终于抵抗不住内心的痛苦。他双手扶着墙，不断地大口喘着粗气，慢慢坐下，低着头，神情呆滞，眼泪如潮水般涌了出来。

陈海明和芳易走进隔离病房西区，一眼就看到了倒在地上的杨丽芬。陈海明用手拦住芳易，说："你在这儿待着，我过去看看。"来到杨丽芬旁边，陈海明蹲下摸了摸她的脉搏，发现她还活着，便轻轻摇晃着她叫着："杨女士？杨女士？"

这时芳易也鼓起勇气走上前。她看了一眼刘志刚的病房，接着拍了拍陈海明，紧张地说："糟了，她丈夫也不见了。"

"什么？"陈海明赶紧起身，朝隔离病房里面望去。

芳易则跑到别的病房前，焦急地说："海明，不止刘志刚，这里的其他病人也都不见了。"

没等陈海明回话，地上的杨丽芬似乎醒了过来。

陈海明马上就发现了情况不对头。

"啊……"只见杨丽芬紧紧闭着眼睛，嘴里发出奇怪的细微声响，整个身体也蜷缩在一起。

赶到杨丽芬身边的芳易惊讶地问道："她怎么了？"

陈海明连忙蹲下，摸了摸杨丽芬的额头。杨丽芬没有发烧，也没有抽搐。陈海明不敢置信地说道："她好像只是在睡觉。"

"你不是在开玩笑吗？"

陈海明用力摇晃了一下杨丽芬的身子，喊道："杨女士！杨女士！"可这样依旧唤醒不了杨丽芬。他站起身，呆呆地望着杨丽芬，突然想到了什么，一把将杨丽芬从地上抱起来，冲芳易说："我们先带她离开这里，然后找个 B 超仪。"

芳易不解地问道："你要干什么？"

陈海明着急地解释说："我要看看她肚子里的孩子还在不在。"

程柳梅带着小枫就待在一层的民众当中，她明白待在人群里才是最安全的。张小凡也来到一层，很快找到了他俩。

程柳梅冲张小凡问："怎么样？那个一直在找我们的护士呢？"

张小凡有些难以启齿，摇摇头，凑到程柳梅耳边说："我不知道那个护士去了哪儿，但还有个人在找小枫。她……自称是小枫的妈妈。"

程柳梅惊愕地问："你说什么？"

张小凡低声说道："你没有听错，她自称小枫的妈妈。"

虽然张小凡尽量压低声音，但还是被小枫听到了，这可把他激动坏了，一把拽住程柳梅的衣角说："妈妈！妈妈回来了！她来找我了！"

张小凡扶着小枫的肩膀说："应该不是你的妈妈。你爸爸看了她的照片说不是。"

小枫皱皱眉头，显然有些失望。

程柳梅瞥了眼张小凡，轻声问道："你有照片吗？"

张小凡点点头，说："是的。"

"给我看看。"

张小凡随即举起相机，打开上面的屏幕，调出照片。

程柳梅看到照片，第一反应是攥紧相机的双手不住地颤抖、双目圆睁。

张小凡不敢置信，微声问道："难道真的是？"

程柳梅看向张小凡，似乎已经无法言语。

小枫则在一旁说："也让我看看，也让我看看。"

程柳梅呆住了十几秒，才慢慢反应过来，先是一把将相机托高，不让小枫拿到，接着露出一瞥不自然的笑容，对张小凡说："不是，不是我姐。我亲眼送别她的。这人不是我姐。"

张小凡问："你确定吗？"

程柳梅给张小凡使了个眼色，意思是有小枫在这里，自己不好多说。

张小凡随即明白了。

程柳梅冲小枫说："姨妈已经确定了，照片里的人不是你妈妈，她是想要骗你的坏人。"

被这样一说，小枫气不打一处来，有些生气道："骗我？我是那么好骗的吗？我还能不认得妈妈的样子吗！"

张小凡和程柳梅对视了一眼。只见程柳梅嘴唇发白，身体还在发抖。看起来照片中的人真的是她姐，也就是小枫的妈妈。张小凡想问个明白，但小枫就在跟前，她实在无法再开口。

这时，李舜予回到了大厅里。民众看到他，纷纷围了上去，纷乱地说着："李老板，你就拿个主意吧！"

"你说怎么做，我们就怎么做。"

陈晓晓站在李舜予旁边，拉着李舜予的手，冲他点点头。

李舜予犹豫再三，看了看周围的民众，一言不发。

小萧说："李总，别再犹豫了，我们大家都听你的。"

李舜予最终开口道："楼上的病房里遭受感染的患者都已经不见了，也就是说他们四散到了整间医院里。"

"什么？怎么会这样?!"

"医生和警察都干吗吃的！"

"糟了，这可怎么办？"

面对群众的恐慌，李舜予高声说道："所以我们得自己动手清理所有的感染源，绝不能让感染继续扩散！"

众人先是沉默了一阵，在有人带头肯定之后，便纷纷附和道："说得没错！"

这时有人问道："那我们现在该怎么做？"

"是啊，您给个命令，我们就去执行。"

"没错！只要您一句话！"

李舜予做了个下压的手势，让大家安静下来，说："先找到陈海明医生。他一定知道哪些人被感染了。"

一旁围观的程柳梅还有张小凡听到李舜予说出陈海明这个名字时，

赶紧后退了两步。只有小枫不解地问："他要找爸爸吗？"

一个民众听到了小枫的话，不由得回头看了一眼小枫。

程柳梅赶紧拉着小枫，尴尬地对那人解释说："他听错了，他听错了。"

这时又听李舜予高声地说道："大家现在相互看一看，尽量记住每个人的长相。之后你要碰见不眼熟的那些穿着便服的人，没准就是感染者！大家一定要小心！"

张小凡赶紧凑过去，冲一位民众问："这个光头是谁啊？大家怎么都听他的？"

那位民众耸耸肩："我也不知道，反正大家都叫他李总。听起来应该是个有头有脸的主儿。"

听了解释，张小凡挤开人群，来到李舜予跟前，抬起照相机，连续拍了他的几张照片。

见到张小凡的举动，小何连忙上前阻止道："你拍什么呢？"

张小凡满脸堆笑地说："拍人民企业家怎么带人民扶贫脱困啊。"

小何一皱眉头，虽然不是特别明白张小凡到底什么意思，但总听出有那么点讽刺的味道，于是上去就要抢张小凡的相机。

李舜予阻止道："小何！干吗呢？！人家没把你当地痞流氓，你倒自己先用实际行动证明了。抢什么抢？给我回来！"小何赶紧退了几步。李舜予看着张小凡手上的照相机问："你是记者？"

张小凡知道暴露记者的身份可能会引来危险，可还是露出一丝坏笑说："是的。"

陈晓晓一听，马上在李舜予耳边低语道："一会儿我们要真动起手来，都得被这个记者拍下来。我们得先把她控制住。"

李舜予觉得陈晓晓说得有道理，点点头，但碍于自己刚才说的话，又不好再让手下去抓张小凡，想了想，冲张小凡问："你是记者，所以你是跟随曹队长他们一起来这个医院的？"

张小凡觉得李舜予挺聪明，点点头。

李舜予接着问："那你知道刚才警卫室里发生了什么吗？"

张小凡有些犹豫："我听到几声枪响，但还没来得及过去看。"

李舜予笑道："赶紧去看看吧，那一定会成为你下一篇报道的头条。"

【某间病房里】

陈海明正在给依旧昏睡的杨丽芬做着 B 超。看着屏幕上的图形，陈海明吞下了口水，不敢置信地说道："她肚子里并没有孩子……"

芳易咬着手指，犹豫了一下，说："会不会她之前验错了？根本就没怀孕？"

陈海明低下头，若有所思，沉默不语。

这时，诊室门被推开，曹卫民走了进来。

陈海明瞥了曹卫民两眼，奇怪曹卫民为什么会知道自己在这个房间，更奇怪曹卫民的身上为什么会有血迹。

曹卫民率先开口问道："陈医生，怎么回事？她怎么会这样？刘志刚呢？"

陈海明摇摇头："刘志刚不见了，不过他妻子没有生命危险……"

曹卫民看出陈海明欲言又止，问道："陈医生你看起来没有把话说完。"

陈海明看向杨丽芬，有些犹豫道："她肚子里的孩子不见了。"

曹卫民惊愕道："不见了？什么意思？"

陈海明耸耸肩："我不知道，或许一开始就没有，又或许被什么给吞噬了。"

听到"吞噬"这个词，芳易和曹卫民都一脸不解地盯着陈海明。曹卫民问："吞噬？什么意思？"

陈海明瞥了几眼芳易和曹卫民，指着病床上的杨丽芬，不是很确定地说："或许换个词更好——融合。"

曹卫民和芳易面面相觑。

陈海明继续解释说："你们不觉得她的姿势很奇怪吗？"

芳易和曹卫民不知道陈海明要说什么，一时无语。

"这是胚胎刚在母体里成形时的姿势。"

芳易第一个想明白了陈海明的假设，反驳道："怎么可能？！海明，你累糊涂了吧？"

曹卫民没有像芳易那样嘲笑和反驳，声音低沉地说："你是说杨丽芬融合了自己的孩子，所以表现得像一个妈妈肚子里的婴儿？"

陈海明瞥了眼曹卫民，说："看起来，你也有所感觉？那些血……"

曹卫民解释道："是我手下范明的。"

芳易挪了一步，不敢置信道："你打死了自己手下？"

曹卫民没有回应。

陈海明想了想说："他不再是范明了，对不对？"

曹卫民摇摇头："我不知道。"

陈海明没有说话，因为他看出曹卫民欲言又止。

曹卫民接着说："他有范明的外貌和记忆，还有李爽说话的口音……"

陈海明问道："他是不是还像疯狗一样想要咬人？"

曹卫民奇怪地反问："你怎么知道？"

陈海明低下眼，解释道："之前郭瑞东向我和芳易跑来时，就四肢着地。而根据血液检测，刘志刚和郭瑞东的血液里都有狂犬病毒，但俩人身上都没有被狗咬过的痕迹，无论新旧，一处都没有。"

曹卫民突然睁大双目，似乎想到了什么。

陈海明问道："你想到什么线索了吗？曹队长？"

"我想起去村里抓郭瑞东时，老乡跟我说的话。"

"说什么了？"

"他说这两天自己家的二黑子不知道去哪儿了。"

芳易疑问道："二黑子？"

“他家的土狗。”

陈海明点点头：“如果咱们的推测没错，恐怕是郭瑞东和狗融合之后，被你们抓住，然后他又咬伤了刘志刚，导致刘志刚狂犬病发作。”

随后三人陷入了短时间的沉默。还是芳易率先打破了沉默：“真的没在开玩笑吗？你们不觉得这些假设很荒唐吗？”

曹卫民反驳道：“你觉得现在整个医院的情况不荒唐吗？”

陈海明冲芳易解释道：“无故消失的病人，郭瑞东、杨丽芬他们诡异的行为，加速暴发的狂犬病，一夜之间被封锁的大门，我们突然加快的新陈代谢速度，现实比我们的假设更加荒唐。”

“那这么说，也就是被感染的人拥有吞噬、融合别人的能力。被吞噬者会消失，或者说出现在吞噬者体内，变成吞噬者的一部分，而待在这些吞噬者身边，我们的新陈代谢速度也会加快。”说着曹卫民有意无意地看了看陈海明的胡子以及指甲。

陈海明医生点点头，接着说：“应该还有局部感染的可能。我们不确定刘志刚是否和其他病房的吞噬者融合了。他最开始只是被咬，如果这样就遭受了感染，那说明吞噬者的细胞进入刘志刚的体内，或许也能将他转化。”

芳易不敢置信道：“不要越说越可怕，好不好?!”

陈海明长出一口气：“我也不想做这样的假设，但现实……我不敢说这是某种病毒，因为它已经超出了人类现在科学所能理解的范畴，或许真的就像林国庆说的，是外星人吧。”

“哼，外星人?”曹卫民冷笑一声，接着顿了顿继续说，“也就是说，那几个消失的患者未必都被郭瑞东吞噬掉了，很有可能还徘徊在医院里，已经吞噬了许多人，变成了我们根本不知道的模样……”

陈海明点点头：“如果真如我们推断的一样，恐怕情况已经非常糟糕了。”

芳易在一旁听得直发抖，接着看向床上的杨丽芬问：“她会不会突然将我们所有人吞噬掉？"

曹卫民当即掏出手枪，对准杨丽芬说："我想这个东西对它们还是有用的。"

陈海明起身，用手挡在曹卫民的枪口前说："曹队长，冷静点。我认为现在杀死她并不是好主意。"

芳易问："为什么？"

曹卫民的眼神有些凶狠，盯着陈海明说："给我一个合理的理由。"

陈海明解释道："她现在是我们唯一知道并且可以控制住的感染者，我们得用她跟医院里的其他人解释这件事，才能得到信任，才能集合大家的力量找出更多的感染者，以防所有人都被吞噬。"

突然间，外面传来声响，好像是鼎沸的人声。

陈海明问："怎么回事？"

曹卫民回答说："有不少人在喊你的名字，想找你。"

陈海明有些吃惊地看向曹卫民："我什么也听不清，你是怎么听出他们在喊我的？"

曹卫民越过陈海明的问题说："他们应该是想要找你要感染者名单。我刚才在下面听他们说想要肃清感染者。"

陈海明吃惊道："什么？肃清感染者？"

曹卫民点点头。

陈海明问："我们该怎么办？要不我们现在就出去，跟大家说清楚？"

曹卫民摇摇头："不行，我们不能告诉大家真相。如果知道感染者可能就伪装在自己身边，我想没人能保持理智，天知道会发生些什么。"

芳易附和道："曹队长说得对。或许连我们都会被怀疑遭受感染。"

很快，李舜予带着一拨人气势汹汹地来到隔离病房层，但找了半天他们也没发现陈海明的踪影。李舜予有些奇怪地自言自语道："这孙子去哪儿了？"

一旁的陈晓晓问："李大哥，这个姓陈的医生会不会躲起来了？"

李舜予皱了皱眉头："躲起来？我们找他也只是想问清楚那些感染者是谁而已。他为什么要躲起来？"

陈晓晓略带挑拨地说："会不会是这个医生做贼心虚，其实他知道什么，所以怕我们把他找出来逼问？"

李舜予反问道："我们现在不都知道了吗？这个医院里有超级传染病。他还能知道什么？"

陈晓晓噘了噘嘴："我说不好，但他不见了，一定有蹊跷。"

李舜予想了想，有些为难。

陈晓晓接着建议道："我觉得我们应该曲线救国。"

"什么意思？"

"我们可以先找些护士，友好地问问。"

七

住院部五层走廊的护士台里，护士刘梅正哆哆嗦嗦地蹲在里面。这时林国庆突然出现，蹲下来吓了她一大跳！"呀呀呀呀！"她一屁股坐倒在地。

林国庆瞪大双目盯着刘梅问道："你也在躲外星人吗？"

虽然看到是林国庆，但刘梅依旧很紧张。因为对方也可能被感染而失去理智，她吓得没敢接话。

林国庆再次问道："你在躲那些会吞噬掉我们的外星人吗？"

刘梅鼓起勇气，呵斥说："我不知道你在说什么！离我远点！"

林国庆并没有理会刘梅的话，又问："你想不想离开这个全是外星人的地方？"

林国庆本就不正常，在这种危急时刻显得更吓人了。刘梅没敢回答，坐在地上不断后退。

只听林国庆继续道："我知道哪里有出口，我带你去？"

退了几下之后，刘梅发现背后就是墙了，便赶紧爬起身想要跑！

可这时，走廊另一头正好过来一帮寻找护士和陈医生的民众。他们当即看到了一身护士服的刘梅！民众喊道："那儿有个护士！大家快来！"

刘梅不再管林国庆，转身就朝走廊拐角后面的紧急逃生通道跑了过去！冲进逃生通道，刘梅将门一把关上，推动一旁的消防用具，将门

顶住！接着后退几步，看着向上和向下的楼梯，此时她惊慌得不知道该
往哪个方向走。这时，楼下传来脚步声，她无法分辨来人到底是谁，只
能慌张地向更高层跑去。只听楼下的脚步声越来越近。刘梅直接跑到了
通往天台的铁门前。门没有锁，可刘梅拽了几下，却发现这门怎么也打
不开！

　　就在刘梅眼前铁门外的天台上，医院的两名保安正在查看情况、找
寻失踪的病人。俩人搜索了一圈，并无任何发现。

　　保安小林说："我觉得刚才天儿阴沉沉的，怎么现在又看见太阳了。"

　　保安小苏站在大楼边沿，指了指周围说："你看这边和那边，真不少
警察啊，还有那么多民众在围观，咱们医院到底是咋了？"

　　保安小林说："你问我呢？还是先回去跟大家说一下情况吧。"

　　保安小苏点点头："嗯。"

　　随即，俩人走到天台通往楼梯的入口前。为了防止病人私自登上天
台，医院在入口的铁门外侧加装了一个插销。小林和小苏刚才上来时就
把这个插销给插上了。保安小林最后又看了看周围，接着伸手去打开那
个插销，拽了两下，却发现怎么也打不开。

　　保安小苏奇怪地问："你干吗呢？"

　　"这……我怎么拽都打不开啊。"

　　"让我来。"保安小苏拽了拽，发现也拽不动，问，"你刚才怎么弄的
啊？怎么插得这么紧？"

　　保安小林有些冤枉地回答说："刚才我们一起上来之后，我就按规矩
将插销插上，以防无关人员进来这儿，我真的没特使劲儿啊。"

　　保安小苏摇摇头，蹲下来查看插销的情况，看着没啥不对头，便又
使劲拽插销，可就是怎么也拔不动。

　　在天台逃生门里，刘梅在拍了两下铁门，门还是打不开后便又急匆

匆匆地下楼！就在她马上要到顶层紧急通道的出口前时，突然有两个人挡住了她的去路。刘梅紧张地后退道："你们……不要过来……"

出现在刘梅面前的人是拿着刀的陈晓晓和李舜予的手下小何。陈晓晓神情冷峻，缓步走向刘梅说："跟我们走吧。"

刘梅问："去哪儿？"

陈晓晓语气平和地说："去大家那儿。"

刘梅拍着自己的胸脯说："你们不就是想要感染者名单吗？我可以帮你们。名单就在电脑里，我可以帮你们调出来！"

陈晓晓说："我们的人已经查过电脑了，感染者的资料不够完整，最重要的是没有头像，所以我们需要陈医生和芳医生帮我们把感染者找出来。"

"我也在抢救室，我也知道那些感染者的样貌！"

"你知道几个？"

被陈晓晓这样一问，刘梅有些心慌。她主要负责东区，西区的那几个感染者什么模样她也不知道。而她现在心情紧张，脑子里连自己救治的那几个感染者的样貌也蹦不出来了，一时语塞，犹犹豫豫地说："我知道东区的，我可以帮你们找一个负责西区的护士。"

"嗯，不过毕竟是特大传染病，为了保险起见，我们还是需要你们这些护士帮我们把陈医生和芳医生引出来。他们抢救了一晚上的病人，不会不记得长相。"

刘梅哆哆嗦嗦地问："怎么引？"

陈晓晓轻描淡写地说道："这就要看陈医生有多在乎你们这些护士的性命了。"

听陈晓晓这么说，刘梅顿觉不妙，又后退了几步，突然转身，玩命地再次跑向通往天台的门前，一边拍打门，一边喊道："救命！救命！！"

天台上，保安小苏举着警棍不断砸插销，眼看马上就要把插销砸下来了！"啪啦。"随着一声清脆的响声，插销掉了。小苏说："真不容易。"接着伸手拉天台的门，却发现依旧拉不开。

保安小林问："又怎么了？赶紧把门打开。"

保安小苏解释道："不是，我拉了啊，就是拉不动。是不是有人在里面把门给锁上了？"

"不会吧，让开，让我来。"说着保安小林上前，双手拽住门把手，用尽吃奶的力气拉，门也纹丝不动。

铁门里，陈晓晓和小何走上前，一把就将刘梅从最上面的楼梯台阶上拉下来。但刘梅死死抱住旁边扶手栏杆，陈晓晓见状直接冲小何命令道："给我打！"接着俩人冲着刘梅就是一顿拳打脚踢！打得没劲儿了，陈晓晓又命令道，"把她给我拽下去！"

刘梅脸上都是淤青，双脚瘫软，已经没有力气了，被小何生拉硬拽着下了楼。

奇迹发生在陈晓晓他们经过逃生通道五层楼门时，林国庆突然间从门里冲出来，举着一个灭火器就砸向了小何！灭火器很沉，小何被直接砸了一个跟头！趁小何栽倒的瞬间，林国庆赶紧拉起刘梅说："跟我来！我知道出口在哪儿！"

刘梅勉强起来，被林国庆拽着，又往楼上跑。

陈晓晓气急败坏，去拉小何说："赶紧给我起来！"

林国庆和刘梅越爬越接近天台那个门。刘梅赶紧说："不行，不行，天台的门封着呢。"

林国庆没有回答，带着刘梅继续上楼，很快来到了通往天台的门前。

"不行，门打不开！"刘梅一边说，一边想挣脱开林国庆。

"快出去！快出去！我来挡住他们！"说着林国庆使劲推了刘梅一把！

一个踉跄，刘梅直接撞在门上！紧接着"咣当"一声，门被撞开了，刘梅竟然直接摔了出去！

只听身后的林国庆大声喊道："快躲起来！"

刘梅一脸茫然。她不明白这门怎么突然就开了。但情况紧急，刘梅根本来不及多想，赶紧连滚带爬地起身，跑出一小段距离，躲到一个排风机的后面！

林国庆没有上天台，他选择挡在陈晓晓和小何的身前。

小何举着手中的刀，恶狠狠地问："你找死吗?！"

不知是什么驱使着林国庆要保护刘梅。只见他突然大叫一声，居然扑向了小何！

小何抬手一挡！刀直接插进了林国庆的胸口！"啊！"小何也被吓到了，任由林国庆倒在自己身上。他浑身不住颤抖，嘴里还不断嘀咕着："我不是有意的……是他突然扑过来的！"

陈晓晓一把将林国庆从小何身上推开，拍了几下受惊的小何，厉声说道："你还愣什么呢?！快上去把那个护士抓回来！"

小何失神得厉害，根本没听明白陈晓晓说什么。

"啪！"陈晓晓扇了小何一个耳光，怒吼道："给我上去追那个护士！要不我就跟大家说这人是你杀的！"

小何这才反应过来，圆睁双目看了一眼陈晓晓，便哆哆嗦嗦地提着刀走上了天台。

"咔嗒，咔嗒。"站在警卫室里，张小凡看着周围的尸体与鲜血，无比震惊。她有些糟糕的预感。

"张记者。"

听到身后一个声音的呼唤，张小凡回头看去，是程柳梅与小枫，便赶紧上前问道："你们怎么还没躲起来？"

程柳梅看起来十分慌张。她抱着小枫，捂着小枫的眼睛，说："那些人在到处找我姐夫和知情的护士。有很多护士都认得我和小枫，我不知道该带小枫躲哪儿。"

张小凡低声说："果然走到这步了……这么发展下去，恐怕整间医院要出大事。"

程柳梅看着那些尸体问："这些人都是那个叫曹卫民的警察杀的吗？"

张小凡摇摇头，指了指张博和两个保安的尸体说："不是，他们都是被咬死的。"

程柳梅吃惊地问："咬死？什么东西咬死的他们？"

张小凡看向范明的尸体："只有他是被枪杀的，所以我猜是他干的。"

程柳梅搂着小枫的手越来越紧，喘着粗气问："这间医院到底发生了什么？这到底是一种什么传染病啊？什么使人发狂，真的有可能吗？"

张小凡说："我也说不清楚。"

就在俩人说话时，外面传来人声："去警卫室看看，万一有人躲在里面呢。"

"我可不去，那里面死了人，尸首还在里面呢！万一诈尸了呢！"

"诈尸？又不是僵尸电影，你想多了吧！跟我来，我们一起去看看。"

"你那么认真干啥？又没什么奖励。再说不是已经抓到好几个护士了吗？我们真遇见个护士，她要反抗咋办？难不成我们还揍她一顿？"

"也对，走吧，去另一边看看。"

听到俩人谈话的声音越来越远，张小凡长出一口气，对程柳梅说："我们得赶紧带小枫离开这里，和陈海明医生会合。"

"可我们不知道他在哪儿，我们是不是应该就躲在这儿？我觉得这里没人敢来，还挺安全的。"

张小凡向四周看了一眼，问道："你打算就这样一直捂住小枫的眼睛吗？再说只要不被护士指认，就没人知道你们俩和陈医生的关系。"

程柳梅觉得张小凡说得有道理，点点头："好吧，那我们走。"

三人离开了警卫室。走廊里没人，张小凡带头走在最前面，冲身后的程柳梅与小枫说："大胆点，不要显得惊慌失措，那会引起怀疑。"

程柳梅紧张地点点头。

就在这时，从一个门诊室里突然出来了一对中年男女，看着似乎是夫妻，女的拽着男的的胳膊。这俩人看到张小凡以及她脖子上的相机，问道："你是之前和李老板斗嘴的那个记者？"

张小凡尽量让自己看着从容一些，回应说："你们在找护士？"

中年男性点点头："大家都在找。"

张小凡咂了一下嘴，问道："你们为什么这么听李舜予的？跟着他，我觉得迟早得出事。现在在医院里犯了事，出去之后，这么多人，难保哪个不会说漏了嘴，把大家都供出去。"

中年男性想了想："没人知道我们俩的名字，不会有人把我们供出去的，再说我也就意思一下，找一找，没打算真的怎么样。"

这时一旁的中年妇女拉了拉中年男性的胳膊，盯着张小凡身后的程柳梅以及小枫，在男性耳边低语了什么。

男性突然用低沉的口吻问道："如果不听李舜予的，那你有什么好主意？"

张小凡不知道一旁的中年女性是不是知道小枫和程柳梅的真实身份，并且告诉了男性。她警戒地说："找地方把自己藏起来或许是个好主意。"说着张小凡发现中年女性一直盯着小枫，眼神直勾勾的，显得很不正常，嘴角还流出了口水。

一旁的程柳梅拉了拉张小凡，让她别再说下去了。

张小凡点点头，冲中年男性说："或许把自己藏起来是个不错的主意。"随后便想和程柳梅以及小枫离开。

但这时中年女性开口了，声音有些冰冷地问："我们可不可以和你们一起走？"

张小凡没敢回头，回应道："不用了，我们不想和陌生人为伍。"

中年女性似乎不打算放弃，拉着老公快步跟上了张小凡他们，继续说："我知道哪里有安全的藏身处，我带你们去。"

面对这女性突如其来的好意，张小凡反觉得不踏实。她想一定有蹊跷。

连她老公都问："真的吗？你怎么没跟我说。"

这时妻子突然来了一句很诡异的回答："我们两个成年人为什么要躲起来？需要躲藏的是孩子。"

中年男人当即停住了脚步，并且把中年女性也拉住了，质问道："你疯了吗？他只是一个陌生人的小孩。"

程柳梅不明所以地回头看了一眼这对夫妇。

张小凡则低声提醒说："快走，不要理会他们。"随即三人进入电梯，张小凡没多想，迅即按下了隔离病房那楼层的按钮。

程柳梅冲张小凡问："刚才那对夫妻是怎么回事？"

张小凡摇摇头，显得惊魂未定，神情紧张："我不敢肯定，那个女的神情绝对不正常。她一直盯着小枫，还流口水。"

程柳梅惊得目瞪口呆。

张小凡推测说："没准……那名女性……表现出的样子就是被感染者的症状。"

程柳梅惊诧地说道："不会吧？"

张小凡深吸一口气，声音越来越低："我不知道，我不知道……"

"叮"一声，电梯门打开了。程柳梅刚想出去，一把就被张小凡拽回来了。张小凡说："那些人一定会先来这里找陈医生，所以陈医生一定不在这一层。"

程柳梅奇怪地问："但是你按的……"

张小凡解释道："我刚才有点慌乱，乱按的。"

在医院楼的四层，李舜予的手下小萧和几名民工在走廊里游走，巡视着四周。从门上的玻璃悬窗，小萧朝一间病房里望了一眼，随后推开门，独自走进病房，环视一圈，自言自语道："这些病房都没人的吗？"接着他用手摸了摸乱糟糟的床垫子，发现还有温度，不禁想到：刚有人在这儿躺过啊，这么热？他随即把视线移向了病房里唯一可以藏人的地方——厕所。小萧轻声走过去，忽地一把拉开厕所的门，只见一个人正蹲在地上，发出了某种像狼狗般的低吼，吓得他一屁股坐倒在地，喊了出来："哎哟妈呀，快！快来人！这儿有个感染者！"

而在医院的逃生楼梯间里，陈海明和芳易走在前面，曹卫民背着依旧熟睡的杨丽芬跟在后面。

陈海明说："我们可以躲在地下室，那里比较隐蔽。"

曹卫民问："地下室？我们不会要躲在太平间附近吧？"

陈海明解释道："那里除了太平间还有很多别的设施。不用害怕，不到万不得已，我们应该不会进太平间。"

芳易问："可我们就这么一直躲下去吗？等着外面来人来救我们？"

陈海明无奈道："现在我们也没什么更好办法了，总不能说感染者没准就混在我们大家中间，在医院里引起一场屠杀吧。"

芳易问："可正是外界把我们封锁在了这栋楼里，你觉得他们会派人来救我们吗？"

曹卫民和陈海明都没回答。就在三人路过下一层逃生楼梯连接走廊的门时，芳易突然停下脚步紧贴墙壁，回头紧张地看着陈海明和曹卫民，比出"嘘"的手势。只见紧急通道门外的走廊，几个人走了过去，其中一个人还回过头，朝紧急通道里望了望。曹卫民等虽然都紧贴着墙壁，但只要对方推开门进入逃生通道，那必定能发现他们仨。可那人并没有打开门，只是看了两眼就走了。毕竟这些人只是一般民众，在医院这种地方心里本来就硌硬，何况今天情况更让人犯嘀咕，更不敢大肆找人。

曹卫民问道："他们会不会把住院部的人都弄来找我们？"

陈海明不安地说："如果是那样，就完蛋了，住院部真不少人呢。"

芳易则没好气地说："我不信那个姓李的能号召得动所有的人。"

陈海明一行继续向下，没一会儿，曹卫民突然又站住了。

陈海明急问："你怎么了？"

芳易吓了一跳，赶紧捂住嘴，她以为曹卫民被背着的杨丽芬攻击了！

曹卫民将背上的杨丽芬向上挪了挪，说："我没事，只是觉得背上的杨丽芬似乎在慢慢变轻。"

"什么意思？"说着陈海明来到曹卫民身后，观察了一下杨丽芬，顿时震惊得说不出话来。

芳易也赶紧走过来，吃惊地说道："这怎么可能！"

"怎么了？"曹卫民不敢将杨丽芬放下，自然不明白到底发生了什么。

陈海明解释说："她在缩小。"

"你说什么？"不敢置信的曹卫民赶紧把杨丽芬轻轻放下。一眼看去，只见杨丽芬的身体真的正在缩小，衣服显得越来越大，不禁咒骂道："见鬼了。"

陈海明看起来依旧冷静。他说："没有见鬼，这正印证了我们之前的推论。杨丽芬和她肚子内的孩子融合了，而杨丽芬正在逐渐往孩子的方向变化。"

芳易问："难道基因不应该向更强的方向变化吗？"

陈海明答："这很难说。"

曹卫民深吸一口气，显得有些难以启齿。他犹豫了一下说："我觉得融合不会让被融合者的人格完全消失，就像范明一样，他当时警告我，应该马上把他绑起来，这说明范明的意识还在。而在杨丽芬心里，或许孩子比自己还重要，所以才会慢慢向自己的孩子转变。"

陈海明低着头，看向曹卫民，冷冷地说道："可如果杨丽芬真的返回了胚胎状态……那她必死无疑。"

曹卫民问："那怎么办？"

陈海明摇摇头说："我也不知道……"

护士刘梅躲在天台的排风机后面，不住地发抖。她不敢看向天台入口那边，而李舜予的手下小何拿着刀正在找寻着她。刘梅待在那儿一动不动，突然被什么晃了一下眼睛，她不由得看向远方的大楼，只见那栋大楼的某扇窗户里，似乎有一道闪光。

就在这时只听小何叫道："快出来！要不一会儿有你好瞧！"

感觉到小何的脚步声离自己越来越近，刘梅不敢再躲在原地，她拔起身跑向大楼边沿！

看到了刘梅，小何赶紧追了上去！

刘梅趴在大楼边沿，大声地呼喊道："救命啊！救命啊！"

小何拿着沾血的刀走过去，从后面一把揪住刘梅的头发，说："你还叫！"

就在小何刚要拽着刘梅回楼道里时，"砰！"一声枪响划破天际。

鲜血从小何的胸口喷出，他一瞬间松开了刘梅，倒地不起。

"呀呀呀！"刘梅吓得原地尖叫，不敢动弹。

在逃生楼梯里面，陈晓晓也想跟上去，但突然之间林国庆居然站了起来，从身后一把拽住了陈晓晓。这一把拽得很使劲，陈晓晓没站稳，摔下了楼梯，但好在刚跌下几阶楼梯，手便拽住栏杆，只是有点皮肉擦伤而已。林国庆没再管陈晓晓，他捂着胸口蹒跚地向天台的门走去。随着失血越来越多，林国庆已经坚持不住了，脚下一打软，后仰一个跟头也栽下了楼梯。林国庆就栽在了陈晓晓身边，这可把陈晓晓吓得不轻，直接叫了出来："啊啊！"可过了一会儿，看林国庆没任何反应，陈晓晓才站起身。她也说不准林国庆到底死了没有，更不敢去仔细查看，便独自跑下楼了！

陈海明三人带着杨丽芬来到了地下的急诊档案室。将桌子清空，曹卫民将杨丽芬放在桌子上。

芳易问："这些融合者，他们变化形态的依据是什么？"

陈海明站在一旁盯着变小的杨丽芬没说话。

曹卫民想了想，看向陈海明，问："会不会是受到某种刺激？"

芳易继续问："什么样的刺激？"

曹卫民回忆说："当时我和小张逼问范明，把他的谎言戳穿，几乎让他无话可说，之后他就发生了变异。但在发动袭击之前，他还提醒了我一下，希望我能把他赶紧绑起来。"

芳易看向陈海明，想听听他的意见。

陈海明点点头："我同意曹队长的说法。在我给郭瑞东采血的时候，他发出了低吼，就像狼或者狗一样，用这种方式来对抗疼痛。"

芳易接着问："也就是受到某种承受不了的刺激，他们就会调出其他的人格或者形态来对抗这种负面情绪？"

陈海明继续说："他们不光行为特征会融合，连人格甚至思想都可以融合。而这些融合者还有一个特征，它们很懂得'自保'。从我们没有目击过任何一次融合来看，这些融合者通常会挑选只有受害者一个人的时候发动融合。"

听了陈海明的解释，曹卫民问："那我们该不该刺激一下杨丽芬，让她不要转化为自己孩子的形态？这里有我们三个人，还有枪，她应该不敢攻击我们才对。"

陈海明和芳易都沉着脸，没说话。

曹卫民问："你们怎么了？怎么都不说话了？"

芳易说："我们不能刺激杨丽芬。"

"为什么？"

陈海明说："如果让她恢复到杨丽芬或者刘志刚的状态，她一定会袭击我们。"

曹卫民不是很理解:"这不一定吧?范明可是在我的逼问下才发狂的。"

陈海明指了指杨丽芬,说:"如果她回到杨丽芬或者刘志刚的人格,他们要怎么面对失去妻子、丈夫还有孩子这件事?他们的人格根本承受不住。"

曹卫民问:"那我们就这么看着她变成胚胎然后死掉吗?"

陈海明点点头:"或许是的。"

曹卫民一拳捶在一旁的桌子上,说:"真他妈见鬼。"

八

在小萧发现感染者的病房前，李舜予命令几名民众道："快！快！快把门给我绑紧点！"

几个民众用绳子将门把手紧紧拽着，拴在一旁的椅子上，让门无法被拽开。这时，一个民众走过来，冲李舜予说道："李老板，我们已经抓到不少人了。"

李舜予问："有陈医生吗？"

民众摇摇头，说："都是护士。"

在医院一楼门诊大厅里，李舜予的母亲李久华坐在轮椅上盯着不远处走来的陈晓晓。只见陈晓晓一脸惊慌，衣服也有些凌乱，她在寻觅李舜予的身影。没看到李舜予，陈晓晓却瞥见了几名被抓来的护士，她们被一堆人围着，都坐在地上。陈晓晓走上前问道："就抓到这么几个护士？你们真的认真找了吗？"

还没等有人回答陈晓晓，李久华被人推着缓缓过来。李久华语气有些冰冷，问："你是陈晓晓？魅舞人间的陈晓晓？"

听到魅舞人间这个词，陈晓晓赶紧回头，看到是李舜予的母亲时，一时间有些语塞。

"果然是陈晓晓。"说着李久华上下打量了一番陈晓晓，"生过孩子了？"

陈晓晓有些慌张，赶紧回答："是啊，伯母。"

李久华略带蔑视地笑了笑："哼，找个老实人嫁了？"

陈晓晓没敢接话。

李久华接着问："来医院干吗？"

陈晓晓回答说："给孩子开药。"

李久华马上接着问："那还化着妆？"

陈晓晓被说得有些难堪，也不敢回应什么。

这时，李舜予来到一层，一眼就看到了陈晓晓和母亲待在一起，便赶紧走过来问："妈，你感觉怎么样？饿了吗？"

李久华指着陈晓晓说："舜予，你看这是谁。"

李舜予挠挠头，有些难为情地说："晓晓，之前已经见过了。"

李久华瞪了一眼自己的儿子，问："晓晓？真亲切啊，人家老公同意你这么叫她吗？"

李舜予尴尬地笑了笑："妈，你说什么呢？我们也算老朋友了。"

李久华"哼"了一声又看向护士，问："你打算拿这些护士怎么着？"

工头李舜予尴尬地回身看了看那几个被吓得不轻的护士，看着她们满脸泪痕，李舜予心中也有点犯嘀咕，挠挠头，扶着母亲轮椅的扶手，说："妈，这间医院真的有使人发狂的传染病，我们在楼上就找到一个，已经找人把他锁在屋里了。所以没办法，我必须用这些护士把陈医生逼出来，让他帮我们找出剩下的感染者。"

李久华看看儿子，又看看护士，再看看周围的民众，没好气地说："随你吧。"

这时，张小凡和程柳梅以及小枫也来到了一层。现在说不清谁被感染了，真落单被袭击，两个女的恐怕弄不过感染者，不如和大家在一起比较安全，只要离那些护士远点就行了。

程柳梅和小枫待在角落，张小凡走上前，只见李舜予走到前台里，拿起麦克风，说："陈海明医生，我希望你现在能到一楼门诊大厅来，帮我们辨认感染者。我不知道到底是什么驱使你躲藏起来，但现在，有些人或许会因为你的躲藏而受到伤害。我知道你是个好人，所以我希望你能来这边，我们一起商量出解决办法，让感染不再扩大。"

躲在地下室的陈海明他们自然也听到了这则广播。

李舜予说完，只听一个他不认识的护士带着哭腔哀求说："陈医生，我求求你快出来吧，他们把我们好多护士都抓起来了，不知道要干吗。"

李舜予的声音再次传来："听到了吗？陈医生，我们所有人都在一层门诊大厅等着你。"

陈海明和芳易对视了几眼，俩人都难掩眼神中的些许恐惧和吃惊。

曹卫民安慰说："不要着急，先确定这声音你们认识吗？"

芳易说："我认得，大概是化验室的小庄。"

陈海明明知故问道："他们想干吗？"

曹卫民解释说："大概意思就是你如果不去，他们会伤害那几个护士吧。"

陈海明摇摇头，不愿承认："不会吧，他们疯了吗？如果他们真的伤害了护士，就算幸存下来还不是要进监狱？"

曹卫民说："对感染的恐惧已经胜过进监狱了吧。"

芳易走近陈海明说："我不建议你去。那些感染者也早就换成了别人的容貌，根本没法辨别。什么融合、同化、新陈代谢加快，你根本不可能跟他们说明白这些东西。"

陈海明没回答，看了看自己的手指甲，又看了看曹卫民的胡子，说："我们新陈代谢的速度似乎已经恢复原状了。"

芳易有些气愤地说："你在认真听我说话吗？！"

曹卫民插嘴说："陈医生，你知道自己出去要面对的是什么吗？"

陈海明问："你想说他们有可能会伤害我吗？"

曹卫民点点头："非常有可能，无论你怎么解释，现在的情况都不是我们能解决的。"

"可我不去，他们就会伤害那几个护士。"

芳易着急地说："可你去了，他们也未必会放过那些护士！"

陈海明看向曹卫民，问道："曹队长，你怎么看？"

曹卫民说："如果你要去，我会陪着你。"

芳易激烈地驳斥道："你说什么呢！你这是在让海明送死！"

陈海明的语气还算冷静，劝道："小易，不要这样。"

芳易有些崩溃，说话间已经带着哭腔："你们都不要命了吗！"

陈海明走到芳易身边，扶着她的肩膀说："有曹队长在，他还有枪，没人敢对我怎么样。"

芳易拽着陈海明胸前的衣服质问道："你有没有想过我？那我怎么办？"

陈海明语气低沉而坚定地说："继续躲在这儿，无论听到什么，都不要离开。"

芳易已经抑制不住眼泪，将头深深埋进陈海明怀里。

几分钟过后，医院一层门诊大厅里，李舜予站在角落，点燃一根烟，独自抽起来。

陈晓晓看到李舜予的母亲有些犯困，渐渐睡去后，又走到李舜予身边，有些犹豫地说："李大哥……"

李舜予安慰道："晓晓，别介意啊。"

"你说伯母吗？"

李舜予点点头："嗯。"

陈晓晓无所谓地笑笑："没事，毕竟我以前是在那种地方上班的。"

李舜予语气低沉地问："你觉得陈医生会出现吗？"

陈晓晓看了两眼那些护士说："我不了解这个医生，你觉得呢？"

李舜予笑笑："我要知道，也就不用问你了。"

陈晓晓说："如果不会，我们可以拉出一个护士，让她受点苦。"

　　李舜予的神情有些阴沉，问："如果陈医生不为所动呢？我们是不是再卸她一只胳膊？如果陈医生还不出来呢？晓晓，我们其实也没有什么太多筹码和选择。"

　　陈晓晓瞥了眼李舜予，眼神坚定地说："李大哥，如果你下不了手，我们可以鼓动其他人来这么做，大家现在的情绪都不稳定，相信不难。"

　　李舜予看了两眼陈晓晓，有些消沉地说："再说吧，再等等看。"

　　走在前往一层的楼梯间里，曹卫民对陈海明说："看起来芳医生对你……"

　　抱着杨丽芬的陈海明没有立即回答，而在顿了几秒后却说："曹队长，给我来句实话，你手枪里还有多少子弹？"

　　曹卫民笑了："你一颗，我一颗，正好两颗。"

　　陈海明则很难笑出来，问："你确定没在开玩笑？"

　　"没有。"

九

"刘梅女士，刘梅女士？"一个人摇醒了趴在桌上睡着了的刘梅。刘梅起身，拽了拽披在身上的毛毯，发现自己身处一间会议室似的房间里。眼前的人看起来像某种工作人员，穿着比较正式。他给刘梅端来一杯咖啡，放在桌上，客气地说："请用。"刘梅拿起杯子，抿了一口咖啡，听到房间门又被打开，走进来的是三个中年人。一位穿着制服看起来像公安干警。一位穿着白大褂，应该是个医生，还拿着个表格。另一个人则看不出是什么职业。

三人在刘梅身前坐下。公安干警将帽子拿下来，介绍道："刘女士，不要紧张，你已经安全了。我是特别应对小组的何清，这位是北大医学院的王敏医生，那位是清华物理系的傅丹教授。"

王敏说："刘女士，你放心吧，经过检测，你没有感染病毒的迹象。"

刘梅显得依旧心神未定，没有回应。

何清露出一瞥笑容，问："你知道吗？你是第三个从第七医院里逃出来的人。"

刘梅有些惊奇地问："另外两个人是谁？"

何清解释说："你们医院的两名保安。"

刘梅问："他们也像我一样从天台被你们救出来的？"

何清点点头："是的。"

刘梅放下咖啡杯，着急地问："那其他人呢？"

何清收起了笑容，说："应该还在医院里。"

刘梅瞪着何清，责问道："你们为什么在早上就把医院的出入口都封上了？你知道这会引起多大的恐慌吗？"

何清和王敏相互看了一眼，显得十分不解。何清解释说："我们并没有在早上把医院的各个出入口封上，而是在昨天晚上。"

刘梅满眼都是不解，眯着眼打量着眼前的三个人，有些激动地问："昨天晚上？你们明明今天早上封上的，好吗？我就在医院里，难道还看不到那些木板吗？"

何清安抚道："刘女士，不要激动，我们确实是昨天晚上就安装了木板。"

刘梅声音越来越高，几乎吼了出来："你们在开什么玩笑？昨天晚上？是今天早上吧，我们就被那些木板困在了医院里！你们是怕感染扩散，才把我们封在医院里。"

何清平静地反驳说："不，是因为昨天下午，我们从医院窗户看到内部发生了一些情况。为了避免民众和媒体拍摄之后将那些画面上传到网上，我们才会用木板以及黑布将低层全部遮挡起来。那些木板也钉得很浅，如果从里面的话，应该很简单就能拆掉。"

这时一旁的傅丹教授察觉到了什么，突然插嘴问："刘女士，你觉得今天是 2018 年 10 月几号？"

刘梅说："当然是 10 月 10 号。"

傅丹掏出手机，打开日历给刘梅看。

何清在一旁解释说："今天已经 11 号了。在昨天凌晨左右，感染者被送到了市立第七医院。而在 10 号也就是昨天的傍晚，我们着手封锁医院。"

刘梅瞪大双目，摇着头说："不可能，不可能，今天绝对是 10 号！"

何清安慰说："刘女士，你先不要激动。如果你不相信，可以看一下自己的手机。"

刘梅赶紧掏出手机，联网之后，发现日期竟然真的是 11 号，震惊得半天说不出话来。

随后三人都没说话，他们知道，刘梅需要冷静会儿。

刘梅突然问："那你们为什么不进去救人？你们看到有事情发生，为什么不进去救人?! 就因为害怕感染所以将医院封锁起来，让我们自生自灭吗?!"

何清说："刘女士，从凌晨几名受感染的患者进入医院后，医院内部就和我们外部失联了。我们当时已经派人前往医院，但发现医院的所有出入口都无法打开。我们试了各种办法，甚至在某些地方动用了炸药，都没法炸开一个口。现在我们正着手挖掘地下，看看从地下有没有可能进入医院。"

刘梅又激动起来："你们在开玩笑吗？我不就是从天台出来的吗？怎么可能进不去？"

何清无奈地说："是的，我们也尝试过撞开天台的门，但结果……"

何清说得很真切，刘梅已经糊涂了，不知道回应什么。

这时傅丹又开口说道："现在的情况似乎是，医院内部的人可以从天台离开，但外部的人怎么也进不去。"

这时一个年轻的公安进来，他将一份报告交给何清，还耳语了几句。何清听后又和王敏与傅丹沟通了两句，捋了捋思路，接着看向刘梅，说："似乎另外两名获救人员也说今天是 10 号。"

傅丹教授这时露出一丝诡异的笑容，说："如果你们说的是真的，我有一个大胆的推测，在那几个感染的患者进入医院之后，医院内部和外部的时间就岔开了，外部时间比内部时间快，所以我们从外部进不去医院内部。"

何清和王敏都感到有些费解，但也插不上嘴。

傅丹教授双手比画着说："我再简单地解释一下：时间可以变快变

慢，但无法倒流，所以我们不能回到过去。医院内部的时间变慢之后，里面经历的一切对我们这些外部人员来说等于是过去，所以我们没人能进入医院，包括现在的刘女士。"说着傅丹看向刘梅，"刘女士，你说你早上几点就发现医院被封锁了？"

刘梅回答："早上六点半。"

傅丹继续说："我们是在昨晚六点左右封锁的医院，如果我的推论是正确的，恐怕外部时间是医院内部时间的三倍。"

何清有些不确定地问："那我们该怎么……越过这个时间差，进入医院营救那些人？"

傅丹笑笑："没可能，我们无法进入过去的时间线，但我想刘梅从天台出来的方法应该是我们唯一可以借鉴的。"

何清又问："什么意思？"

傅丹解释说："我刚才推算了一下时间，当时刘梅女士打不开天台的门，是因为天台被另一个时间线上的两个保安从外部锁住了。之后能打开了，是因为两个保安从另一个时间线上把外部门锁打开了。也就是说，虽然是两个不同的时间线，但还是有一个所谓的'交汇点'的。这个交汇点的时间是可以相融的，否则刘梅女士不应该在最开始打不开那扇门。因为外部的锁是在一天以后才锁上的，也就是说，只要我们拆掉了围墙上的木板还有黑布，医院里面的人，应该可以直接看到这些变化，并且自行逃出来。"接着傅丹看了眼手表，"现在是 11 号下午五点二十三分，我们目击那个惨案发生的时间是 10 号的下午两点左右，也就说现在这个时间点，在医院内部，那个惨案应该还没有发生。如果我们想救更多的人，那我们只剩下不到四十分钟了。"

何清有些激动地说道："我马上安排人去拆掉那些板子！"

十

陈海明和曹卫民俩人带着杨丽芬来到了门诊大厅。曹卫民看了一眼坐在地上的几名护士，看起来她们都没受太多伤。

李舜予指了指陈海明怀里的婴儿，问："陈医生，这个婴儿是？"

陈海明看了看已经缩成婴儿状态的杨丽芬，缓缓地道："她是感染者。"

此话一出，周围人退开好多米，一片哗然！唯独李舜予没有后退，依旧保持镇定，问："陈医生，你这么抱着她，不怕被传染吗？"

陈海明解释道："这种病不会接触传染。"

李舜予觉得陈海明这句话有两个作用，一是解释为什么他敢抱着婴儿，二是解释感染者并没有那么危险，便说："无论会不会接触传染，我们都应该隔绝病源，你说是不是陈医生？"

陈海明自然也明白李舜予话里的意思，点点头。

李舜予接着问："那你愿意帮我们大家找出感染者吗？"

陈海明语气低沉地说："说实话，如果我可以的话，我一定会帮大家找出感染者还有感染源，但现在我做不到。"听到陈海明的话语，众人又是一片哗然。

李舜予眯着眼问："你什么意思？"

陈海明说："我要给大家解释一下，这所谓的'传染病'到底是什么，这或许会超出我们每个人的认知，但请大家耐心听，否则我们每个人最终都会不明不白地死去。"陈海明深沉的话语还是很有威力，大家安静下来。陈海明继续说："我们面对的可能不是一种病毒，而是某种会吞噬我们的生物，我们可以简称它们为融合者，它们吞噬谁，就有可能变成谁的样子，包括动物。"

陈海明的解释明显超出了大众的认知，众人面面相觑，李舜予露出不信任的嘲笑，问："你确定自己不是在信口开河吗？陈海明医生？"

陈海明依旧用低沉的声音解释说："我手中的孩子就是证明，融合者吞噬了一名女性和她肚子里的孩子，接着融合者的形态就会改变，如果大家愿意再等等，你们会看到，她逐渐变回胚胎时的样子。"

陈晓晓突然站出来问："你是不是在拖延时间？"陈晓晓此话一出，所有人都愣住了，因为陈医生说的大家难以相信，反倒陈晓晓这种说法比较可信。

陈海明问："我为什么要拖延时间？"

陈晓晓用恶毒的假设攻击道："或许你已经给自己还有这名警察注射了疫苗，但疫苗不够给我们所有人的，所以你就想利用怀里的孩子让我们其他人感染病毒！"听陈晓晓这么说，民众更加激动了！有人就拿起东西想要砸陈海明和怀里的杨丽芬！

但就在这时，"砰！"曹卫民对天开了一枪！再一次震住了所有人，接着曹卫民笑着说："疫苗？如果真的有疫苗，医院大门上的那些木板是怎么回事？医院又为什么要被封闭起来！你们用屁股想想也应该能明白，这世上根本没他妈什么疫苗！"

陈晓晓被反驳得哑口无言。

李舜予举起手，冲众人示意道："大家别太激动，我来跟陈医生说几句。"

曹卫民耸耸肩说："李老板，我们也想解决问题。"

李舜予回应道："我知道，我知道，先把枪放下吧。"接着李舜予看向陈海明医生，问，"如果你说的是真的，那我们有没有什么办法能证实一下呢？而不是在这里等上半个小时，你也知道大家情绪都不稳，这么等下去，突然爆发也不是不可能。"

陈海明和曹卫民对视了一眼，说："我说了这些生物通常不会让人看到吞噬的过程，再说我们也不知道谁是感染者。"

李舜予盯着陈海明怀里的孩子，也有些犹豫。

这时陈晓晓在李舜予耳边低声说："我们手里有一个感染者，用那个婴儿试试就知道陈医生说的是不是真的了。"

李舜予有些震惊，顿时觉得陈晓晓异常狠毒。

陈晓晓接着说："如果这真的是传染病，那伯母身体这么弱，一定是第一个被传染的，陈医生到底是不是在瞎掰，我们得尽快证实。"

与此同时，陈海明和曹卫民也耳语了两句。曹卫民说："这些人之中一定有感染者。"

陈海明问："怎么说？"

"这里的人数比上午少了。"

"你的意思是很多人已经被……"

李舜予打断了俩人的窃窃私语："陈医生，我们有一个可以证实的方法。"

陈海明问："什么方法？"

李舜予解释道："我们之前抓到了一个感染者，他现在就在 507 号病房里。"

陈海明和曹卫民一时间没反应过来对方要干什么。

李舜予接着解释道："我们需要你手里的婴儿。"

曹卫民盯着李舜予，愤怒地问："你疯了吗？你要牺牲一个婴儿？"

李舜予犹豫了一下说："你们说了，她不是婴儿，她是感染者，只不过暂时变成了婴儿，而且再过不久，她也会死去。"

曹卫民看向陈海明。陈海明平静地问："李老板，你真的打算这么做吗？到底会发生什么，说实话，我也不是很确定，因为我没有目击过融合的过程。"

李舜予的神情上也没了从容，说："为了证明这件事，我们必须这么做。"说着李舜予示意自己手下小萧过去把孩子抱过来。

陈海明没有反抗，将婴儿交给了小萧。

李舜予也不确定自己做得对不对，到底该不该把婴儿带去那个感染者的房间，点燃一根烟，看着小萧怀里的婴儿，半天没说话。

陈晓晓在一旁说："李大哥，别再犹豫了。"

"好吧，好吧。"说着李舜予看向陈海明和曹卫民，命令道，"陈医生、曹队长，你们俩也得跟我们一起去。"

此时门诊大厅的角落里，看看陈海明被带走，小枫脱口而出："他们要带爸爸去哪儿？"

程柳梅赶紧比出"嘘"的手势："不要说话，你爸爸没事的。"

一旁的张小凡心情既紧张又激动，面对这样的大新闻，作为一个媒体人可以说是幸运之极，但现在的情势又非常不妙，灭顶之灾似乎已经近在眼前。

这时一个陌生的中年男人走过来。张小凡警惕地护在小枫身前，问："你想干吗？"

这个中年男人笑笑，盯着张小凡身后的小枫说："我已经听到好几次了，这个孩子是不是陈医生的儿子？"

张小凡和程柳梅心里都"咯噔"一下。张小凡赶忙解释道："你一定是听错了，他可不是陈医生的儿子，他是我外甥，这是我姐，你最好离远点，否则我就叫唤了。"

"叫唤？你敢吗？"中年男人看起来自信满满。

被戳中软肋，张小凡知道无法再掩盖下去，问："你想要什么？"

中年男人看起来油油腻腻、脏兮兮的，满脸色相，盯着程柳梅说："我只是觉得我们或许马上就要死了，应该一起玩玩。"

张小凡自然明白中年男子的意思，但还是装傻问："玩玩？什么意思？"

中年男人依旧盯着程柳梅："你姐很漂亮，只要她能陪陪我，我就放过这个孩子，怎么样？"

张小凡不自觉地骂了出来："浑蛋！你知道你自己在犯罪吗？"

中年男人瞪了张小凡一眼，恶狠狠道："难道你没听到陈医生刚才说什么吗？我想医院被封锁起来也是这个原因，我们只能在这里自生自灭了，那为什么不趁死之前，快活一下呢？"

"你这个人渣！"张小凡继续骂道。

中年男人看起来没有被激怒，盯着程柳梅说："决定权在你，我给你十秒钟考虑一下，之后我就会冲别人喊，说这是陈医生的孩子。"

李舜予站在关着感染者的病房门前，从门上的玻璃瞥了一眼病房里面，发现那个感染者就待在窗边。他让几个人拉住拴在门上的绳子，然后慢慢放开，好让门可以打开，随后又冲小萧说："等门打开一条缝，你把婴儿从那个缝儿顺进去就行了。"

小萧有些心慌，但还是点点头。可就在门打开了一条缝，小萧蹲下来，准备把婴儿放进去的时候，婴儿突然在小萧的手里挣扎起来，更用成熟女性的声音说出了一句话："你们想要杀掉我的孩子！"小萧吓得一下子坐倒在地！接着婴儿一口咬在小萧胳膊上！疼得小萧大叫出来："啊啊啊啊！"所有人都吓得后退开来！也没人再拽着门了！

"见鬼了！见鬼了！"民众纷纷逃开！

曹卫民见状不妙，只能上前抬起手枪，扣动扳机，"砰！"子弹打穿了婴儿的脑袋，婴儿咬住小萧胳膊的嘴随即松开来！此时曹卫民的枪也没了子弹，所以套筒无法自动回原位，虽然他迅速拉动套筒，让枪恢复原状，但这一点还是被陈晓晓注意到了。

陈海明赶紧趴下来，给小萧检查伤势。

李舜予也愣在了原地，不知道该如何是好。

就在这时，屋里的那个感染者走了出来。

曹卫民震惊之余，想赶紧去拉陈海明医生，让他别救人赶紧走！但他更看到陈晓晓拿出刀突然上前，走向陈医生！曹卫民一个箭步，上前挡在陈海明身前！陈晓晓这一刀直接捅在了曹卫民后背上！

陈晓晓本想捅死陈海明然后用他去喂那个感染者，但眼前的人却是警察曹卫民，陈晓晓知道已经没有回头路了，某种狠劲儿涌上心头，随即又连续捅了曹卫民好几刀，接着冲李舜予喊道："李大哥！赶紧跑！！"

可李舜予依旧愣在原地，他实在没想明白陈晓晓要干吗。

陈海明扶着曹卫民，喊道："曹队长！"

陈晓晓身上都是血，抽出刀，回过身，拉着震惊的李舜予赶紧跑开了！

被捅伤的曹卫民紧紧抓住陈海明的胳膊，喘了几口粗气说："陈医生，快跑！我其实也被那些生物侵蚀了，我不知道自己还能压制它们多久，快走！"说完曹卫民一把将陈海明推了出去。

陈海明一个踉跄，突然一个人扶住了自己，是医生芳易！陈海明震惊道："小易你怎么会在这里？"

芳易说："别问了！我们得赶紧离开！"

陈海明摇头说："不行！小枫还在一层！我得去保护他！"

曹卫民挡在那个感染者身前，笑了笑说："我他妈就不信了，我会死在你手上！"

与此同时，在医院地下一层，程柳梅跟着那个中年男人越走越深。那个中年男人不断尝试打开每个房间的门，找寻有没有适合"快活"的地方，但门基本都锁着呢。程柳梅也在四处找寻可以自卫的武器，可周围根本没有这类东西。就在这时，俩人的身后突然传来一个冰冷的声音。

"你想把我妹妹带去哪儿？"

程柳梅吃惊地回过头看去，出现在眼前的人竟然是自己的哥哥程伟，便赶紧跑过去，抓着程伟胸口的衣服说："哥！这个男人利用小枫威胁我！他想……"

中年男人回身打量了一番程伟，觉得对方块头不小，心生怯意，后退了两步。

程伟没有回应，推开程柳梅，接着疾步走向中年男人。

中年男人赶忙辩解说："没有，我没有威胁你妹妹，是她自愿的，想在临死前……快活……"可话还没有说完，程伟已经一把攥住了中年男人的脖子，将他拎了起来！

程柳梅目瞪口呆地看着这一切。只见中年男人的脸色逐渐发紫，可想而知程伟攥的力量有多大。程柳梅赶紧上前，拽着程伟的衣服阻止道："哥！他快死了！"

程伟厉声反驳道："他该死！"

另一边，李舜予和陈晓晓从楼梯间下楼，但只见民众已经乱成了一团！

"别离我那么近！你是不是就是感染者！"

"你推什么呢！"

"啊啊啊！"

"咣当，咣当"，有人被推下了楼梯！

绕开相互捶打、推搡的民众，李舜予和陈晓晓很快来到医院一层门诊大厅。这里的人也已经打成了一片，所有人都在相互怀疑，认为对方就是感染者。而四处寻不见母亲的踪影，李舜予着急地叫道："妈！你在哪儿?!"

突然，陈晓晓拉着李舜予指着角落："那边！那边！"只见在人群后面，李久华一个人待在角落里。

"去你妈的！"李舜予推开撞上来的人，拉着陈晓晓挤出人群，来到母亲身边跪下来，关切地问："妈，你有没有被伤到？"

李久华摇摇头："我没事。"说着李久华抬手指了一下大门口。

李舜予看了一眼，问："怎么了，妈？"

李久华说："你没看见吗？那些封锁了医院的遮挡和木板都不见了。"

李舜予赶忙再仔细看去，原来外面是阴天，光线不强，所以大家都没注意到光线的变化，也没发现外面的东西被撤走了。李舜予赶紧起身，刚想跟所有人说别打了，或许可以出去了，但被陈晓晓一把拉住。

只见陈晓晓摇摇头说："李大哥不要，我们还不确定能不能出去，如果出不去，大家一定会迁怒于你。"

李久华在旁瞥了一眼陈晓晓，点点头说："晓晓说得对。舜予，你先去门口那儿看看，确定一下到底能不能出去了。"

"好。"说完李舜予就往门口跑了过去，只留下了陈晓晓和自己的母亲在原地。

李久华突然开口低声道："晓晓，你过来，我有几句话要嘱咐你，是有关出去之后的事儿的。"

陈晓晓随即趴在轮椅旁边，想听清对方到底要说什么，可就在这一瞬间，李久华突然拿出一把小刀，扎进了陈晓晓的胸口。"啊！"陈晓晓的叫声淹没在周围的嘈杂与斗殴之中。她震惊地看着李久华，一手攥着李久华持刀的手，另一只手也挥舞起刀捅向了李久华！

走向门口的李舜予根本没有发觉这一切，他推开只剩框架的大门，一下子便走了出来。接着李舜予便愣住了，更举起了双手，因为外面有许多特警正严阵以待，连天都突然变成了傍晚。李舜予喊道："不要开枪！不要开枪！"没有回应，但数名特警端着枪上前，一把将李舜予压倒在地，接着铐起来。李舜予脸贴着地，依旧在喊："里面发生了暴乱！我妈还在里面！快进去救人！"

此时陈海明和芳易也来到了一层门诊大厅，看着人们相互攻击的样子，俩人都惊呆了。接着一个人迎了过来，陈海明赶紧护在芳易的身前，但定睛一看，眼前的人似乎有点眼熟，是刚才挑衅李舜予的那个记者！

而她身后就是自己的儿子小枫！

"爸爸！"小枫扑上来和陈海明抱在一起。

张小凡着急地说："一个中年男人把程柳梅带去地下室了！他想要利用小枫强奸她！"

"什么？"陈海明大吃一惊，随即把小枫推给芳易就要前往地下室。

芳易一把拉住陈海明说："我也和你一起去！"

陈海明反驳道："不！你们俩帮我照顾小枫！我一个人去地下室就行了！"说完陈海明就松开小枫，跑向通往地下室的楼梯。

大厅的角落里，李久华喘着粗气，她肩膀被扎伤，血流不止，已经只剩一口气了。但这时她突然使出全身的力气推动轮椅，向咨询台的方向过去。勉强支撑到咨询台附近，李久华点开喇叭的按钮，对着话筒，用尽最后的力气说："门……大家快看出口……"

喇叭的声音毕竟大，民众听到李久华的话，纷纷望向出口。但激愤的民众第一时间并没有明白是怎么回事。

"怎么回事？"

"好像外面的木板和黑布都没了？"

"快！大家快啊！可以出去了！"

经过几个人的提醒，民众突然醒悟过来，纷纷奔向大门口。

张小凡冲芳易说："我们也赶紧带着小枫先离开吧！"

芳易想了想，点点头："好吧。"

随即三人也随着大众冲出了医院大门。咨询台里的李久华此时靠在椅背上，无人理会，渐渐失去了呼吸。

踏上通往地下的阶梯，周围变得越发阴暗，陈海明似乎听到了某种捶打的声音，并且伴随着液体的喷溅声。来到楼梯最下面，陈海明向声音传来的方向望去，只见走廊的尽头，一个身影正拿着一个锤子不断击打一个躺在地上的人。从声音判断，地上的人已经血流成河了。陈海明不知道发生了什么，心中十分害怕，不禁想到：难道那个躺在血泊中的人是程柳梅？想到这里，陈海明鼓足勇气，尽量压低声音缓步走上前。但离得近了，陈海明突然觉得这个拿着锤子的人的背影有些眼熟，连衣服也是。突然，这人停止了锤打，似乎听到了身后有人走来，起身转头看去！陈海明赶紧躲在一个门框的阴影里，寄望这阴暗的环境下，对方看不到自己，但当那人走得越来越近时，陈海明的心提到了嗓子眼，因为眼前这手持铁锤的人居然是程伟——妻子程柳维的哥哥。

程伟拎着锤子从陈海明的眼前走过去时，突然转头看向陈海明，一把将他从阴影中拉出来！抡起锤子就要砸死陈海明！

"大哥不要！那是海明！"走廊的尽头，一个女性的声音突然喊道。

陈海明本已经闭起眼睛等死了，接着吃惊地睁眼望去，只见喊话的人是程柳梅。

程柳梅赶紧跑了过来，看起来也惊魂未定，拽着程伟的胳膊，带着哭腔哀求道："不要再发疯了！他可是小枫的爸爸！"

程伟的眼神凶恶得不像人类，锤子停在半空中，接着缓缓落下，一把将陈海明推开了。

陈海明瞪大双目，看着地上被锤得稀烂的尸体以及程家两兄妹，一时间不知道该说些什么，惊魂未定地说："到底……"

程柳梅双手抱在胸前，瞥了一眼地上的尸首，说："他想强奸我。"

陈海明点点头，看向程伟说："还好你及时出现，不过我以为你已经离开医院了，难道你从最开始就没走？"

程伟走到一旁，背冲着陈海明说："滚，我不想看到你。"

陈海明不解，上前按着程伟的肩膀说："你说什么呢？刚才你也听到广播了吧，现在出口打开了，我们得赶紧离开医院。"

可程伟一晃胳膊，陈海明被直接推开，差点摔倒。

程柳梅十分不解地问道："大哥，你现在还要犯病吗？赶紧走！"

但程伟突然吼了出来："滚！我不想看到他！"

陈海明和程柳梅对视了一眼，程伟的状态实在太诡异了，俩人一时间无法接受。

陈海明拉了一把程柳梅说："你先走！我在这儿看着你大哥，想办法带他离开！"

程柳梅摇摇头："不行，把他单独留在这里，我怕他会伤害你。"

医院里还有不少感染者，陈海明觉得这么耽误下去不是办法，一把拉住程柳梅说："我先带你上去，之后我们再找人回来把你大哥救出去！"

程柳梅觉得有些道理，便点点头，最后看了一眼大哥程伟说："大哥，你先在这儿等着，我们出去把警察叫来。"

接着两人就跑上了楼，可从医院大门离开后，他们才知道，没人能返回医院内部。

十一

【三天后】

"不要开枪，我们都是幸存者。"只见曹卫民扛着程伟蹒跚地从医院大门口走出来。数名特警迅速将曹卫民以及程伟压住，将他们铐了起来。

当晚，程柳梅接到电话后和陈海明迅速赶到北京医院。来到一间病房前，只见两个警察站在病房前正和医生在商量什么，程柳梅没多问，直接想推门而入！

"嘿，你干吗！"其中一个警察一把就将程柳梅拽住了。

程柳梅喊道："里面的人是我大哥！"

两个警察对视一眼，年纪稍大的老警察问道："他是你大哥？那你也是被困在医院的幸存者之一？"

程柳梅说："是的，当时我也在医院。"

老警察瞥向程柳梅身后的陈海明，问道："那你是？"

陈海明解释道："我是第七医院的医生陈海明，医院被封锁时，我就在里面，我们现在还能进去看看她大哥吗？"

年轻的警察挡在门前，老警察摘下警帽，看向病房里说："还不行，我们还不确定他是不是感染者。"

程柳梅惊讶地说："什么？你们在开玩笑吗？我大哥怎么会是感染者？"

　　陈海明心里咯噔一下，因为他明白，这并非不可能，便伸手扶住程柳梅的肩膀。

　　老警察说："这要等他醒了才能确定。"

　　程柳梅问："那他为什么会昏迷？"

　　年轻警察笑着解释道："你饿三天也得昏过去。"

　　老警察回头瞪了一眼年轻警察，意思是让他说话注意分寸，接着看向陈海明，只见陈海明似乎在思考什么，便问道："陈医生，你是不是想到什么？"

　　陈海明警戒地问："什么意思？"

　　老警察说："我们都知道，这次的危机并不一般，希望你能把想到和知道的都告诉我们。"

　　陈海明摇摇头："你刚才的话，等程伟醒了才能确定他是不是感染者，也就是说用 X 光或者核磁都无法辨别谁是感染者。"

　　听陈海明一句话就听出了破绽，两名警察都有些惊愕。老警察比出"嘘"的手势，盯着陈海明说："在这样的场合下，有些话不该说出口。"

　　陈海明点点头："我明白。"

　　年轻警察则在老警察耳边低语道："要不要把他们带回局里？"

　　老警察摇摇头，回应道："如果有必要，国安局的人就不会让他们出现在这里了，我们不要多管闲事。"随即又冲陈海明说："你们暂时不能进去看望他，还是请回吧。"

　　程柳梅望向陈海明，希望他能拿个主意。

　　陈海明说："或许我们该听警察的，先回家等消息吧。"

　　老警察说："是的，如果明天他醒来，也没有异常举动，就可以回家了。"

　　程柳梅低下头，也只能听警察的了，最后望了望病房，便和陈海明离开了。

　　可俩人刚转过一个拐角，便碰到了一个熟人——张小凡。

陈海明问："是你？这么快就接到消息了？"

"别忘了我是什么职业。"张小凡笑笑，但突然话锋一转严肃道，"据说曹卫民是和程伟一起从医院里出来的。"

陈海明吃惊地问："你说什么？曹队长活下来了？"

张小凡点点头："是啊，他活下来了，就是他扛着程伟从医院里出来的。"

陈海明回忆了一下，当时曹卫民被陈晓晓捅了得有七八刀，这么重的伤，他居然还能活下来，看来当时曹卫民说的是真的，他真的被感染了，是这种寄生生物修复了他的身体。

张小凡看着愣住的陈海明，问："怎么了？"

陈海明赶紧解释说："哦，没什么，只是很庆幸，对了，你来这里是为了采访程伟吗？"

程柳梅插话说："警察不让我们进去看望我大哥，你恐怕没有采访的机会。"

张小凡解释说："我也没想过去采访，只是要拍点照片，盯着这里，看看之后会有什么惊奇的发展。"

程柳梅听出些不对头，没好气地问："你什么意思？"

张小凡也意识到自己说错话了，赶紧解释说："据说至今没有发现感染者，你大哥也不会的。我只是来拍两张照片，毕竟我也签了保密协议，没法说太多，最多为其他同事提供点素材。"

程柳梅瞪了一眼张小凡，随即走开了。

陈海明没有第一时间跟上程柳梅，冲张小凡感谢道："谢谢你救了我儿子。"

被人这样认真的感谢，张小凡有些不适应，咧嘴笑道："没事，你儿子很可爱。"

深夜，张小凡带着照相机回到家。可开完锁刚进门，她就发觉有些不妥，防备心异常强的她一直会在门缝里夹一张纸，而刚一进门，她就看见这张纸掉落在地，一定有人进来过自己家！张小凡掏出辣椒水喷雾，大声说："谁?!"可等了一小会儿，没人回应。张小凡缓步向屋子里面走去，可刚来到客厅，一个人突然从旁边蹿出来，从身后一把抓住张小凡的手，还捂住她的嘴。张小凡想挣扎，但怎么也拧不过，辣椒水也对不准对方。接着只听袭击者在耳边说："不要大叫，你不是想要头条新闻吗？我是曹卫民。"听了这话，张小凡满心震惊，但明白这个声音确实是曹卫民，可嘴被对方捂住，也问不出话来。

"冷静了吗?"感觉张小凡的挣扎减弱，曹卫民慢慢松开捂住她嘴的手。

张小凡趁机一把挣脱开曹卫民，回身举着辣椒水，恶狠狠道："你为什么会在我家!"

曹卫民张开双手，说："我并没有恶意，我只是不知道还能躲到哪里。"

张小凡说："躲？你为什么要躲?"

曹卫民突然走到墙边，打开电灯说："现在国安局的人正监视着每个从医院出来的人。"

张小凡一脸吃惊地问："什么意思?"

曹卫民从兜里拿出几个黑色的细小装置，扔在桌上，说："这些是在我家发现的。"

张小凡有些害怕地左顾右看，问道："难道我家也被装了窃听装置?"

曹卫民摇摇头："我在你家里并没有发现这样的装置，可能因为我是今天才从医院出来的，所以他们格外小心。"

张小凡长出一口气，走到窗边，看着窗外，问道："这么说，附近也有国安局的人在跟踪我?"

曹卫民点点头："我想是的。"

张小凡拉上窗帘，回过身问道："那你拆掉了这些装置，他们不就会怀疑你有问题吗？"

"当然，所以我离开家，跑到你这儿了。"

张小凡越想越不对劲儿，说："那国安局的人不会追到这儿来吗？你疯了吗？我也会被牵连！"

曹卫民露出一丝诡笑说："我明目张胆地拆掉了窃听器为什么他们不把我抓起来？"

张小凡睁大双目，说："你把国安局的人给……那你为什么要逃？就算国安局把你抓起来……"说着说着张小凡突然说不下去了，后退了几步，满脸恐惧，"难道你……难道你真的是感染者？！"

"我不知道自己是不是感染者，但在医院保安室里时那些'融合者'确实和我近距离接触过，从那之后，我的嗅觉和听觉就变得异常敏锐，能听到一些普通人听不到的波长。"说着曹卫民指了指桌上的窃听器，"我就是因为听到收音时产生的震动，才发现它们的。"

曹卫民越说越玄乎，张小凡后退了几步，问："你确定不会把我吃掉吗？"

曹卫民盯着张小凡，沉默了几秒，笑道："我是为了把你吃掉才特意来这里的吗？"

张小凡不知道曹卫民葫芦里卖的什么药，问："那你为什么来找我？"

"我要向警察局自首，但我需要一个见证者，帮我把这一切录下来然后发到网上，只有让公众知道我的存在，我才不会被拿去做实验吧。"

张小凡不解地问："可就算真的发到网上，肯定会引起民众恐慌，只怕会被立刻压下来，到时你恐怕还是会……"

曹卫民笑道："我有前妻和孩子，国安局的人拿她们威胁我一下，我还不是得乖乖出来，所以也只能赌一赌了，'疑似感染者自首'应该是个优秀的标题，找一台查不到的电脑，一个查不到的账号，我相信难不倒你吧？"

张小凡摇摇头："你真的确定要这么做吗？"

曹卫民点点头："我需要保证我前妻和孩子的安全。"

【第二天清晨】

"叮咚"门铃声响起。陈海明起身走出卧室，看了一眼小枫房间，门依旧关着，看样子小枫还在睡觉，便穿好衣服独自走到大门边。从猫眼向外望了望，只见昨天守在程伟病房外的那个年轻警察站在门前，陈海明心想难不成是程伟出了什么事？便赶紧拉开门，问："难道是程伟出了什么事？他被感染了吗？"

年轻警察摆了摆手说："这里不是说话的地方，跟我走一趟吧。"

陈海明问："去哪儿？"

"就楼下。"

"那我去穿个外套。"

接着等陈海明穿好外套，俩人下楼来到小区附近的花园里。站在一个偏僻的角落里，陈海明说："在这儿可以说什么事了吧。"

年轻警察摘了警帽，突然之间他的脸竟变了模样！

陈海明吓得后退了几步，震惊地说："小维……"

"海明，我快撑不住了。"这年轻警察不光脸变成了程柳维的样子，连声音也和程柳维一模一样。

陈海明早就怀疑妻子程柳维可能是融合者，如今眼前的景象证实了一切，结结巴巴地问："撑不住？你什么意思？"

程柳维的神情看起来有些痛苦："在我身体内的其他人就快占据这个身体了。"

陈海明看着程柳维那一身警察服装，突然明白了一个可怕的事实，问道："你为什么会和那个警察……难道程伟也被你融合了？！"

程柳维点点头："是的，我就快压抑不住他了，如果放他出来，他会伤害你，还会伤害小枫！"

　　陈海明一时间不知道该回答些什么。

　　"帮我，帮我。"程柳维看起来越发痛苦。

　　陈海明问："你想让我怎么帮你？"

　　程柳维突然上前两步，抓着陈海明的肩膀说："进入我的体内，帮我压抑住他们，那样我也可以和你永远生活在小枫身边了。"

第三章　边境

一

【现在……】

美国洛杉矶国际机场，程柳梅带着小枫走下飞机，笑着说："你马上就能见到爸爸了，他已经在这边拿到了身份，以后你就可以和他生活在一起了。"

小枫兴奋地点点头，问："姨妈也和我们一起住在这边吗？"

程柳梅笑得有些尴尬，说："不，姨妈要回中国。"

"为什么？我以为我们三个人以后可以生活在一起了。"

程柳梅蹲下来，扶着小枫的肩膀说："我永远都代替不了你妈妈。"

"为什么？我不想你走。"

程柳梅捏了捏小枫的脸蛋说："不要无精打采的，一会儿就能见到爸爸了，你不希望爸爸担心吧。"

小枫勉强点点头，随即拉上程柳梅的手。俩人很快出关来到了接机大厅。程柳梅左右扫视一圈，并没有见到自己的姐夫陈海明，心下不禁有些疑惑，姐夫的邮件里明明写得很清楚，说会亲自来机场接机，怎么不见人呢？就在这时，程柳梅在人堆里看到了一个高举的牌子，上面用中文写着两个名字："程柳梅、陈霄枫"。

程柳梅赶紧指了指那个牌子，冲小枫说："你看，那是接我们的人！"

"是爸爸吗？"

程柳梅赶紧拉着小枫冲那个举牌子的人走去，可走到跟前，程柳梅却发现眼前的人是个白人大叔，他穿着一件天蓝色衬衫与浅棕色裤子，留着大胡子，看起来得有四十多岁了。这人也看到了走向自己的程柳梅和小枫，上前用简单的英语问："陈医生的？"

程柳梅的英文实在一般般，半天才反应过来，连忙点点头指着小枫说："他儿子。"又拍着自己的胸脯说，"他妻子的妹妹。"

大叔和程柳梅握手道："乔治·尼西奥。你可以叫我乔治。"

程柳梅生平第一次和外国人说话，既紧张也不知道该说些什么，只是点点头，重复道："哦，乔治……"

乔治继续说："我是陈医生的朋友。他让我来接你们。"

程柳梅只听懂了前半句，答道："哦，朋友，我懂了，懂了。"

小枫拉着程柳梅的衣角，有些警惕地看着乔治。

乔治一把从程柳梅手里拿过行李箱，说："我们走吧。"

随即三人来到停车场，坐上一辆黑色越野车。程柳梅心里有些惴惴不安，毕竟眼前的人自己也不认识，还在一个陌生的国度。可她不知道该怎么拿英文问，磕磕绊绊地蹦出几个单词："你，陈医生，为什么？不是他？"

乔治笑笑，突然很快地说了一句有些复杂的英文："这有些难解释，不过别担心，我会带你们找到他。"

程柳梅只听懂了别担心这句话，她终于想到了一句完整的英文，问："他在哪儿？"

乔治反问："谁？"

"陈医生。"

乔治说："东边，他在东边。"

程柳梅明白乔治在说东边，其实她想问的是陈海明为什么不来接自己和小枫，可她根本组织不好英文，只好点点头看向窗外。看着陌生的风景，她回忆起了姐夫陈海明发给自己的邮件，邮件里陈海明说在美国已经取得了永久居住权，希望自己能把儿子小枫带来美国，父子团聚。

自从姐夫陈海明离开中国，时间已经过去了大半年。程柳梅一直代为照顾他的儿子小枫，如今也终于到了分别的时刻，程柳梅内心不禁有些感慨。她看向身旁的小枫，十几个小时的飞机着实让人筋疲力尽，小枫已经累得睡着了，而她自己也打起哈欠，更不知道该和一个外国人聊些什么。尽管外面风景如画，程柳梅还是很快就打起了瞌睡。

【而此时，远在大洋彼岸的中国】

深夜，用别针撬开门锁，一名男性走进了程柳梅在中国的住所。也不开灯，这名男性似乎能清晰看到黑暗中的一切。他坐在程柳梅的电脑前，打开了她的电脑，使用自动登录功能，直接登录了程柳梅的 QQ，再打开她的邮箱，点开一封邮件，发件人的名字是一串英文，发件邮箱是 Google 的，发件时间是半个月前，而附件里带着一张陈海明的照片，背景是洛杉矶环球影城的标志。可男性仔细看了看，觉得陈海明身体的轮廓和照片的其他部分略有违和感，看起来像是合成的照片。点开另外两个附件，是机票的取票二维码，男性随即用手机记录下机票信息，接着通过彩信发送给一个号码，还附带一句话："帮我查查是什么人订的这两张机票。"

随后，男性又浏览了一下 QQ 的聊天记录，并没有太多值得注意的信息，随后关上电脑，站起身扫视漆黑的四周，接着走到窗边，拨开窗帘看着窗外，很快手机就收到了一条信息，内容为"付款账户来自美国华盛顿一个空壳公司"。男性随即拨通一个电话，冷冷地道："看起来美国人行动了。"

睁开双眼，程柳梅感觉汽车还在前行。看了一眼周围，接着又看了看表，发现自己已经睡了将近两个小时，可周围依旧不是市区。程柳梅曾经查过，从洛杉矶机场到市内并没有多远，不可能开了这么久依旧看不到城市，她突然感到一阵心慌，第一时间摇醒了身旁的小枫。

小枫揉揉眼睛问:"我们到了吗?"

程柳梅没回答,而是盯着反光镜里驾驶座上的乔治,用英文犹犹豫豫地问:"我们要去哪儿?不是洛杉矶?"

乔治也从反光镜里看了一眼程柳梅,笑道:"你醒了,我们当然是去洛杉矶,不过是东边一点的地方。"

程柳梅没听懂对方说什么,接着向窗外瞥去,心中更加不安,冲乔治说:"停车!"

乔治皱了皱眉问:"停车?为什么?你想上厕所吗?"

程柳梅听懂了这句话,赶忙道:"是的!是的!"

乔治指了指前面说:"那边有个加油站,那儿有厕所。"

程柳梅顺着乔治手指的方向看过去,不远处果然有个加油站,便明白了乔治的意思。

很快,汽车在加油站附近停下,程柳梅拉着小枫赶紧下了车,瞥了眼乔治,径直向加油站走去。来到加油站,程柳梅看向四周,她希望能找到个会说中文的人。可加油站里没有任何亚裔的面孔,程柳梅便拉着小枫走向超市,推门而入,来到柜台前冲收银员用英文磕磕绊绊地问:"你好,我来自中国,我想问洛杉矶在哪边?"

收银员打量了一下程柳梅和小枫:"洛杉矶?"接着用手指了一下大概方向。

程柳梅一下慌了,因为刚才汽车行驶的方向明显和洛杉矶是相反的方向。程柳梅接着又问道:"有……多远?"

收银员想了想说:"大概五六十公里?具体我也不太清楚。"

程柳梅一下子明白了这个乔治根本不是姐夫陈海明的朋友,赶紧来到窗边向汽车的方向望去,只见乔治正走向这边。程柳梅更慌张了,她拉着小枫的手就朝货架里面走去,发现有一道员工用的门。她想直接拧门进去,却发现门被锁着。收银员不解地看着程柳梅问:"嘿,你想干什么?"程柳梅心慌意乱,门把手被她不停地拧着,边拧边回头向窗外看去，只见乔治马上就要过来了！这门实在是拧不开，程柳梅后退了一步，一时不知道该如何是好。

收银员走出柜台，想过来看程柳梅到底要干什么。

可就在这时，程柳梅身前的员工办公室门打开了，一个戴着帽子、穿着墨绿色工作服的人冲她招了一下手，接着用中文说道："快进来！"

猛然间听到一句中文，程柳梅想也没想，拉着小枫就走进了门内。

随后这人一把将门关上，迅速上了锁。

走进加油站，乔治左右看了一眼，并没有看到程柳梅，只见一位收银员在拧员工办公室的门。乔治走过去问道："你看到两个中国人了吗？一名女性，一个小孩。"

收银员指了指员工办公室的门说："他们进这里面了，还给锁上了。"

乔治冲收银员问："你有钥匙吗？"

收银员摸摸上衣兜耸耸肩说："我记得我就放在这里面，可现在没了。"

乔治推开收银员，直接用身体撞门！几下过后，发现根本不可能撞开。乔治有些着急地冲收银员问道："这员工办公室有后门吗？"

收银员点点头，乔治不由得念叨："糟了！"便赶紧跑出加油站，来到后面，只见程柳梅和小枫已经上了一辆皮卡，疾驰而去！

皮卡里面，程柳梅惊魂未定，抱着小枫看着身边的陌生人，牙齿都在打战。这戴着蓝色鸭舌帽的男性看起来得有五十多了，脸宽、胡楂花白、身着墨绿色的工作服。这男性说："别紧张，我是来救你们的。"

程柳梅问："救我们？你到底是谁？"

"我叫刘勇，我的身份有些难解释。我不是执法人员，你可以暂时当我是个见义勇为的老头子。但我知道你来美国要找谁，以及美国人想要抓你们。如果我没猜错，刚才那个在机场接你们的人就是政府的特工。"

程柳梅不解地问："美国人想要抓我们？为什么？"

"因为这个孩子的父亲，陈海明。"

程柳梅问："我姐夫？他怎么了？为什么美国政府会因为他来抓我们？"

"因为他在美国本土涉及谋杀案，还不止一宗。"

程柳梅满脸惊愕："怎么可能？我姐夫绝不会干出这种事。"说着说着，程柳梅突然问道，"我姐夫他被抓了吗？"

刘勇摇摇头："当然没有，要不美国人就不会盯上你们了。"

程柳梅抱紧小枫说："难道他们连一个孩子也不放过吗？"

刘勇笑道："他们没打算对你们怎么样，大概只是想利用你们把陈海明吸引出来。"

程柳梅盯着刘勇问："那你呢？你又为什么会知道这一切，为什么会来救我们？"

刘勇犹豫了一下，说："我不想隐瞒什么，因为我也想找到陈海明。"

"你也要找我姐夫？"

刘勇点点头："因为我妻子与孩子消失的真相只有他才知道。"

二

【过去……】

"我以为美国会好一些，不会大肆捕杀融合者，但似乎我错了。"

"咚咚咚"听到敲门声，陈海明放下笔，合上日记本，回身走到门边，透过猫眼向外望去，只见是一个穿着连帽衣的白人小伙儿，左顾右盼地站在门前。陈海明随即打开两道锁，拉开门。

白人小伙儿用英文说："怎么这么久？"

陈海明瞥了一眼小伙儿身上的挎包，用英语问："我要的你买到了吗？"

小伙儿点点头，随即进了屋。

陈海明将门关上，冲小伙儿说："把东西拿出来，我要看看。"

"哼，这么不放心吗？"小伙儿一把将桌上的日记本胡噜开，将挎包放上去，打开来展示给陈海明看。

陈海明走过去将里面的东西拿出来瞧了瞧，一整包全是药品。

小伙儿说："这些处方药可不好搞，我的钱呢？"

陈海明瞥了眼小伙儿，将挎包的拉锁拉上，然后从床铺底下拉出一个箱子，从里面拿出一捆美金递给小伙儿问："你还能搞来更多吗？"

小伙儿一把拿过钱，皱着眉头问："你要这么多药干吗？是想合成毒品吗？"

陈海明露出些许嘲笑："做毒品？在这间屋子吗？不出一个小时整栋楼的人都得发现了。"

小伙儿不解地问："那你要干吗？"

陈海明将挎包从桌上拿下来，放进柜子里说："我没跟你说过我是个医生吗？"

"那你打算在这附近开个诊所？"

陈海明点点头："差不多这个意思吧。"

小伙儿还是不太明白，问道："这小镇里总共没多少人，能有多少人来你这里看病呢？"

陈海明回答道："这里是通往墨西哥最近的边境小镇，我想一定会有很多人来看病的。"

小伙儿并不相信，笑道："你一定是疯了，这小镇可有正规诊所。"

说话间，只听警笛声响起。陈海明瞥了眼窗外，一辆警车从楼下呼啸而过。陈海明冲白人小伙儿说："你还想赚钱吗？"

"当然。"

陈海明掏出一打名片递给白人小伙儿："去北边城镇的长途车站，将这些名片发出去。"

小伙儿低头看了眼名片，上面印着电话号码与地址，便问道："这地址，我怎么记得是一家汽车旅馆？"

随后几天里，就陆续有人来到汽车旅馆附近，有的买药，有的治伤。陈海明相当于在旅馆里开了一个小诊所。当然事先他已经和汽车旅馆的管理员用"钱"打好招呼了。

那个白人小伙儿在深夜里过来拜访陈海明。他抽着烟坐在床上，看着有些狼藉的屋里，掏出兜里剩余的名片冲陈海明问道："不是吧，就这小破玩意有这么大威力？"

陈海明正在收拾绷带，笑笑回应道："盖尔，你从不看新闻对吧？"

名为盖尔的白人小伙子点点头："我讨厌那些媒体，他们会误导我们，以为政府都在为我们而活。"

陈海明叹口气，微笑着说："你最近应该看看，现在这个世界发生了大事。"

盖尔笑道："发生什么大事也和我无关，我就想知道今天我能分多少？"

于是，陈海明从包里掏出一捆美金扔给盖尔。

盖尔接到后，吃惊得合不拢嘴："我怎么不知道处方药的价格已经超过了可卡因？你一天就赚了这么多？"

陈海明说："不，是你一天就赚了这么多。"

盖尔赶紧问："还有没有名片，我再去多发点。"

陈海明摇摇头："不用了，我不想太引人注意，每天赚的已经够多了，给融合者治伤，还卖处方药给他们，足够让我蹲很久监狱了。"

盖尔奇怪地瞥了几眼陈海明，问道："你不害怕他们对不对？"

"他们？"

"融合者。"

陈海明看向盖尔，反问说："你对融合者了解多少？"

盖尔耸耸肩："不多，怪物，我知道大家都这么叫他们。说接近他们的人都会被他们不留痕迹地吃掉。不过我觉得太扯了，反正我是没见过。"

"没见过就代表不存在吗？"

盖尔看着陈海明，问："你见过他们吃人的场面？"

陈海明摇摇头："我也没见过，但我了解融合者。"

"了解？那他们吃人到底是什么意思？我知道他们的吃不是那种血淋淋的……"

陈海明问："你听过融合病毒吗？"

盖尔点点头。

陈海明接着解释说："融合病毒其实是一种寄生生物，是它们具备吞噬别人的能力，而不是我们人类。但这种寄生生物虽然能力强大，却智商不足。所以它们最终选择和人共生，大多数融合者的思维还是由人类主导。"

"我还听说这些融合者在改变形态时，可以随意将衣服变出来？"

陈海明点点头："没错，不过衣服已经不是普通的衣服了，而是他们身体的一部分。"

听了陈海明的讲解，盖尔不知道该说些什么，耸耸肩问："所以你不害怕吗？不怕哪天被融合者吞噬掉吗？"

陈海明还没顾上回答，便传来了敲门声。

盖尔紧张地站了起来，低声惊愕地问道："难道是融合者？"

陈海明笑着说："瞧把你吓的，不用太紧张。今天不再接待病患了，我去把他打发走。"

盖尔紧张地看着陈海明走到门边。

陈海明通过猫眼向外望了望，只见一个大汉扛着一个受伤的中年人站在门前。陈海明问："你们找谁？"只听门外的人说了句西班牙语。陈海明再仔细看了一眼，看起来这两个人都像是墨西哥裔的，他用英语回答说："抱歉，我听不懂西班牙语。"

这时门外的人也用英语说道："我们的人受伤了，听说这里有个私人诊所。"

陈海明说："抱歉，你们一定是弄错了，我只是一个普通的旅客而已。"

这时大汉又说："我们有钱。只要你愿意救他，我可以付你五千块。"

听到五千块，盖尔赶紧走到陈海明身旁说："什么伤啊？要给你五千块？"

陈海明从猫眼盯着门外说："看他肚子上流的血，恐怕不是刀伤就是枪伤。"

"什么？我可不想惹麻烦。"说着盖尔后退了两步。

陈海明冲门外说："抱歉，我真不知道你在说什么。"

"那个名片上面写的地址就是这里，我绝不会弄错。"说着，大汉从腰间抽出一把手枪，对着门，"我知道你在看，如果你不开门，我就开枪了！"

陈海明沉住气，继续拖延说："如果你开枪，那就更没人帮你的朋友治伤了。"

盖尔透过一旁窗帘的缝隙也看到了大汉手中的枪，瞬间慌了神，撂下一句"我先走了"，便回身跑去房间另一头。还好房间在一层，盖尔便直接从窗户翻了出去。

大汉恶狠狠地继续威胁道："我朋友已经没时间了，都是死而已，我才不在乎。"

陈海明身后还有散落的药品和钱，他不能像盖尔一样什么都不要就逃走，便说："冷静点，冷静点，我这就开门。"接着拉开门，只见大汉举着枪，陈海明举起双手，"嘿，兄弟，先把枪放下。"

大汉一手举着枪，一手扶着身旁受伤的中年男子，走进房间四下环视，看没有别人，便将受伤的人放在了床上，血一下子便染红了床单。大汉用枪指着陈海明说："快！他中枪了！"

陈海明赶紧用剪刀剪开中年男子的衣服，看到确实是一个枪眼在不断地冒血……手术很简单，腹部消毒，局部麻醉，取出子弹，缝合伤口，绷带止血。陈海明一气呵成。

大汉在一旁问道："他会没事吗？"

陈海明将沾满鲜血的纱布扔在纸篓里回答说："挺过今晚就没问题了。"

大汉随即坐在一旁的椅子上，显得稍稍安心下来。

陈海明瞥了一眼伤者，这家伙得有五十岁了，有些消瘦，黑头发黑胡子，手腕上的表金灿灿的，牌子也相当名贵，恐怕不是个普通人。

　　大汉冷冷地冲陈海明说："你打量什么呢？"

　　陈海明边收拾东西边说："你们俩今天就住在这个房间里吧，我要走了。"

　　大汉问："走？去哪儿？"

　　陈海明回答说："家，我要回家了。"

　　"只有他醒过来，我才会付你那五千块。"

　　"没事，我不需要那五千块。"

　　大汉虽然依旧坐着，但却抬起了枪口，指着陈海明说："哪儿也别想去，今晚你必须留在这儿。"

　　陈海明说："我已经做了我能做的一切。"

　　大汉耸耸肩："但你依旧不能走。"

　　没办法，对方手里有枪，陈海明只得和大汉相对而坐，等着伤者苏醒。

　　黎明时分，陈海明实在有点撑不住了。他手支着桌子，打起了瞌睡。

　　蒙眬中听到一个有些阴沉的声音："谢谢你，医生。"说话人的英语带着强烈的口音。

　　陈海明醒过来，只见受伤的中年男子已经坐了起来，正盯着自己。陈海明语气谨慎地说："你醒了……"

　　"是的，我醒了，多亏了你。"中年男子虽然脸色苍白，看起来很是虚弱，还是起身扫视了一圈，最后看向陈海明，问，"你这里有没有我能换的衣服？我觉得我俩身材差不多。"

　　陈海明也是消瘦得可以。他点点头，打开一旁的皮箱，将一件衬衫拿出来递给中年男子，问道："这件怎么样？"

　　中年男子点点头："没问题。"

　　换好衣服，中年男子向一旁的大汉使了个眼色，大汉从兜里掏出一沓钱，递给陈海明。

　　中年男子露出一丝笑意说："这是答应给你的五千块。"

陈海明接过钱，看了眼中年男子，说："谢了。"

中年男子摇摇头："是我该感谢你。"说着中年男子突然走上前，和陈海明拥抱了一下。

就在这一瞬间，陈海明突然感觉到肚子上一阵剧痛，低头看去，只见一把匕首插进了自己的腹部，鲜血直流。陈海明踉跄着后退了一步。他震惊地看着眼前的中年男子，还没问出"为什么"，便仰头倒在了身后的床上。

中年男子盯着陈海明逐渐闭合的双眼，说："抱歉了，朋友，但这是必须的。"

三

【现在……】

夜晚，汽车旅馆里，小枫躺在床上睡着了。程柳梅走到窗边，低声冲刘勇问："你的意思是我姐夫也是个融合者？"

刘勇瞥了眼小枫，压了压帽子对程柳梅说："我知道你很难接受这个事实。"

程柳梅露出一丝冷笑，说："不可能，绝对不可能！"

刘勇不想跟程柳梅争辩，问："他离开中国时，跟你说过什么吗？"

程柳梅摇摇头："他走得很突然。有一天他给我微信上发了一段很长的留言。当我再打电话时，他就关机了，或许当时他已经上飞机了。"

刘勇想了一下说："我想他应该是在中国感染的融合病毒，之后因为害怕被抓住，便赶紧来了美国。只不过美国或许跟他想的并不一样。"

程柳梅很难接受刘勇所说的这些判断。她有些气愤地坐在床上，不再言语。

刘勇低头看着手机说："据我所得到的情报，他就藏在这个边境小镇里，应该已经变化成了别的模样，我们要做的就是找出他。"

程柳梅恶狠狠地盯着刘勇，问："如果按你所说的，他已经变成了别人，我们又能怎么找？融合者的人格是可以替换的，其他人格未必会因为我和小枫露出马脚。"

刘勇低着头，脸被帽檐遮挡住，解释说："根据这半年的研究，政府部门已经发现融合病毒的一些规律。"

"规律?"

"你觉得你姐夫的意志力如何? 是个坚强的人吗?"

"当然，他非常坚强。"

刘勇点点头："那或许有希望，只要被融合者的意志力强大，就算被融合了，他的人格依旧可以主宰整个身体。"

程柳梅一时间没有明白，问："什么意思?"

"简单来说，就算他的样子是别人，但其实思维依旧是你姐夫。"

"真的吗? 可你又是从哪里得到这样的信息的? 全世界的政府都没有公布这些。"

刘勇笑了笑："我自然有我的渠道。"

第二天上午，刘勇带着程柳梅来到小镇中心的一栋公寓前。

看到公寓门口有警局的封条，程柳梅问："这是哪儿?"

刘勇解释说："这里是陈海明曾经住过的地方。"

"警方在通缉我姐夫?"

"事关融合者的案子都是不对外公开的。"

程柳梅冷笑一声，依旧不愿意相信自己姐夫是名融合者，问："那我们为什么来这里?"

刘勇穿过封条，进入公寓大楼，说道："你是陈海明的家人，没准能找出什么线索。"

程柳梅也弯腰穿过封条，说："你是不是太高看我了?"

走廊有些昏暗，刘勇掏出一个手电筒打开来照着前方的路面。俩人很快来到三层 307 房间前。刘勇说："就是这儿，这是你姐夫之前的房间。"

程柳梅看着破旧的走廊与木门，不寒而栗，跟在刘勇后面进了屋。

窗帘半开着，屋里不算太暗。刘勇收起手电，继续说明道："警察在这个房间里发现了不少指纹，但有两个人的指纹是最多的，其中一个是陈海明。"

"那另外一个呢？"

刘勇耸耸肩，拿起桌上的一个小盒子说："警方也没有头绪，但从指纹的大小和形状来说，是名女性。"

程柳梅不敢置信，当即厉声反问道："你是说我姐夫之前和一个女人住在这儿吗？"

刘勇瞥了眼程柳梅，斟酌了一下措辞说："当然不是，我的意思是……没准感染陈海明的人是名女性，然后他和这名女性保持轮流控制身体的状态。"

程柳梅没再说话，而是四处找寻姐夫所留下的踪迹。

刘勇不时地瞥向程柳梅，观察着她神情的细微变化。

程柳梅走进狭小的浴室，一瓶沐浴露引起了她的注意。

刘勇也凑过来问："怎么了？"

程柳梅讨厌刘勇一直盯着自己，没好气地说："没什么，只是沐浴露的牌子和我姐夫家用的一样。"

刘勇有些怀疑，拿起沐浴露冲程柳梅问："你确定吗？"

程柳梅点点头，伸出手。刘勇将沐浴露交给程柳梅，程柳梅挤出一些，闻了闻说："没错，这是我姐的习惯，她喜欢把一些薰衣草味道的精油放进沐浴露里。"

刘勇说："看起来你姐夫很爱你姐，你姐是因为什么才……"

程柳梅说："我一定要说吗？"

刘勇摇摇头："哦，随便你。"

"她出车祸死的。"

"我很抱歉。"

走出浴室，程柳梅来到床头柜前，拉开抽屉看到了一样令她惊愕不已的物件。一个小小的首饰盒打开着，盒里应该在的东西却杳无踪影。

程柳梅很是吃惊，心中充满疑问：这明明就是姐姐的首饰盒，为什么会出现在这里？而且里面的耳环还不见了。难道是陈海明将它给了同居的女性？

刘勇瞥见程柳梅那吃惊的神情，知道她有所保留，也没多问。

不想程柳梅这时却忍不住了。她冲刘勇问道："这是我姐的首饰盒，难道姐夫他把首饰送给了那个女人？"

刘勇叉着腰，耸耸肩说："未必吧，没准拿去变卖了，毕竟他惹了大麻烦，或许需要钱。"

"变卖？这小镇有当铺？"

刘勇想想，说："正规的当铺应该没有，但有些地方可以拿这玩意换钱。"

"在哪儿？"

就在这时，屋外传来了一声警笛。刘勇赶紧朝窗外瞥了一眼，看到不远处有辆警车。他急忙拉着程柳梅说："我们得赶紧走了！不能让本地治安官发现我们在这里。"

"嘿，女士你是做什么的？"一名挺着大肚子的老治安官下了警车，走上前。

年轻女性依旧举着相机在拍照，随口回应道："我只是个旅客。"

"你为什么要拍这里？"

"我喜欢这栋房子。"

老治安官来到跟前，冷冷地说道："这里不让拍照，你不知道吗？"

放下照相机，东方面孔的年轻女性瞥向治安官，用英语回答说："你无权阻止我在这里拍照。"

老治安官露出笑容，提着自己的腰带走上前说："你的口音，你不是美国人，把你的护照给我看看。"

女性没办法，只得从包里掏出护照递给对方。

治安官看了看，念出上面的名字："张小凡女士？"

张小凡点点头："就是我。"

治安官对比了一下护照上的照片，总觉得照片和本人差距有点大，说："恐怕我得请你和我回一趟局里了。"

张小凡不解地问："我违法了吗？"

治安官说："我没说你违法，只是需要回局里核实一下你护照的有效期。"

张小凡还是头一次遇到这种情况，争辩道："你不能在这里打电话核实吗？"

"我们这里是小镇，值班的家伙不多。"说着治安官一只手扶在腰间的枪上，一手比了比那边的警车，"上车。"

没办法，张小凡只得坐进警车，和老治安官一同来到警局。

刚进警局大门，一名印第安血统的治安官迎了上来，冲老治安官说："罗根，之前上头打电话说的那个中国人来了。"

罗根看向张小凡笑道："又是中国人，这个小镇就快被中国人占领了吧。"

印第安血统的治安官看向张小凡，冲罗根问："她怎么了？"

罗根说："先把她带去办公室，盘问盘问，查查她护照的有效期。叫那个中国人去审讯室，我在那里跟他谈谈。"

印第安血统的治安官点点头，随即带着张小凡走向办公室那边，而罗根则走向另一头。

来到警局人员的办公室，不远处有一个黑衣、黑发的男性坐在那里，看起来像是东方人。张小凡顿觉有些眼熟，但印第安血统的治安官让她坐下。办公桌之间的隔断阻挡了视线，张小凡没有看到那个黑发男性的面容。

印第安血统的治安官走到黑发男性跟前，指了指刚才罗根去的方向，说："罗根他在审讯室里等你，就在那边。"黑发男子随即站起身走向审讯室。

黑发男子头发有点自来卷，胡楂稀疏，个子很高，一站起身立马进入了张小凡的视线。张小凡随即认出了对方，吃惊地叫了出来："曹卫民！"

黑发男子转头瞥向张小凡。

印第安血统的治安官问："你们认识？"

黑发男子冷笑道："一定是认错人了。"随即回身走开了。

张小凡着急地想走上前，但一把被印第安血统的治安官拦住。

治安官说："回去坐下！"

张小凡争辩道："我认识他！他姓曹！是中国来的警察！"

印第安血统的治安官发现张小凡都说对了，怀疑俩人真认识，便转头看向曹卫民，但他已经离开办公室了，便又冲张小凡说："安静，坐下。"

黑发男子推开审讯室的门。

罗根从椅子上起身打招呼说："你好，我叫罗根，是镇上警局的负责人。"

黑发男子也自我介绍道："我叫曹卫民，你知道我是来干什么的。"

罗根点点头："当然，抓捕融合者'陈医生'。"

曹卫民和罗根都坐下，曹卫民率先说道："我想要你们之前所有的调查资料。我要清楚地知道这里到底发生了什么，才能找出陈海明的线索。"

罗根摸了摸下巴，笑道："在你开始调查之前，我要先跟你明确几件事情。首先，这里是美国，你只是中国警察，在这里没有任何执法权。你不能逮捕也没有开枪的权力，当然伤害别人也是不可以的，否则我会把你抓起来。其次，我不是你的手下，你不能命令我。最后，我不希望你把融合者在这个小镇蔓延的事情散播开来，那一定会引起恐慌，相信你的调查也会受阻。"

　　曹卫民面无表情地答应道："没问题。"

　　罗根笑笑："回答得这么快？不会打什么鬼主意吧？"

　　曹卫民说："我知道这些限制，我也不想让你们为难。"

　　罗根突然又想到了什么，说："对了，如果你找到了陈海明，却不告诉我们，还准备私自带他离开，那就不要怪我们不客气了。"

　　曹卫民不置可否地说："我之所以出现在这里，就是怕引起外交问题，所以我懂你的意思。"

　　"好的，中国人都像你一样这么容易沟通吗？"

　　曹卫民冷冷地道："当然，不过我还想跟你说件事。"

　　罗根问："什么事？"

　　"刚才你带回来的那个小姑娘，她是我的助手。"

　　罗根皱着眉头，有些不相信地问："助手？她叫什么？为什么没跟你一起行动？"

　　曹卫民记得张小凡脖子上挂着照相机，便说："她叫张小凡。我们到达小镇之后，我让她先去四处看看，她一定是拍照时被你抓到的吧。"

　　罗根听曹卫民说出了几个关键点，便相信了他的话，说："到处拍照可不是好习惯，美国是个注重个人隐私的国家。"

　　"我知道了，会注意的。"

　　坐在警局办公室的张小凡有些着急。她盯着办公室门外的方向，想知道曹卫民还会不会路过，以便向他求救。这时，办公室的门被推开，曹卫民和罗根走了进来。张小凡当即站起来说："曹卫民！"

　　曹卫民特意用英文说："哼，我已经跟罗根警长说了，这次先放过你，我们走吧。"

　　张小凡不明所以，看了一眼罗根，赶紧拿上东西，走向曹卫民。

　　罗根在一旁叉着腰，警告道："小心调查，不要闹出大动静，否则你们俩都得滚出这个小镇。"

曹卫民点点头说:"我们会注意的。"

跟着曹卫民走出了警局,张小凡低声问:"我就知道你不会放我一个人在警局里,你怎么跟那个老警长说的?"

曹卫民说:"我说你是我的助手。"

张小凡点点头,夸赞道:"就知道你最机灵了。好了,我们接下来去哪儿调查?"

曹卫民冷笑一声,说:"你给我回旅馆好好待着,然后赶快买机票回中国。"

刘勇带着程柳梅来到一家酒吧。刘勇对程柳梅说:"你先去那边坐,我去跟人家说说,看看能不能找到首饰的线索。"程柳梅走去角落,刘勇则绕过吧台,直接上了二楼。

程柳梅不安地坐在椅子上,看着周围那些不友善的目光,十分不安。

刘勇走上楼梯,在半截就被人拦了下来,一个大汉问:"你要去哪儿?"

刘勇从兜里掏出一块看起来相当值钱的手表说:"我是赌客,想把这个换成钱。"

大汉瞥了一眼手表,让开路,让刘勇过去。

来到二楼,刘勇看到不远处有个小窗口,走廊尽头的门前还有两个人把守着。他知道自己来对了地方,便走到小窗口前,拿着怀表问:"你觉得这个值多少钱?"

窗口里面的人接过表,看了看说:"最多二百五十美金。"

刘勇用不可思议的口吻说:"不是吧,这块表我觉得少说值个五百块。"

"你一定是在逗我,最多二百五,没有商量的余地。"

刘勇摇着头说:"这价钱我接受不了。"

"接受不了就滚。"说着窗口里面的人就把表又递还给刘勇。

刘勇接过表，不快地说："你错过了一笔好买卖。"

窗口里面的人耸耸肩，不再多说。

刘勇回到一楼，走到吧台前，冲酒保说："给我来一杯烈的。"

酒保随即给他倒了一杯龙舌兰。

刘勇拿起来一饮而尽，接着拿出手表冲酒保说："你知道吗？楼上的家伙居然认为这块表才值二百五十块，这个世道……"

酒保戴着头巾，身穿牛仔背心，身材相当魁梧，冲刘勇说："能给我瞧瞧吗？"

刘勇递过去说："当然。"

酒保仔细打量了一番，问："哥们，那你认为这玩意值多少？"

刘勇说："怎么也得五百块吧。"

酒保笑着摇摇头说："你一定是在开玩笑吧。"

刘勇问："不值吗？还是说你们歧视亚裔，故意压低价格？"

酒保将手表递还回去，说："绝没有，就在前些日子，一个亚裔女性曾来过，上面似乎给她了一个相当不错的价钱。"

刘勇皱了皱眉头问："她换了什么东西？"

酒保耸耸肩，说："好像是一些首饰吧，相当昂贵的品牌。"

刘勇问："她也是为了赌钱？"

酒保摇摇头："应该不是，她上楼之后马上就下来了。"

刘勇笑道："那她看起来相当着急用钱，要不也不会来这里吧。"

"那我就不知道了。"说着酒保走到一旁拿起杯子擦拭起来。

刘勇没再多问，转身走向程柳梅，坐下来说："酒保说前些日子有个亚裔女性来过这里，用首饰换了些钱。"

程柳梅吃惊道："姐夫竟然真的和一个女人住在一起？"

刘勇点点头说："看样子是了。"

"那我们接下来怎么办？你没有打听出那个女人长什么样吗？"

刘勇压压帽子，笑道："在一个地方打听太多，一定会引起人的怀疑，我们现在还是别太张扬了。"

"那怎么办？"

"知道是个亚裔女性就好办了。二楼可是赌场，一定有监控录像。"

"可他们会把监控录像给我们看吗？"

"我自有办法，你在这里等着。"说着刘勇再次拿出了表走向二楼，在窗口前他将表递过去说："二百五就二百五吧，它是你们的了。"

窗口里的接待员将表收起来，拿出二百五十块现金递给刘勇。

刘勇收了钱，直接下了楼，冲程柳梅使了个眼色，程柳梅跟着他便出了酒吧。坐进汽车里，刘勇从后座上拿起平板电脑，随便点了两下说："希望这家赌场还保留着两天前的监控录像。"

程柳梅一脸迷茫，问："你做了什么？"

刘勇说："那块表里有一个发信器，只要这里二楼的电脑连着网络，我就可以将病毒传输到他的电脑上，然后远程操控调出保存在硬盘里的监控录像，酒保说几天前……"说着刘勇不断地操作着屏幕上的图标，竟然很快就将监控录像调取出来了。

程柳梅吃惊地看着刘勇，突然觉得眼前的人并不是一般的中年大叔。她冲刘勇问道："你怎么会这些？"

刘勇盯着屏幕说："我没告诉过你吗？我是个黑客。"

俩人不断调看着监控录像。程柳梅突然间吃惊地指着屏幕，半天说不出来话。刘勇仔细看，出现在屏幕上的是一个亚裔女性，问："从时间看起来就是她了，这么说你认识她？"

程柳梅咽了下口水，说："当然，她是我姐！"

刘勇怀疑地问："你不是说你姐……"

程柳梅依旧震惊地说："当然！我参加了她的葬礼！她就躺在那儿！"

四

【过去……】

　　震惊的陈海明睁大双目。他没想到对方居然想要灭口，捂着肚子踉跄地后退了几步，随后倒地不起。可等他再睁开眼时，却发现自己依旧躺在汽车旅馆的房间里。陈海明用手撑起身体，只见将匕首插进自己肚子的尖脸中年男子就坐在一旁的椅子上，正死死地盯着自己。

　　中年男子抽着烟，看了一眼手表说："你醒得比我想象的还快。"

　　陈海明不明所以地问："你没走？"

　　中年男子磕了两下烟灰说："我想看看你还会不会活过来。"

　　陈海明更吃惊了："这么说你刚才捅我一刀并不是为了杀人灭口……"

　　中年男子点点头说："当然，你可是救了我的人。"

　　陈海明瞥向一旁中年男子的手下，又问："你想怎么样？"

　　中年男子笑道："你体内有几个人格？"

　　陈海明有些紧张地说："什么人格？"

　　中年男子皱皱眉头，说："就别再隐瞒了，你肚子上的伤口能这么快愈合，就证明了你是融合者。看样子你完全压制了其他人格，连重伤之后都能不转换人格，相当不错。"

　　陈海明见对方将自己的老底揭穿，自然明白没有再隐瞒的必要了。

他起身说："是的，我是融合者。你想杀了我，还是把我送去警局？"

中年男子笑着说："你觉得我像干什么的？"

陈海明盯着中年男子手臂上的文身说："大概是和墨西哥有关的帮派成员吧。"

中年男子点点头："猜得差不多，所以我怎么可能把你送去警局那种地方呢？"

陈海明问："那你想干什么？"

中年男子将烟头熄灭，起身走到陈海明跟前说："你是个融合者，还是名医生。如今这么多融合者从北边而来，准备跨境去墨西哥，除了提供给他们药品之外，我们还可以提供给他们更多别的。"

陈海明眯着眼打量着中年男子，问："别的？"

"比如武器，比如逃亡的通道。"

陈海明说："那跟我有什么关系？你大可以找到融合者，然后和他们商量。"

中年男子说："可我的手下都是普通人，他们对融合者很恐惧，会害怕他们。而你这样安定并且兼具医术的融合者太少见了。我希望你之后能跟着我干，起码不用再提心吊胆地待在这间破旅馆里，万一有人把这里举报了，你很难逃得掉。"

陈海明想了想问："我有选择吗？"

中年男子拍了拍陈海明的肩膀说："你难道不想赚更多吗？然后把儿子接来这里。"

陈海明吃惊地看着中年男子，半天说不出来话。

中年男子继续说道："别紧张，我只是看了看你的钱包，里面有张孩子的照片。你一定是想把他接来美国才铤而走险去给融合者提供处方药吧？"

陈海明点点头说："好吧，我跟你干。"

中年男子笑道："我是菲利克斯·克里夫顿，希望我们以后合作愉快。"

　　"一天到晚就知道抽！"盖尔一脚将桌子踢翻。桌上的毒品撒在地上，一名打扮妖艳的中年女人赶紧趴下，用鼻子贴着地面继续吸食白色粉末。眼前趴在地上的中年女人是盖尔的母亲，她神情迷离，显然是个瘾君子。看着母亲那副样子，盖尔的气便不打一处来，他用鞋狠狠地踩在白色粉末上说："看你还怎么吸！"

　　母亲凄厉地大叫一声，接着一把攥住盖尔的脚，希望他别踩了！

　　盖尔赶紧抬起脚，只见母亲再次趴在地上去吸食那些已经沾满鞋底灰尘的毒品。没办法，盖尔只得愤恨地走开。他走到桌边给自己倒了杯水，一口喝下去，接着看着窗外，只见一辆黑色汽车停在了自己的家门前。盖尔赶紧放下杯子，仔细看去，生怕是债主或者仇家找上门。看到几个凶神恶煞的家伙向自家门口走来，盖尔有些紧张，过去一把拽起母亲，恶狠狠地问："你又欠钱了？你到底花了多少钱买毒品？"母亲已经神志不清，根本无法回答任何问题。盖尔赶紧将她扛到楼上，放在了卧室的床上。刚安顿好母亲，便"咚咚咚"响起了敲门声。盖尔将一把手枪别在后腰，来到门边，透过猫眼向外面看去，只见是两个中年大叔站在门前。盖尔高声问："你们是谁？"

　　"我们是缉毒局的。"

　　"缉毒局？有证件吗？"

　　其中一个中年人掏出证件摆在猫眼前面，上面DEA几个大字写得很清楚，看起来这俩人真是缉毒局的。盖尔又问："你们为什么来我家？"

　　拿出证件的中年人笑笑："为什么？你应该明白的，我们不是来找你，而是来找你母亲的。快开门，我们可不想来硬的。"

　　盖尔犹豫再三，还是打开了门锁。可就在他准备拉开门的一瞬间，外面的人突然踢了门一脚，盖尔被门直接撞倒在地。他知道事情不妙，当即从腰间拔出手枪，还没顾上举枪瞄准，持枪的手就被人狠狠踩住了。

踩住盖尔手的人用枪指着他说："不要乱动。"另一个人则将门关上，将盖尔掉落的手枪拿起来别在身后。

盖尔的手被踩得疼痛难忍。他恶狠狠地问："你们到底想干吗?!"

中年人笑笑道："其实我们是来找你的。"

"我？我从没贩过毒！你们为什么找我?!"

中年人自我介绍道："我叫乔治，他是菲尔，我俩不是缉毒局的。我们知道你最近到处购买处方药，想知道这些处方药最终流去了哪儿？"

盖尔惊讶地问："你们是药监局的吗？"

乔治笑着回答道："也不是，ASA，不知道你听说过没有。"

傍晚，盖尔来到陈海明之前所在的那家汽车旅馆。他先将耳朵贴在门上，听了半天，只听到陈海明一个人的声音，才敲响房门。

门被拉开，盖尔看到陈海明完好无损地站在自己面前，略显吃惊地问："昨晚那两个家伙……"

陈海明让盖尔先进屋，随后解释道："我帮那个受伤的人治好伤之后，他们俩走了。"

"你连枪伤都能处理？"

"必要的急救每个医生都会。"

盖尔又问："那两个人没为难你？付你报酬了吗？"

陈海明点点头："他们给了答应的数额，出手还挺阔绰。"

盖尔问："他们到底是谁？墨西哥的黑帮吗？"

陈海明耸耸肩："如果他们告诉了我，大概我现在已经不在这里了吧。"

"太好了，生意还可以继续下去了，大家都有得赚。"

陈海明点点头，从包里又拿出了一沓名片。

盖尔接过来，皱了皱眉头问："这名片怎么不一样了？你找人重新设计了吗？"

陈海明笑道："增加一些可信度而已，以前那个太简陋了。"

盖尔没多想，举起名片说："那我去发了。"

陈海明点点头："去吧，记得低调点，不要惹上麻烦。"

"当然。"说完盖尔揣起名片出了门，走过两条街。

不远处有一辆黑色SUV，盖尔过去，拉开门上了车。车上是乔治与菲尔俩人。盖尔的神情严肃，说："那个中国人还在汽车旅馆，怎么办？你们要去抓他吗？"

乔治瞥见盖尔的口袋鼓鼓囊囊的，问："你兜里是什么？"

盖尔拿出来说："是名片，这些日子以来，我一直在帮他的生意做宣传。"

乔治笑笑，点燃一根烟说："不，我们不打算抓他，现在抓人，只能抓到一个，我们得通过他找到更多的'融合者'。"

盖尔问："那我怎么办？"

乔治继续说："干你该干的，继续帮他宣传生意，继续当我们的内应。"

深夜，盖尔来到附近镇子的夜店。他通过几个熟悉的小孩还有妓女不断地分发名片，自己则坐在吧台前要了一杯啤酒。

刺激的音乐震动着耳膜，光怪陆离的灯光映照在人们的脸上。这时一个女人走过来，冲盖尔问："听说从你这里可以买到处方药？"

盖尔转头看去，只见是一名东方面孔的女性，回应道："你说什么呢？我不知道，我只是来这里喝酒而已。"

"我可以给你钱，你给我点药可以吗？"

盖尔摇摇头，拒绝道："不，不，我不卖药。"

这女人用手扒在盖尔的肩膀上说："我真的需要一些处方药，我很难受。"

盖尔感觉对方手越攥越紧，起身有些生气地说："女士，你真的找错人了。"

"我需要药，我需要药。"说着，这女人竟然慢慢倒在了盖尔的身上。

盖尔赶紧扶住对方，向四周瞥去，尴尬地说："嘿，嘿，这种玩笑可不好笑。"见周围人的目光都集中到自己身上，盖尔赶紧扶着对方出了夜店。来到后面的小巷子里，盖尔让女性坐在地上，接着笑道："嘿，我真不是卖药的，你就在这里待会儿吧。"

女性看起来有些虚弱，靠着墙，不断地呢喃道："我需要医生还有药。"

"那你应该去医院。"说完盖尔就准备离开，可刚走到巷子口，只听身后一个年幼的童声传来："妈妈……妈妈……你在哪儿？"

盖尔吃惊地赶忙回头，只见刚才那名东方面孔的成年女性不见了，坐在那里的竟然是个小姑娘！盖尔跑过去，眼前的小姑娘也就四五岁的样子，嘴里不断呢喃着，在叫妈妈。盖尔看向周围，心中充满了疑问：刚才那个女的呢？这时，盖尔想到一种可怕的可能：难道这个女的是融合者？这个小女孩是她体内的另一人格？

"老大，快开门！"

听到盖尔砸门的声音，陈海明起身拉开旅馆房间的门。

只见盖尔怀中抱着一个小女孩，着急地说："她似乎生病了。"

陈海明赶紧让盖尔进来，吩咐说："把她平放在床上。"

盖尔将小女孩放在床上后，后退了几步，看着自己的双手说："我……想她是个融合者。"

陈海明听盖尔这么说，回头看了他一眼，接着摸了摸小女孩的额头说："她受了什么外伤吗？"

盖尔摇摇头："不知道，我没注意。"

小女孩的身上没有受伤的痕迹。陈海明拿出听诊器，仔细听了听小女孩的肺部，当即冲盖尔说："她得了肺炎，需要打吊针，快帮我把架子和吊瓶拿过来。"将针头插入小女孩的手背的静脉，贴上胶布固定后，陈海明走到盖尔身前。

　　盖尔坐在椅子上，双腿不停地抖动，抬起头极度慌张地看着陈海明，半天说不出一个词儿。

　　陈海明看着盖尔颤抖的身躯，擦了擦手，安慰道："放心吧，你不会被感染。"

　　被陈海明猜中心思，盖尔转移话题说："她开始是名成年女性，但我把她扶出夜店之后，她就变成了现在这副模样，为什么？为什么？"

　　陈海明看着小女孩说："那是因为她成年人的人格已经达到了承受极限，所以便转换了人格。但这个小女孩的抵抗力只怕更差，还好你把她送来了，否则她一定撑不过今晚。"

　　盖尔震惊地看着陈海明，问："为什么？为什么你对融合者的事情这么清楚？"

　　陈海明耸耸肩："和他们打交道多了，自然就知道了。"

　　盖尔又问："那她接下来就一直是小女孩的模样了？"

　　"说不准，看看明早的情形吧。实际上想把其他人格引出来并不太难，只要施加更大的压力就可以了。"

　　"压力？"

　　"是的，当一个人格所承受的压力到达极限时，她体内的另一个人格就会出现然后代替现在的。"

　　"那如果另一个人格也承受不了呢？"

　　"像正常人一样崩溃，痛哭流涕。"

　　盖尔盯着小女孩，陷入了沉思。

　　两个小时过后，盖尔坐在椅子上打着瞌睡，梦见一枚子弹射向自己的额头，便猛然间醒了过来。他再向小女孩看去，只见小女孩也睁着双眼，正盯着他。盖尔吓了一跳，赶紧搜寻陈海明医生的身影，显然陈医生不在屋里。盖尔有些慌张地向后躲了躲，问："你会说英语吗？"

　　小女孩点点头，流利地回答道："是的，先生。"

盖尔也点点头，他深吸口气说："OK，你现在有感觉哪里不舒服吗？"

小女孩摇摇头，问："我妈妈在哪儿？"

"妈妈？你妈妈长什么样？"

"黑头发，大眼睛，嘴角有颗痣。"

小女孩形容的分明是之前她身体里的另一个人格，盖尔双目圆睁地看着小女孩，一时间不知道该怎么回答，犹豫半天说："……你不知道吗？"

小女孩一脸茫然地看着盖尔，没说话。

这时，房间门被轻轻推开，将盖尔从椅子上吓得跳了起来。

陈海明拎着一兜子东西走进屋，瞥了一眼惊慌失措的盖尔，看到小姑娘已经恢复意识坐了起来。

盖尔喘着粗气，走到陈海明身旁贼头贼脑地耳语道："她……她刚才问我，她妈妈在哪儿。"

"你怎么回答的？"

盖尔有些恼怒地低声道："废话，我当然什么也没说了，为什么？为什么这个小女孩不知道她妈妈就在她体内？"

陈海明没回答盖尔，而是从袋子里掏出一包零食走过去递给小女孩说："想不想吃这个？你叫什么名字？"

小女孩接过零食，说："我叫安娜。"

陈海明笑笑，摸着对方的头说："你有中文名字吗？"

小女孩点点头说："刘佳雪。"

"那你父母叫什么？"

"王雪，刘勇。"

五

【现在……】

坐在汽车里，程柳梅依旧无法从震惊中缓过神来。

刘勇这时却感到十分庆幸。既然程柳梅说她姐姐程柳维已经死了，那这里出现的程柳维很可能是陈海明的某一个人格。只要找到了这个女人，自然也就找到了陈海明。

程柳梅问："为什么？为什么我姐还活着？"

刘勇沉默了一会儿，回应道："你心里应该明白，只是不想接受而已。"

程柳梅愤怒地盯着刘勇说："你什么意思?!"

刘勇语气平淡地说："我不知道其中的缘由，但现在，你姐和你姐夫很可能是一个人。"

程柳梅倒吸一口凉气，不再言语。俩人随后返回酒店。房间里，程柳梅也是一言不发。刘勇不想再刺激她，便独自离开，找了台打印机，将程柳梅姐姐的截图打印了出来，到街上四处询问。

【夜晚】

程柳梅依旧坐在椅子上发呆。

小枫过去说："姨妈，我饿了。"

程柳梅看向小枫说："这里没法做饭，姨妈带你出去吃点东西吧。"

小枫点点头，随即跟随程柳梅离开了旅馆。他俩在街上找寻着餐馆。很快，两人就看到一家家庭餐厅，程柳梅便带着小枫走了过去。

进入餐馆坐下来，一名服务生走过来问："今天的虾不错，你们要吃点什么？"

服务生的话，程柳梅并没有听懂，她指着菜单，随便点了两样。

小枫问："姨妈你点什么了？"

程柳梅说："汉堡！谁让我就认得汉堡的英文呢。"

就在这时，两个看起来凶神恶煞的人起身走向程柳梅，瞬间掏出了枪！程柳梅不明所以，紧紧抱着小枫，用中文厉声问道："你们要干什么?!"

其中一人一把将程柳梅拽起来，用英语大喊着："闭嘴！你是程柳维吗？"

餐厅的服务生赶紧躲进柜台底下，不敢上前阻止。

程柳梅仿佛听到了自己的名字，但对方念中文的口音很奇怪，所以不敢确信地问："你们要干什么？你们认错人了吧！"

另一名持枪的大汉看着小枫冲同伙问道："这个孩子是谁？是不是把他一起带走？"

"不知道，一起抓起来！"随即持枪的大汉一把将小枫从程柳梅怀里抱了过去，另一个人拉着程柳梅迅速出了餐厅！

刘勇独自来到一家夜店，拿着照片到处打听。坐在吧台前，刘勇要了一杯酒后就拿出照片给夜店的酒保看了看。

酒保摇摇头，指了指另一边的光头说："没准他知道。"

刘勇回头看了一眼，只见那个光头正盯着自己，不好的预感涌上心头。刘勇随即将钱放在桌上，起身离去。在夜店门前，刘勇被几个小混混围住。刘勇说："我想大家是不是误会什么了？我并不想惹麻烦。"

熔　炉

其中一个光头黑人问："你为什么要找那张照片上的人？"

刘勇谨慎地说："一些原因。"

"什么原因？"

刘勇问："你们认识照片上的人？"

"回答问题。"说着这个光头黑人已经亮出了小刀。

刘勇赶忙说："冷静点，谁也不想惹大麻烦，对不对？"

"那就告诉我们你为什么要找她。"

"陈海明医生，你们听说过他吗？我想这个女人或许知道陈医生的线索。"

几个混混相互交换了一下眼神，拿小刀的黑人伸出手冲刘勇说："把照片给我们。"

刘勇没办法，只得把图片递给黑人。

黑人接过来，恶狠狠地警告道："不要让我再在这附近看到你，否则不要怪我们不客气。"

刘勇心惊胆战地点点头。

黑人喝道："滚！"

刘勇随即小跑着离开了。

这群小混混拿着照片走进夜店，来到更衣室。盖尔坐在里面，接过小混混递来的照片问："人呢？"

"已经被赶走了。"

盖尔抽着烟，点点头说："你们出去吧。"他端详了一番照片，掏出手机拨通了一个号码说："陈医生，有个中国人在找你。"

"中国人？长什么样？"

"大概五十多岁的男性，戴着一顶蓝色鸭舌帽，脸有些宽，你认识吗？"

"不认识。"

"要我派人盯着这家伙吗？"

"不用了，菲利克斯这边还在找我，我们得尽量低调行事。"

"我懂了。"

被戴上头套塞进一辆汽车里，程柳梅感觉自己坐了有一个多小时的车。汽车停住，程柳梅被拉下车时还差点摔倒。小枫挣扎的声音就在耳边，程柳梅自顾不暇，也没法去安慰小枫，脚下更有些发软，要被人搀着才能前进。当头套被摘下来时，程柳梅才发现自己身处一个阴暗的房间里，感觉像是地下室。一个高大但消瘦的尖脸男人就站在她的身前，正打量着她。程柳梅不懂英语，也不知道该说些什么。周围围着好几个凶神恶煞的家伙，看起来像黑帮的人。

小枫的头套也被摘了下来，惊恐地冲程柳梅问："姨妈，这些人是谁？"

程柳梅咽了下口水，安慰道："别怕，让姨妈和他们说说，这一定是误会。"

眼前尖脸的男人盯着程柳梅，眼睛似乎要把她吸进去一样。接着他突然看向带着程柳梅来这里的那两个枪手说："你们在逗我吗？"

两个枪手站在程柳梅身后，不明白尖脸男人的意思，不知所以地相互看了看。

尖脸男人恶狠狠地说："你们以为我眼瞎吗？这个女人根本不是我们要找的人！"

两个枪手赶紧拿出怀中的照片，然后仔细看向程柳梅，对比一番之后吃惊地看向尖脸男人，后退了几步说："老大，我们不知道……"

"不知道什么？"说着，尖脸男人直接从后腰上拔出了手枪对准那两个枪手。

程柳梅和小枫惊愕地看着眼前发生的这一切，不敢吭一声。

一个枪手赶忙说："这些亚裔的长相真的很难区分。"

另一个枪手附和道："这两个女人长得好像！或许她们有什么

关系?"

尖脸男人问:"有什么关系? 你不要跟我说,她碰巧有一个长得很像的双胞胎姐妹。"

两个枪手都不敢说话了。

尖脸男人恶狠狠地瞄准俩人,就在他要扣动扳机的关键时刻,传来一个声音:"菲利克斯,住手。"

尖脸男人看去,只见一个穿着神父黑服的中年人走过来问:"发生了什么?"

尖脸男人正是菲利克斯·克里夫顿,他露出一丝笑意回应道:"这两个白痴,居然抓了一个根本不是陈医生妻子的人回来。"

神父瞥了眼程柳梅说:"所以你就想杀了他们?"

菲利克斯看着神父说:"两个废物,留着干什么?"

神父则看向两名枪手,对他们使了个眼色,俩人就赶紧离开了。

菲利克斯笑笑说:"如果大家都像你这么仁慈,我们的生意就别干了。不过这个女的是和陈医生的妻子长得有点像。"说着菲利克斯走上前,盯着程柳梅问:"你看起来不会说英语,护照懂吗? 你的护照在哪儿?"

护照的英文程柳梅听懂了,赶紧摇了摇头说:"酒店里,护照放在酒店里了。"

菲利克斯耸耸肩,又在小枫身前蹲下冲神父问:"你觉得这个小孩还有这个女人是融合者的概率有多大? 陈海明会不会躲在这个小孩的身体里呢?"

小枫害怕得发不出声音。

神父说:"不要吓唬一个孩子。"

菲利克斯笑道:"现在这么多融合者,我们得小心点。"

神父冷冷地问:"你想干吗?"

菲利克斯看向神父说:"你知道我想干吗。"

"他只是一个孩子。"

菲利克斯耸耸肩："放轻松，我没打算捅他一刀，我知道小孩最害怕什么。"说着菲利克斯给手下使了个眼色说："把他带走，关起来，要最黑的房间。"

手下当即准备将小枫带走，程柳梅发疯地用中文喊叫道："你们要干什么？他只是个孩子！"

神父恶狠狠地盯着菲利克斯说："你确定要这么做吗？如果他们之中真的有陈海明，怎么会正大光明地跑到餐厅里吃饭？"

菲利克斯拍着神父的肩膀说："放轻松，我没打算伤害这两个人。"

回到旅馆，刘勇慌了，程柳梅和小枫不见了，而他们的行李都还在。刘勇来到前台问："你们有没有看到一个亚裔女性带着一个黑头发的小男孩离开酒店？"

前台点点头说："看到了。"

"他们几点走的？"

前台看了眼表说："我想大概在七点多，应该是去吃饭了，因为那位女士向我询问了附近哪里有餐厅。"

刘勇又问："那你怎么说的？"

前台掏出手机，打开地图的 APP 说："我在手机上给她介绍了这几家餐厅。"

刘勇记下餐厅的名字之后赶紧离开了旅馆。匆匆来到餐厅，刘勇左看右看，并没有发现程柳梅和小枫的踪迹。他走向吧台里的服务生，询问道："请问你有没有看到一个中国女性和一个五六岁大的男孩？"服务生没有回答，而是用眼神示意刘勇跟着他走进了后厨。心急如焚的刘勇并没多想，跟着就进去了。

服务生低声说道："我劝你赶紧报警吧，他们被两个大汉掳走了。"

"大汉？长什么样？"

"墨西哥裔，手背上有文身，拿着枪。"

"本地的帮派分子？"

服务生点点头："八九不离十。"

"他们怎么掳走两个人的？"

"一辆黑色老旧的福特汽车，往西边去了。"

刘勇掏出几十块钱塞进对方手里说："谢谢。"然后跑出了餐馆，开上汽车朝镇子的西边疾驰而去。沿途到处询问，可最终也没获得程柳梅和小枫下落的信息。没有办法，刘勇只得来到警局，向本地治安官报告了情况。

给刘勇做笔录的人是老治安官罗根。他怀疑地盯着刘勇，问："刘先生，你们仨人为什么会来这个小镇？失踪的女士和孩子和你是什么关系？"

刘勇自然不能告诉罗根实话。他纠正着罗根的用词："他们不是失踪了，而是被绑架了，那家餐厅的服务生可以证明。"

罗根明白刘勇是在避重就轻，回避自己的问题，于是笑笑说："如果确实像你所说的那样，他们被帮派分子绑走了，那餐厅的服务生是没法帮你证明的。你最好还是先告诉我，你们来这里的目的与你们之间的关系吧。"

刘勇感觉眼前这个老治安官不好对付，随即撒谎道："他们是我中国的亲戚，我想带他们去墨西哥边境的城市观光，只是恰好路过这里。"

"然后马上就被本地的黑社会盯上了？"罗根的表情透露出他根本不相信刘勇的这些屁话，接着说："最近来这个小镇的中国人有点多。"

这一句话就让刘勇明白罗根已经大致推断出自己的目的了。他只得重复说："这两个人被绑架了是真的，你一定要尽快把他们救出来！"

罗根用笔挠了挠额头说："我没说是假的。那他们被绑架时，你在哪儿？"

"我去买东西了。"

"买东西的空当，俩人就被绑架了？你刚才说是几点来着？七点，可现在已经九点半了，你报警是不是太晚了？"

"我以为绑架者会联络我，商量赎金什么的，可并没有，所以我才来报警。"

罗根轻蔑地说道："报警是你最后的选项？看起来你相当不信任我们美国的警察机构。"

刘勇郑重其事地说："我是美国人。"

"哦，抱歉。"说着罗根将笔录放在刘勇面前，"签个字吧。"

看着罗根那不紧不慢的样子，签完字，刘勇十分着急地说："现在我们就去找人吗？"

罗根说："是我去。你一个亚裔面孔在这种地方恐怕会到处碰壁，还是回酒店待着吧。只要有消息，我就会通知你。"

"可……"刘勇想争辩，但他明白和本地警察搞坏关系并不是一个好的选择，便忍下来点点头说，"好吧，希望你们尽快行动起来。"

罗根笑道："当然。"

离开警局，刘勇坐进车里，有些迷茫，觉得是自己害了那两个人。不一会儿，罗根也从警局里走出来，他身边还跟着一个治安官。俩人坐上警车，看起来是去程柳梅被绑架的餐厅。刘勇这时也不知该怎么办，只得开着车，尾随在俩人身后。

其实这时盖尔也正坐在汽车里冷冷地注视着警局前的一切。他掏出电话，拨通号码说："陈医生，之前打探消息的那个人来警局报警了。"

曹卫民和张小凡来到了一家汽车旅馆。曹卫民拿出陈海明的照片递给门口的接待员，问："你见过这个人吗？"

接待员瞥了眼曹卫民，摇摇头。

张小凡抢着问："你真的没看到过他吗？很多人说他在你们这里兜售过处方药。"

冷

接待员冷冷地盯着张小凡回应说："没见过就是没见过，请问你们住宿吗？不住的话就走开。"

张小凡还想争辩，曹卫民一把将她拉到一旁说："哪有像你这么直白地问的。陈海明既然敢在这附近长时间兜售处方药，我看他一定和本地的某些势力有关系。你若不想横尸街头的话，就别说话。"张小凡嘴上没吭声，但曹卫民看得出来，她心里并不服气。曹卫民又走过去冲接待员说："我想要个房间，最好是一层从右数第三间。"

接待员听了这话，阴沉地瞥了眼曹卫民，接着从一旁拿过一块肥皂和两条毛巾说："一晚六十八块，毛巾不可以带走。"

曹卫民掏出钱包，将钱付了，接过肥皂和毛巾，冲张小凡使了个眼色。俩人便走向曹卫民刚才所要的房间。

张小凡不解道："你干吗？我可不跟你住这儿。"

"我要的房间是之前陈海明住过的。"

"什么？你怎么知道？"

曹卫民掏出一张卡片说："这是我在夜店厕所的角落里找到的。"

张小凡接过卡片看了看，是这家汽车旅馆的房间号码，问："就凭这个？"

曹卫民点点头："我跟附近的人打听过，很多人都提过这家旅馆的某个房间里有个中国人提供处方药。我想这张卡片是有人在夜店里派发的，用来给陈海明的生意做宣传。"

俩人进入房间，打开灯。张小凡环顾四周，双手叉腰，有些无奈地说："这里看起来洁净如新，恐怕已经留不下什么线索了。"

曹卫民并没有第一时间去搜寻线索，而是站在窗边，将百叶窗合上，接着拨开一条缝，看着旅馆的接待处那边，见那个接待员拿起了座机话筒，正准备打电话。

看到曹卫民的样子，张小凡问："你怎么了？看什么呢？"

曹卫民没回答，回身过来直接进入厕所，打开排水口，用手摸了摸，接着放在嘴里舔了一下。

张小凡在一旁皱着眉头说："你舔什么呢？太恶心了吧。"

曹卫民说："血的味道，陈海明曾经在这里冲洗过沾满血的什么东西……"

"沾满血？"

曹卫民点点头："他不光卖处方药，还帮融合者处理伤口。"

"伤口？"

"是的。虽然没有公布，但实际上美国成立了一个特殊部队，专门用来搜捕融合者，但融合者绝不会束手就擒，冲突恐怕在所难免。"

张小凡皱皱眉头，笑道："别说，陈医生还挺有生意头脑的。"

突然间，曹卫民比出嘘的手势，接着低声冲张小凡说："有人来了。"

张小凡问："什么人？我是不是应该从后面的窗户离开？"

"不行，后面也有人，我们被包围了。"说着曹卫民来到窗边，通过缝隙朝外面看了一眼：来者是三个大汉，手里还端着 TMP 冲锋枪。

张小凡问："怎么样？真的是冲我们来的吗？"

曹卫民说："我猜这些家伙是本地的帮派分子。一定是那个接待员通知的这些人。"

"那我们该怎么办？"

曹卫民回身从自己背的书包里拿出一根折叠铁棍，接着又拿出一个防弹背心扔给张小凡，说："穿上它去厕所躲着，没有我的命令，无论听到什么都不要出来。"

张小凡挑挑眉毛，看着扔过来的防弹背心说："刚来美国就要经历枪战，我们真是入乡随俗的典范了。"说着她顺从地穿上防弹背心，进入厕所，将门反锁，不安地蹲在角落。

曹卫民拿起遥控器先将电视打开，接着将音量调至最大。这一下子让外面的人有所警觉，前进的步伐略有放缓。很快，因为电视音量太大，旁边屋子的灯也亮了，一位住客出来敲响了曹卫民所在的房间的门，那些持枪的打手们纷纷收起枪，装作没什么事一样，有些蹩脚地看向四周。

"嘿！屋里的人，你知道现在是几点了吗？疯了吗？"住客一边敲门一边嚷嚷道。

曹卫民没搭理敲门的人。他来到屋子后侧，站在窗边侧眼向外望去，只见屋子后面的两个枪手依旧在向这边走来。两名大汉来到窗边，其中一人从百叶窗的缝隙向里面望了望，但什么也没看到。就在这时，曹卫民突然一把推开窗户！"啪啦啦！"窗户直接撞在一名枪手的脸上，瞬间玻璃碎裂，枪手也倒地不起。另一个人还没反应过来，曹卫民已经跳了出来，挥舞起铁棍的一瞬间，铁棍的两头居然伸长了，瞬间就打掉大汉手中的枪，接着顺势用棍头从大汉腿下面横向一抡，大汉一下倒地！紧接着曹卫民跪下用铁棍死死按住大汉的脖子，几秒钟就让对方晕了过去。

因为电视声过于嘈杂，这时聚集在曹卫民房间前面的住客越来越多，大家都在抗议电视的音量太大了，见房内无人应声，便有人将旅馆接待员找来，希望他能打开门。和住客们一起走向曹卫民的房间，接待员看了看周围的枪手，互相对了个眼色，都觉得现在情况已经没法再抓人了，于是枪手便回身走向他们来时乘坐的汽车，迅速开车离开了。

"我马上就打开门，大家不要着急。"接待员拿着一串钥匙，来到门前，可他刚想拧开门锁时，门先被里面的人打开了。

只见曹卫民走出来问："这是怎么了？"

还没等接待员开口，一位住客没好气地大声说道："你知道现在是几点了吗？电视开这么大声！"

曹卫民显得有些不好意思地说："我这就把电视声音调小。抱歉，抱歉，我才来美国，一直调整不过来时差，所以晚上只能一直看电视。"

"快点！我们还要睡觉呢。"

曹卫民随即回身，拿起遥控器直接按了静音，冲门外的住客们耸耸肩说："可以了吗？"

"这还差不多。"众人在抱怨了几句之后，便各自回房间了。

正当接待员也要随着其他人走开时，曹卫民却叫住了他："嘿，管理员。"

接待员有些不安地转过头，看向曹卫民问："有什么我能帮您的吗？"

"一会儿，无论你看到什么也不要打电话，好吗？"

接待员不明白曹卫民什么意思，问："呃，我不知道你在说什么。"

曹卫民笑笑，抖开自己的黑色长衣，露出了别在腰间的 TMP 冲锋枪说："你一定明白。"

接待员吃了一惊，没再多说，点点头，独自走向旅馆的接待处。

这时曹卫民转回身，敲了敲厕所门，冲里面的张小凡说："你可以出来了。"

张小凡打开门锁，拧门走出来。可一下子她就看到了脚边躺在地上的枪手，赶忙冲曹卫民问："刚才发生了什么？我刚才除了电视声什么也没听到。"

曹卫民一把将大汉扛起来，冲张小凡说："你拿上我的包，我们现在就离开。"

张小凡吃惊道："你打算扛着这个大汉就这么走出去吗？"

曹卫民笑道："当然，我已经和门口的接待员打好招呼了。"

推开门，房间内一片漆黑。举起手电，照向角落的孩子。穿着黑色神父服的白人男子走过去，蹲下来看着躲在角落的小枫，问："你叫什么名字？"

小枫摇了摇头，眼神中似乎没有太多惧怕，用中文回应说："我听不懂你说什么。"

神父点点头，明白对方并不会说英语，便起身做了个手势。小枫知道对方是让自己跟着，便起身和神父一同走了出去。

门外的守卫问："奈特神父，菲利克斯如果问起这件事，我该怎么回答？"

"就说是我带走了这个孩子，如果有什么不满，就来教会吧。"

守卫点点头，目送着神父带走了小枫。

"我们有的是时间。"曹卫民的双手上沾着血迹，而之前被他抓住的打手就坐在椅上，鼻子和嘴里都淌着血。

打手哀求道："我真不知道陈海明在哪儿，我已经把知道的都告诉你了。"

曹卫民从一旁拿起钳子，接着左手一把攥住对方的下巴，然后用钳子夹住对方的门牙说："这是你最后的机会了，我本不想造成不可修复的伤……"打手的嘴被攥着，模糊地说了一些话，听着不像单纯的逃避，曹卫民便放开了对方，让他把话说清楚。

"我说了，今天老大抓到一个亚裔的女人和孩子。"

"什么意思？说清楚。"

"老大怀疑这两个人和陈医生有关，其中那个女的和陈医生的妻子长得很像。"

"长得很像？"

"非常非常像，看起来就像姐妹一样，年纪也应该差不多。"

一种不好的预感在曹卫民心底油然而生。他继续问道："你们把这个女人和孩子关在哪儿了？"

门外，张小凡就站在走廊里不安地等着。看到曹卫民出来，她第一时间迎上去，低声问："怎么样？"

曹卫民摇摇头："看起来他真的不知道陈医生的下落，但他说了个事情，我很在意。"

张小凡瞥见曹卫民胸前飞溅的血迹，不安地问："什么事儿？"

"我怀疑程柳梅和陈医生的儿子小枫也来了这个小镇，还被本地的黑帮分子抓住了。"

"怎么会？他们也是来找陈医生的？"

"大概是的。但我很难想象他俩会来这里找人，我觉得或许是什么人把他俩带来这里的。"

"那黑帮到底为什么要抓陈医生和他们？"

"据说陈医生在消失之前，侵吞了本地黑帮的一批货。"

"货？你是指毒品？"

曹卫民摇摇头："是融合者。"

六

【过去……】

在汽车旅馆的房间外,盖尔抽着烟,看着陈海明问:"你想把那个中国小女孩怎么样?"

陈海明低着头显得若有所思,沉默了一会儿开口问:"你觉得呢?是你把她带到我这里的,你也有责任。"

"见鬼了,我看她是个中国孩子,才把她带来的。我以为你不会对自己的同胞见死不救,我可没地方安置她。"

陈海明也知道盖尔不是个能靠得住的家伙,便说:"我先带她去我家,等着她成年的人格出现,到时问题就好解决了。"

盖尔耸耸肩:"我没意见。"

陈海明和盖尔开车载着刘佳雪回到住处。

"为什么我们不去找妈妈?"

陈海明看着刘佳雪,觉得是不是该逼她一下,将她的另一重人格逼出来。

盖尔看出了陈海明的犹豫说:"你不愿意的话,就我来。"

陈海明盯着盖尔说:"你知道我想要干什么?"

盖尔点点头:"当然。"说着盖尔就走向刘佳雪,一把拽起她的胳膊。

刘佳雪害怕地挣扎道:"你要干吗?"

盖尔虽然没听懂小女孩在说什么，但大致能猜出来，用英文说道："抱歉，这是为了你好。"

看着盖尔将刘佳雪拽进漆黑的洗手间，然后再关上门，陈海明没有说话。随后洗手间里就传来了"呀呀呀呀"的惊叫声。看起来刘佳雪被吓得不轻。

盖尔看向陈海明，喘着粗气说："你知道的，我们得忍住。"

陈海明坐下来说："我当然知道。"

可等了一会儿，小女孩依旧在惊叫。这栋公寓本就破旧，根本隔不了音。突然敲门声响起，盖尔和陈海明不安地对视了一眼。陈海明起身来到门前，透过猫眼看去，敲门人是住在隔壁的老太太。陈海明赶紧指了指厕所门，示意盖尔把刘佳雪放出来，接着将门拉开一条缝，看着门外的老太太问："有什么我可以帮您的吗？"

"你在屋里干吗呢？小女孩的惊叫声是怎么回事？"

"只是孩子不听话了，管教一下。"

"管教？你打她了？"

"不，当然没有。"

"那她为什么会发出惊叫声？如果你不愿意说清楚，我就只能报警了。"

陈海明有些为难，支支吾吾地说："如果打扰你休息了，抱歉。不会再发出这些声音了，我保证。"

老太太打量着陈海明，总觉得他刻意隐瞒了什么，但也没多说，撂下一句"那就好"，转身便回自己的屋子了。

陈海明这才松了一口气，关上门。这时只见盖尔正捂着刘佳雪的嘴站在角落一动不动。陈海明走到跟前，蹲下来看着小女孩，用中文说："答应我，不要叫，我就不会再把你关进厕所。"

小女孩眼中充满了惊恐，但还是点点头。

陈海明随即冲盖尔说："放开她吧。"

盖尔慢慢松开手，小女孩真的不再叫喊。

陈海明继续冲小女孩安慰道："我无意伤害你，刚才把你关进厕所只是为了躲避坏人。现在坏人走了，一切都没事了。"

随后陈海明又去厨房给小女孩弄了点吃的，想让她平复心情。正当陈海明将餐盘刚刚摆在小女孩面前的桌上时，只听到外面传来警笛的声响。

盖尔赶紧来到窗边，见一辆警车停在楼下，接着两名治安官下车走进了公寓大楼。"糟了，会不会刚才那个老巫婆报警了？"盖尔慌张地冲陈海明问。

陈海明想了一下，冲盖尔说："你带她走！"

"什么？那些警察已经进来了，我怎么带她走？这栋破公寓可只有一个楼梯间。"

"带她去楼上。那些警察一定会先来这里的，我会拖住他们，你趁机再下楼。"

盖尔有些犹豫。

陈海明突然吼道："没时间犹豫了，难道你想让这个小女孩被抓走吗？"

盖尔被吓了一跳，赶紧抱起刘佳雪冲了出去。来到楼梯间，只听楼下传来上楼的脚步声，盖尔捂着刘佳雪的嘴，压低脚步声，缓缓上楼躲了起来。

不久，敲门声传来。陈海明拉开门，看到的是两位本地的治安官。一位是印第安人长相，一位白人，看起来四五十岁了，留着胡子。

"嗨，你是这里的房主？"

陈海明点点头："是的，请问我有什么可以帮你们的吗？"

白人治安官戴着牛仔帽，自我介绍道："你好，我叫罗根，这是我搭档帕克，我们来这里是因为你的邻居报了警，说你的房间里传出小女孩的惨叫声，不知道我们能否进去看看？"

"哦，没问题。"说着陈海明将门完全拉开，让两位警官进来。

罗根进门，四处瞅了瞅，问："那个小女孩呢？"

陈海明还没想好怎么说，结结巴巴地说："出去玩了。"

"出去玩了？"罗根走到桌边看着盘子里的食物，用手摸了摸，"分量这么少，这是做给孩子吃的，上面还有温度，你打电话叫她回来了吗？"

陈海明心里咯噔一下，这个罗根看起来相当有经验，几句话就将自己的谎言逼得难以迂回。陈海明拿起电话说："我这就叫她回来……"

罗根盯着陈海明，手扶在腰间的枪套上。

陈海明拨通了一个号码，用英文说："闺女，快回家。"

房间里很安静，电话对面分明传来了一个男人的声音，罗根和帕克都听到了。罗根知道陈海明在瞎掰，便拔出手枪说："把双手举起来。"

陈海明挂下电话，举起双手。

帕克上前将陈海明的双手拧在背后，将他铐了起来。

罗根笑道："看来我们得回警局好好聊聊了。"

公寓对面一栋矮房的侧面，盖尔捂着刘佳雪的嘴，眼看着陈海明被罗根和帕克押进了警车，不由得咒骂出声："该死，该死！"目送警车远去，盖尔这才赶紧抱起刘佳雪躲进了自己的车里。

刘佳雪又被吓到了，带着哭腔一边拉门把手一边用中文说："我想回家，我要去找妈妈。"

车门已被锁住，盖尔一把把刘佳雪扯过来面对自己，恶狠狠地警告道："你最好安静！否则我们俩都得完蛋！"

刘佳雪根本听不懂盖尔说的是什么，却被盖尔那可怕的神情吓到了，一声不敢吭。

盖尔随即发动引擎，驶离了公寓周围。

无处可去，盖尔只能把刘佳雪带回家。刚一进门，就见母亲躺在地上。盖尔赶忙扑过去，摇晃着母亲的身躯说："阿黛尔！"可阿黛尔毫无反应。他摸母亲脖子上的脉搏，感觉还有跳动，不由得松了一口气，回头看向刘佳雪，一时间有些语塞。盖尔将阿黛尔抱起来放在沙发上，将一旁桌子上的白色粉末全部擦掉，接着冲刘佳雪用英文说："你得先待在这里了，你想看电视吗？不过是英文的。"

刘佳雪很明显没明白盖尔的意思，一脸迷茫。

盖尔拿起一旁的遥控器，打开电视。接着将遥控器递给刘佳雪说："你会使这个吗？"

刘佳雪似懂非懂地点点头。

"你先在这里看吧，我有点事情要处理一下。"说完盖尔来到厨房，点燃一根香烟后掏出手机拨通一个号码。电话接通，盖尔叼着烟问道："安妮？你在干吗？"

"有什么事快说。"

"我想要你帮我个忙，当然不是免费的。"

"好吧，什么忙？"

"我这里有个女孩子，我希望你能帮我照顾她几天。"

"什么？女孩子？你是傻了吗？我怎么可能答应。"

"不，不，你误会了，我是说一个小女孩，五六岁的样子。"

"我以为你只卖药，怎么干起人口贩卖的买卖了？"

"我没有贩卖人口，只是凑巧遇见了这个孩子。"

"哈，突然善心大发吗？不过抱歉了，这个忙我帮不了。"突然间对方就把电话切断了。

盖尔看着手机屏幕咒骂道："见鬼。"随即又拨通了另外几个女生的电话，但自己的请求被他所联系的人一一拒绝。当盖尔回到客厅，看到自己的母亲居然已经醒了，还给刘佳雪倒了一杯果汁，和刘佳雪依偎在电视机前一起看电视。

听到盖尔的脚步声，母亲阿黛尔回过头，起身将盖尔拉到一旁问："这个小女孩是怎么回事？听你电话里说的意思，你想找人照顾她一段时间？"

盖尔摇摇头，有些不耐烦地说："和你无关。"

阿黛尔捂着自己的胸脯说："我可以照顾她。"

盖尔嘲笑道："你？你想干吗？把这个小女孩发展成自己的毒友吗？"

阿黛尔低下头，她知道自己在儿子心里是个什么样子，只是重复说："我可以照顾她。"

"不要开玩笑了。"

阿黛尔争辩道："我总比你那些妓女朋友靠谱多了吧？"

盖尔被激怒了，一把拽住自己母亲的脖领子，说："你说什么？"

阿黛尔的眼神有些惧色，没说话。

盖尔知道自己不该这样，放开阿黛尔说："你真的能说话算数吗？"

"是的。"

"好的，那你就帮我照顾她一段时间，我要去打听打听消息。"

阿黛尔关切地问："到底发生了什么？这个小女孩是谁？"

盖尔说："你不需要知道她到底是谁，只要照顾好她就行了，我走了。"

盖尔气冲冲地离开了家。阿黛尔来到客厅，看着刘佳雪，静静地坐下来陪她看电视。

不停地打火，火机似乎没油了，怎么也点不着烟，盖尔想将火机和烟一起扔出去，但还是忍住揣进兜里。这时，"嘿"，一个声音从身后叫道。盖尔心下一沉。他熟悉这个声音，转头看去。只见一台黑色的 SUV，窗户打开着，里面是乔治和菲尔。菲尔拍了下车门说："上车。"盖尔深吸一口气，坐进 SUV。

乔治慢慢开动汽车，冲身后的盖尔问："发生什么了？这个点儿，我以为你会跟陈医生在旅馆那边。"

盖尔说："他被本地治安官抓了。"

乔治和菲尔对视了一眼，说："为什么？"

盖尔不想告诉俩人那个融合者女孩刘佳雪的事，便说："或许是因为卖药的事传出去了，我们被邻居举报了。我是不是不用再帮你们盯着陈医生了？"

乔治瞥了眼菲尔，停下汽车。菲尔随即下车，看起来是朝着警局的方向去了。

盖尔不解这一举动，问："他要干吗去？"

乔治笑道："把陈医生从警局里解救出来。"

菲尔来到警局附近，正想上前，突然看到远处一辆黑色的高档汽车开过来。菲尔停住脚步，站在一栋房子旁的阴影里，盯着这辆高档汽车。只见汽车在警局门前停住，一个人从上面走下来。菲尔认得这消瘦的家伙——墨西哥和美国的边境毒枭之一，菲利克斯·克里夫顿。

菲利克斯带着两名保镖走入警局。老治安官罗根迎面而来，叉着腰挡在菲利克斯面前说："什么风把你吹来了？"

菲利克斯盯着罗根，说："中国人。"

罗根皱了皱眉头，说："中国人？我以为你是个种族歧视主义者。"

"我从来都不是，所以你是吗？"

罗根耸耸肩，说："这么诬陷一名马上就要退休、奉公守法的老警员可是要负责任的。"

菲利克斯比了比手，说："开个价，我们之间没什么是不能商量的。"

罗根瞥了眼身旁的搭档帕克，冲菲利克斯说："你把这里当什么地儿了？妓院？"

菲利克斯知道罗根想刁难自己一下，便从兜里拿出一捆钞票说："我只是给教堂捐些钱，表达我的诚心，希望上帝可以聆听一下我的愿望。"

罗根低眼看了下那一捆钞票，少说有个几千块，便伸手接过来揣进兜里说："那这么说我是上帝了？"

菲利克斯说："如果上帝真的像你一样爱钱，那恶棍一定可以永生。"

罗根瞪着菲利克斯说："跟我耍嘴皮子可不是好选择。"

菲利克斯伸手拍了拍罗根装钱的兜说："如果听一个人耍嘴皮子有这么多钱可以拿，我想我也应该换换工作了。"

罗根给帕克使了下眼色，帕克随即走向监室那边。

不一会儿，陈海明便被带了出来，菲利克斯打量了他一圈问："怎么样？你还好吗？"

"我没事。"

"那就好。"说着菲利克斯看向罗根："那人我就带走了。"

罗根抬手示意道："是我们抓错人，请便。"

乔治和盖尔还在车里，菲尔已经回来。他站在车窗边将菲利克斯与陈海明之间的事耳语给了乔治。乔治转头看向后座上的盖尔，笑着问："我想你是不是有些事情瞒着我们来着？"

盖尔不明所以，说："我绝没有隐瞒任何事情。"

"但看起来事实并不像你说的一样。"

"我发誓，我已经把所有知道的都告诉你们了。"

"菲利克斯，你知道这个名字吗？"

盖尔点点头："当然，那是蒂华纳附近一个有名的毒贩。"

"他来这个小镇了，还把陈医生从警局里捞了出来。"

"我真的不知道，陈医生并没有把他和毒贩认识的事情告诉我！"但这时盖尔已经想到了，之前那个陈医生救过的消瘦中年人，难道他就是菲利克斯？

盖尔这时正从乔治左手边的反光镜里看到外面的菲尔已经悄悄掏出了枪。盖尔知道事情不妙，自己已经很难取得对方的信任了，便赶紧伸手去拉另一侧的汽车门把手，随即连滚带爬地下了车，头也不回地向自己家跑去！

　　菲尔刚想举枪瞄准盖尔，乔治下车压住菲尔的手枪，摇摇头说："他还有利用价值。"

　　盖尔狼狈地跑回了家。屋内的灯竟然全部黑着。盖尔不禁大声喊道："阿黛尔！阿黛尔！"找遍整个屋子，盖尔没有发现母亲和那个中国小女孩的踪迹。就在他刚要出门去寻找时，阿黛尔却从不远处走过来。盖尔当即上前质问道："你去哪儿了？那个小女孩呢？"

　　阿黛尔回应说："冷静点，那个小女孩现在没事了。"

　　盖尔奇怪地问："没事了？"

　　"是的，我将她交给了本地的教会。奈特神父会照顾她，帮她找到她母亲的。"

　　盖尔睁大双目，双手一把拽着自己母亲的双臂，质问道："你说什么？你把她交给教会了？"

　　"是啊，本地的教会一定会帮她！"

　　盖尔怒吼道："你这个疯子！难道你不知道本地教会和墨西哥毒贩有关联吗？他们现在还和毒贩联合起来贩卖人口！"

　　听盖尔这番话，阿黛尔虽然很吃惊，但却坚定地反驳道："什么？怎么可能？我绝对相信奈特神父的人格！"

　　"奈特神父？他私下贩卖毒品的事情难道你会不知道？"说着，盖尔突然想到了一种可怕的可能性，拽着阿黛尔的手越来越紧，"你心里一定知道，你是想用那个孩子来换取毒品！"

　　阿黛尔连忙辩解说："不是，盖尔你得相信我，我真的不是！"

　　盖尔一把将阿黛尔推倒在地，摇着头说："你疯了！你为了毒品居然干出了这种事情，我不会再为你的过错买单！绝不会！"说完，盖尔便匆匆跑开了。留下阿黛尔一个人呆坐在地上，不知所措。

七

【现在……】

盯着两名警官进了程柳梅和小枫遭到绑架的那家餐馆里，坐在车里的刘勇很是着急。可就在这时，传来敲动车门的声响。刘勇吓了一跳，赶忙看去，见是罗根的搭档帕克。

帕克示意刘勇把车窗降下来，接着对刘勇说："回旅馆，你不该出现在这里。"

刘勇辩解道："我只是来看看情况，不会妨碍你们。"

帕克斩钉截铁地说："你必须回家，否则我就以妨碍公务罪将你逮捕。"

刘勇内心虽然极度抗拒，但他知道，如果和本地治安官杠上，恐怕之后的事就会更加难办。无奈地点点头，发动汽车引擎，掉了个头，朝旅馆的方向开去。

停好车，回到旅馆的房间前，刘勇发现自己的房间门竟然虚掩着。他赶紧手按一直藏在腰间的枪上，侧身轻轻推开门，屋里关着灯，但依稀能看清，柜子和行李已经被翻了个底朝天，衣服和日用品散落一地。毫无疑问有人来过这里，试图寻找什么。房间不大，刘勇抽出枪，开灯扫视了一圈，室内、卫生间都没有人。刘勇这才算是松了口气。他翻了翻程柳梅和小枫的背包，发现他们放在里面的护照没了，顿时生出一种不祥的预感。

走在废弃的公寓走廊里，曹卫民兜里的电话突然振动起来。他掏出电话接听："喂。"

"我们窃听到有一名华裔男子去警局报案，说有两个人被绑架了。"

"难道是程柳梅和小枫？"

"是的，正是陈医生赴美的两位家人。看起来就是这个人将他们从机场带走了。"

"这人叫什么？多大岁数？"

"刘勇，从音频分析应该在五十岁左右。现在两名警官正在小镇唯一的一家家庭餐厅里调查，你应该也去看看。"

"知道了。"说完曹卫民挂上电话。

一旁的张小凡问："你的支援团队？他们在警局安装了窃听器？"

曹卫民解释道："在你到警局之前，窃听器就已经被我安好了，而我的团队则负责收集信息。"

张小凡吃惊道："这要被发现了，可是间谍罪吧?!"

曹卫民耸耸肩说："不会有事的，我们也只是想找到陈医生而已。"

张小凡指了指房间门问："就留那个家伙在里面吗？"

曹卫民冷笑一声，没有说话，随即走向楼梯。

张小凡耸耸肩，也跟着下了楼。随后俩人驾驶着汽车前往那家家庭餐厅。

刘勇不敢独自再在房间里待着，他焦灼不安地坐在大厅里。

不久，大堂的电话突然响了，服务生接起来："您好，这里是巨石旅馆。"

刘勇抽着烟，眼睛不时瞥向服务生。只见服务生听了几句后突然看向自己，伸出拿着话筒的手说："是找你的电话。"

刘勇心里咯噔一下，问道："我？"

服务生点点头，递出电话。

刘勇警惕地向四周瞥了瞥，没有发现什么异常后起身走过去接过话筒，放在耳边说："喂。"

电话里传来一个男性的声音，说的是略带口音的英语："女人和孩子都在我手上。"

刘勇明白电话那头就是绑架者，问道："你想要什么？钱吗？"

电话那头传来一阵冷笑："哼哼，我还是能分清有钱人和穷人的区别的。"

"那你想要什么？"

"我已经知道了这个女人和孩子是谁，是陈医生让你把他们带来这边境之地的吗？"

刘勇有些吃惊地问："陈医生？你是说陈海明？"

"是的，就是那个浑球。"

"我并不认识陈医生。我也想找他，所以才将那个女人和孩子接来这里。"

"要花招可不好。"

刘勇辩解道："我说的是真的。我的老婆和女儿就在这边境之地上消失了。我要找到她们，而陈医生就是唯一的线索。"

"我不管你说的是真话还是假话，如果你在三天之内不将陈医生的地址交给巨石旅馆的前台，我保证，那个女人和孩子一定会死得很惨。"没等刘勇回应，对方已经挂断了电话。

刘勇赶紧来到前台里面，却发现这里的电话机古老得不像样，根本没有记录和回拨功能。刘勇瞥了眼前台的服务生，他无法确认眼前这个女人是不是和电话里的人是一伙的，他不能轻举妄动。赶回房间，打开电脑，刘勇第一个想到的办法就是用发布小枫失踪的信息将陈海明逼出来。他迅即在美国的门户网站上刊登了一篇寻人启事，将小枫和程柳梅的信息以及照片都匿名上传了上去，然后还在各大社交媒体网站上转载，希望更多的人能帮他把消息散播开来。

曹卫民将汽车停在了家庭餐厅的不远处。

张小凡问："我们不进去吗？"

曹卫民回答说："不，我不想让罗根和帕克在这里看到我们。"

"那就这么一直在外面守着？"

"是的，罗根在这个小镇一辈子了，他对这里最熟悉。如果他都不知道是谁干的，只怕我们也很难找出绑架者。"

在两个人等待间隙，张小凡无聊地浏览着手机信息。一个社交媒体上的一条寻人启事突然蹦入她的眼帘。"曹卫民，你看。"

曹卫民瞥了一眼，说："还有其他人在找程柳梅和小枫？能提供出这么详细的信息和他们被绑架时的情况，没准就是那个报警的华裔男子刘勇。"

张小凡说："这些账号都没有经过身份验证，ID 也都是乱起的。"

"不用想了，一定是这个叫刘勇的家伙。"

"他会在哪儿？"

"旅馆。这家旅馆还一定在程柳梅和小枫被绑架的餐馆附近。"

"也就是这附近？"

"是的，他一定在这附近。"话音刚落，他俩看到罗根和帕克走出了餐厅。

罗根和帕克向四周张望了一下，随即坐进警车。

张小凡赶忙问："我们怎么办？是跟着罗根他们，还是去找刘勇？"

曹卫民果断地说："你去附近的旅馆找刘勇，我开车跟着罗根他俩。"

"好。"说着张小凡就推门下了车。而她这一下车，正好被不远处刚坐进车里的罗根给瞅见了。

罗根盯着后视镜里张小凡跑开的身影，发动引擎，冲一旁的帕克说：

"我们是不是好久没兜风了?"

汽车缓缓前行,帕克察觉罗根行驶的方向有些异样,他也朝着后视镜里瞥了两眼,看到一辆黑色汽车在后面挺远的地方跟着。帕克有些怀疑地问:"这车看起来不像那个中国警察之前开来的那辆,你确定是他吗?"

罗根笑笑:"百分百。"

张小凡不久就在周边找到唯一一家旅馆——巨石旅馆,她走进大厅,来到前台。

服务生客气地问道:"女士,有什么可以帮你的吗?"

张小凡掏出手机,指着手机上程柳梅的图片,问:"你见过这个女人吗?"

服务生有些吃惊地点点头,说:"她是我们旅店的客人,不过出去之后一直没有回来。"

张小凡接着便将那条失踪消息点开,冲服务生说:"她是我的朋友,她现在失踪了,我要和她的同行者商量一下怎么办。"

看到失踪讯息,服务生很显然被张小凡给蒙住了,赶紧点了几下键盘,查看了一下说:"她们就住在307号房间。"

"谢谢你。"张小凡收起手机,着急忙慌地快步走上楼梯。来到三层,张小凡立马放轻脚步。她站到307号房间前,将耳朵贴在房门上仔细地聆听,里面似乎有个人在极快地敲击键盘。就在这时,有上楼的脚步声传来。张小凡是做贼心虚,赶紧找个角落躲了起来。她站在拐角探出头,向脚步声的方向瞥去,只见一名神父模样的中年白人男性牵着一个孩子,来到了刘勇房间的门前。张小凡惊呆了,因为那个孩子居然是小枫!她不敢贸然上前去询问,只见神父模样的男子轻敲房门。

很快,门里传来一个声音问:"你是谁?"

"我是本地教会的神父,奈特·梅尔。我将这个中国孩子带来了。"

　　房门打开，刘勇一手举枪对着奈特神父，另一只手一把将小枫拽到自己的身后，用中文问道："小枫，你没事吗？有没有受伤？"小枫回答说没有。刘勇这才慢慢放下枪，盯着眼前的神父问道："你是怎么把小枫从帮派那里救出来的？"

　　"这你就不用管了，重要的是现在你该带着孩子赶紧离开这是非之地。"

　　刘勇态度坚定地摇摇头，说："不，我不能走，小枫的姨妈还在他们的手里。"

　　神父再次劝说道："我会想办法，你在这里只会是拖累。"

　　刘勇依旧坚决地说："不，我绝不走！"

　　"为什么？我已经说了我会救程女士出来。"

　　刘勇解释道："我不是信不过你，只是我不能离开，我要找到陈医生。"

　　"什么？你也要找陈医生？为什么？"

　　刘勇解释道："我必须找到他才能知道我家人的下落。"

　　"你疯了吗？你一个亚裔的面孔，在这种地方只会引火烧身。"说着神父就要去拉小枫。

　　刘勇赶忙护着小枫问："你要干什么？"

　　神父说："既然你不能带他离开，我只能让别人把他带离这么危险的地方。"

　　刘勇突然又抬起手枪直指神父说："你疯了吗？我怎么可能让你把小枫再次带走！"

　　"我想你清楚在这里调查陈医生的事情有多危险。这次我可以救他出来，但下次呢？"

　　刘勇心里明白奈特神父说得有道理，但他再怎么样也不能将小枫交给一个陌生的本地神父，便拉起小枫的手，用枪对着神父说："我会带他走！找个地方安置好他，但我一定还会再回来！"

神父恶狠狠地说："快，快走。"

刘勇不敢放下枪，拉着小枫和神父拉开了距离，接着朝楼梯的方向小跑过去。

张小凡震惊地看着这一切，只见神父在门口愣了两分钟，随即也下楼去了。有种莫名的感觉让张小凡认为只要跟着这个神父，就一定能找到程柳梅。于是她赶紧缓步上前，悄悄地跟在神父的后面出了酒店。

曹卫民不紧不慢地开车跟着罗根。跟着跟着，他发现罗根在绕圈。曹卫民心想罗根大概是察觉到了自己的跟踪，毕竟小镇的车流量太小了，开车跟踪确实难度很大。既已被发现，再跟下去的意义不大。于是曹卫民便掉转车头，拨通张小凡的电话问："你那边情况如何？"

张小凡用细微的声音回应说："我正在跟踪一个叫奈特·梅尔的神父。我现在也说不清楚我正往哪个方向去。等我看到地标，再给你回电话。"

没等曹卫民说话，张小凡已经挂断了电话，弄得曹卫民是一头雾水。心想不是让她去找刘勇吗，怎么弄出来一个神父？张小凡如果在跟踪人，这时再打电话过去询问反倒可能会让张小凡陷入危险。想到此，曹卫民便把电话给自己的支援团队打了过去，说："我希望你们能帮我调查一个叫奈特·梅尔的本地神父。"

"好的，没问题。"曹卫民并没有挂断电话，在等了不到一分钟后，电话那头传来声音说，"奈特·梅尔，三十四岁，是本地教会唯一的一名神父，更多详细的资料马上会传到你的手机上，你自己看吧。"

曹卫民回应道："好的。"将汽车停在了路边，他仔细查看了支援团队传来的资料，确定了教会的位置，便驱车前往教会，他实在放心不下张小凡。

将汽车停在教会附近，曹卫民下了车。他从后备箱里拿出一把配备短枪管，加装有垂直前握把以及 EXPS 全息瞄准镜和 G33 望远镜的组合瞄具，弹匣也是加长型的黑色 R5RGP 卡宾枪。检查了弹匣，拉动拉机柄将子弹上膛，曹卫民端着这把特殊的 R5RGP 卡宾枪跑向教堂。来到教堂的大门前，大门被铁链紧紧地锁住了。曹卫民随即又跑向教堂侧后方教会用来办公和休息的矮楼，看到还有灯亮着，曹卫民直接踩在矮楼旁边一辆汽车的顶部，接着一手拎枪，一手扒住二楼某个阳台的边沿，腰身一用力，直接翻了上去。曹卫民用手拧了拧落地窗的把手，发现窗户也上了锁。可他再一用力，竟然将把手直接掰折，随即轻轻推开落地窗进入到教会办公楼的内部。

　　因为曾经受到过不完全的感染，曹卫民是半个融合者。他的体内虽没有其他人格，但听力异于常人。进入到矮楼内部，他就已经将周边人的动静全部掌握。他左手紧握 R5RGP 卡宾枪的前握把，下楼来到一层角落的办公室，推门而入，端起 R5RGP 卡宾枪直指办公桌后面的人，用英文警告道："安静。"

　　办公桌后面的是一名修女，她吃惊地站起身问道："你是谁！"

　　曹卫民自然没有回答对方，而是问："奈特·梅尔神父在哪儿？"

　　修女厉声反问道："你知道你在干什么吗？这是犯罪！"

　　曹卫民露出一丝轻蔑的笑容说："这个教会有多脏，我们心里都有数。告诉我，奈特神父去了哪儿？"

　　修女摇着头说："我为什么该知道他去了哪儿？"

　　曹卫民握紧 R5RGP 卡宾枪说："我可不想对女性太粗暴，你最好赶快告诉我。"

　　"你不敢开枪，小镇就这么大，警察马上就能找到枪声的来源。"

　　"我们要试试吗？"说着曹卫民打开了 R5RGP 卡宾枪的保险。

　　修女喘了两口粗气，举起手说："好吧，我告诉你，他去了菲利克斯的地盘，但具体干什么我就不知道了。"

　　"菲利克斯？他是谁？"

　　"墨西哥毒枭，他占据着蒂华纳，所有想通过蒂华纳的货物都得经过他手。"

"你是说奈特神父去了墨西哥?"

"不，他去了菲利克斯在本地的农场。"

"这个农场在哪儿?"

"小镇东边的荒原上。"

"他去了多久了?"

"或许有两三个小时了，一直都没回来。"

听了修女的话，从时间推算，曹卫民觉得奈特神父在旅馆出现时，可能是已经从农场回来了。如果修女的话是真的，那程柳梅或许就在那个农场里。"那个农场里一般有多少守卫?"

修女摇摇头，说:"这我没数过，相信应该不少。"

曹卫民还想继续询问时，突然之间他感觉听到了什么，眼神迅时变得凶狠起来，盯着修女问:"是什么声音?"

听力远不如曹卫民的修女皱着眉头，奇怪地问:"我什么也没听到。"

曹卫民突然向脚下看去。

修女似乎明白了原委，趁曹卫民低头的瞬间，拉开了办公桌的抽屉，猛然间拿出一把金色的左轮手枪。岂料曹卫民的反应更快，抬枪便扣动了扳机!"砰!"子弹穿透胸口，修女仰面倒地，左轮手枪也掉在一旁。

枪声过后，曹卫民更听到了周遭的人传来的声音，似乎有不少人正在寻觅枪声的来源。曹卫民知道警察或许很快就找到这里来，但他也明白，在这个教会办公楼的地下隐藏着什么……正义感和责任心驱使着曹卫民，他并没有第一时间离去，而是循着细微的声音，终于在一个办公室的柜子后面找到了密室，里面有通往地下的入口。尽管曹卫民心里有些不安，可他还是端着 R5RGP 卡宾枪走下了石头阶梯。

焦黄色壁灯的微弱的光亮指引着曹卫民前进的方向。在经过一扇扇铁栅栏门之后，曹卫民看到的是许多双眼睛。曹卫民的眼睛在黑暗中的视力也比正常人要强，他看到这些人赤身裸体，蓬头垢面，因为虚弱而无法站立，甚至还有人躺在地上一动不动，已经发出了尸臭。难道这些人是被贩卖的人口？

这时有一间牢房，一个男人将手伸出来，冲着曹卫民用英文说："救我，救我。"

曹卫民刚要走过去，突然瞥见了地上的某种刑具，使他又停了下来。这是一个古代用来搬运犯人的刑具，一个很长的铁棍上有一个套脖子用的项圈，项圈里面还有尖锐的钉子，以防犯人反抗和挣扎。曹卫民站在原地没动，他看向那个冲自己求救的男人，说："你是融合者，你想利用融合我的过程从牢房里逃脱。"

男人的心思似乎被曹卫民说中，他睁大双目，缩回了手，恳求道："这里被关的人都是融合者。在许多的地方，融合者会被高价出售，我们也都变成了商品。"

曹卫民问："高价出售融合者？什么人会买你们？"

男人摇着头说："这我不知道。但据说被融合者的器官不需要匹配，甚至不需要手术就可以融合给那些脏器衰竭的人。"

"你们都是怎么被抓来这里的。"

男人攥着铁栅栏恶狠狠地说："那个叫陈海明的医生就是个恶魔，他和本地的教会串通一气！把我们骗来了这里，再将我们关了起来。"

"什么？你是说那个亚裔的医生和本地教会都是贩卖融合者的一环吗？"

"我以为人们都怕我们，没想到还有这么多人觊觎我们变异的身体。求求你，把我们放出去，否则我们这些人只有死路一条。"听到这话，被关押的融合者们纷纷起身拽着铁栅栏用乞求的眼神望向曹卫民。

曹卫民的任务是找到陈海明，并没有责任去救这些即将被贩卖的融合者。他有些犹豫，端着枪望向四周，而当看到那些渴望得救的眼神，特别是困在牢笼中的孩童时，曹卫民内心像火山迸发前激荡撞击，恻隐之心再难压抑。他冲刚才和自己说话的男性问道："如果我放你们出来，你们能保证不再吞噬他人吗？"

　　男性犹豫了一下。曹卫民身后传来一个声音："我保证。"紧接着，融合者们纷纷说道："我保证。"

　　其实曹卫民也不知道到底该不该相信他们，但总不能眼睁睁地瞧着这些人被贩卖，最终被杀死取走器官。他走到墙边拉下了闸门，牢房门被同一时间打开，融合者们走出牢房将曹卫民围在中间，纷乱地表达着谢意。曹卫民则说："刚才我在楼上开了枪，相信警察很快就会来这里。你们赶紧离开吧，离开这里之后的事情就不是我能帮的了。"于是这些融合者纷纷上楼，曹卫民跟在他们后面。可这些人刚跑出矮楼，就听外面传来枪声和惊叫！

　　"砰！砰！砰！"

　　曹卫民赶紧躲进一间办公室，趴在窗户下沿，抬头朝外面瞥了两眼。外面警灯闪耀，几辆警车围在周围，数名手持 M4A1 卡宾枪的老治安官正站在警车车门的后面，瞄准着矮楼这边。刚才冲出去的几个融合者全被击中，血溅了一地。曹卫民一时间摸不清楚这些治安官是来救人还是来杀人的。他转念一想：难道这帮老家伙和本地的教会还有黑帮是一伙的？都参与了人口贩卖？

　　这时曹卫民身后一名融合者问："我们是不是该从矮楼后面走？"

　　曹卫民闭上双眼，仔细聆听，他听到在矮楼的后方也有人，手里应该也端着金属物品，一定是枪。看来治安官知道这里有被囚禁的融合者，否则单单一声枪响，绝不可能派来这么多人，将整个矮楼围起来。曹卫民回应道："不行，矮楼后面也有人。"

　　融合者奇怪地问："你怎么知道的？难道你也是融合者？"

　　曹卫民语气低沉地说："算半个吧。"

　　就在这时，喇叭传来老治安官罗根的声音："里面的融合者，投降吧！你们占领教会的计划已经破产了。我限你们在三分钟之内全部走出矮楼。否则我们会严格执行反融合者条例，对于任何想要危害公众安全的融合者实施武力，格杀勿论。"曹卫民知道这个罗根是只老狐狸，这番话恐怕真能吓住那些意志力不坚定的融合者。

身旁的融合者问曹卫民："我们该不该出去？"

曹卫民回头冷冷地瞥了一眼，说："如果你想出去，我不会阻拦你。"

这个融合者似乎没了主意，左右看看其他人，他们之间低语着商量起来。就在这时，已经有其他的融合者翻窗户或者从大门走了出去，接着就被治安官按倒在地，绑了起来。

看着走出来的融合者，罗根心里明白人数还远远不够。于是继续大声喊道："屋里的人听着，你们还有一分钟可以考虑。"

低语过后，曹卫民身旁的几个人冲他问道："你觉得我们该怎么从这里逃出去？"

曹卫民反问："你们不打算投降吗？"

"我们想先听听你的意见。"

曹卫民冷笑一声又问："你们有人知道这里的电闸在哪儿吗？"

"我知道，就在……"

还没等对方说完，曹卫民从兜里掏出一个手电筒扔给对方说："不用告诉我，你去把电闸弄短路，然后用这个回到这里，我们会在这里等着你。"

这人左右看了看，发现其他的人都用期待的眼神望向自己。

曹卫民盯着他说："这对于我们逃出升天非常重要，你愿意去吗？"

话说到这份了，这人想，如果不去，一定会遭到他人的排挤甚至弄死他的可能都有，便拿起手电筒点点头，没说更多，弯着腰一溜小跑出了办公室。

曹卫民盯着手表，静待一分钟过去。外面的罗根笑道："看来屋里的人还是选择反抗？那就不要怪我无情了。"

又等了大概三十秒，突然间，整个矮楼的灯全灭了。罗根知道里面的融合者想反抗到底，便拿起对讲机，命令道："行动！如果有人敢反抗，随意开火。"听到罗根的命令，治安官们纷纷端着装有战术手电的M4A1冲进矮楼。罗根则在原地没动，端着枪笑道："看来菲利克斯要损失一大批货了。"

　　曹卫民这时已经带领跟随自己的融合者躲进了三楼的洗手间。他已大致摸透了整个矮楼的结构，再加上那超乎常人的听力，可以做到充分掌握治安官们的动向。

　　融合者们有些焦急地问："怎么样？那些治安官呢？"

　　黑暗中，只有曹卫民可以看到周遭的一切。他不想对其他人透露更多情报，便说："跟着我。"曹卫民带着人离开洗手间，向矮楼的西北角而去。这里的楼梯上来了三个治安官，曹卫民将R5RGP卡宾枪交给别人，他站在三楼楼梯的护栏上，嘴里叼着一把匕首，静静地聆听着下面的声响。就在几个治安官刚踏上二楼时，曹卫民突然从楼梯中间的空隙跳了下去，在身体掉下二楼的一瞬间，一只手扒住栏杆的边沿，紧接着一用力，翻过护栏跳到了三名治安官的身边。三名治安官根本没反应过来，曹卫民已经一手扔出一支匕首扎进其中一名治安官的脖子，接着踢倒另一个人，随即猛地扑向最后第三名治安官，嘴里的匕首瞬间嵌入对方的脖子切开巨大的口子，随着鲜血喷溅，曹卫民一脚又踩在倒地的治安官胸口，向下一用力，治安官便发不出任何声音，双眼翻白，晕死过去。这时曹卫民突然发出一声犬吠似的声音。

　　楼上的融合者们纷纷下了楼，曹卫民拿回R5RGP卡宾枪带着大家赶紧冲下楼。他站在一扇窗户侧面，左手紧握前握把，突然闪身冒出来，枪托顶住肩膀，眼睛透过瞄准镜，右手扣动扳机冲外面留守的两名治安官进行压制射击。"砰砰砰！"曹卫民R5RGP卡宾枪的火力比较强，枪声传来得又很突然，两名治安官赶紧低头躲避，曹卫民冲身边的融合者说："赶紧跑！"随即融合者们纷纷跳出窗户，四散逃开，而其他的治安官也听到了枪声，紧急赶往矮楼的西北角。

　　虽然外面枪声大作，但曹卫民依靠变异功能，一直侧耳在监听着矮楼里治安官们的动静。就在治安官们马上要聚过来时，曹卫民跳出窗户，突然冲向了那两个警车门后面的治安官。他跑步的速度对比正常人来说，简直快得不可思议。当两个治安官刚抬头看到时，他已经冲到了他们的跟前，直接踹动车门，生生用车门将治安官撞倒在地。接着一跃翻过车顶，抢起 R5RGP 卡宾枪将另一名治安官直接打倒，随后跃入警车，迅速开车驶离了这是非之地。

八

【过去……】

天还没亮，盖尔独自徘徊在教会的矮楼附近，心里盘算着那个小女孩会在哪儿。他掏出手机，犹豫了半天，还是给陈海明拨了过去。

电话被接起，听到陈海明的声音，盖尔开口道："我这里遇到麻烦了。"

"怎么回事？"

"那个中国小女孩被教会的人带走了。"

"怎么会这样？发生了什么？"

"我们见面再说吧，我就在教堂附近。"

"好的，我马上去。"

盖尔在原地等了大约有二十分钟，一辆汽车在附近停了下来。他看了眼手表，觉得这个点除了陈海明不会有别人了，便走上前。

陈海明并没有下车。他打开车窗示意盖尔进来。盖尔上了车。陈海明第一时间问："到底怎么回事？发生了什么？"

盖尔觉得难以启齿，说："就是一些事情，不太好说明白。"

陈海明打量着盖尔，问："那你怎么知道我被放了？"

盖尔也不敢说真话，耸耸肩说："我只是赌一赌，万一你已经被放了呢？"

陈海明看向教堂说："别着急，你在车里等着，我去看看。"

盖尔问："什么？你疯了吗？一个人去？你不知道本地的教会和贩毒集团有关联吗？"

陈海明点点头说："知道。"

"那你还去？"

陈海明没有回答，直接推开车门，回身冲紧张的盖尔说："在车里等我。"

看着陈海明走向教堂后面的矮楼，盖尔十分焦虑，理智告诉他坐在车里不动，等着陈海明。可没过多久，他突然看到有一个人也蹑手蹑脚地走向矮楼那边。盖尔不禁咒骂出来："见鬼！"因为他看到的人正是母亲阿黛尔，而阿黛尔的手里竟然还攥着一支双管猎枪。盖尔急忙下车，一溜小跑着过去，想要阻止母亲。

可阿黛尔站在矮楼门前突然大声地叫了出来："奈特·梅尔！神父奈特·梅尔你给我出来！"

盖尔加快步伐，上前一把拽住母亲的胳膊，恶狠狠地低声道："你疯了吗？在这里大喊大叫！"

阿黛尔不解地看着盖尔，争辩说："我要他们把那个中国小女孩交出来！"

盖尔使劲拉阿黛尔，说："别疯了！快跟我走！"这时，矮楼里又多亮了几盏灯。盖尔更害怕了。他拉着母亲的手越来越用力，可就是拽不动阿黛尔。

这时矮楼的大门突然被打开，盖尔刚要撒腿就跑，见是一个修女走了出来，语气平和地问："请问有什么可以帮你们的吗？"

阿黛尔端着枪，恶狠狠地说："我昨晚交给奈特神父的那个亚裔小女孩在哪儿？就在教堂。"

修女有些奇怪地问："小女孩？我并不记得奈特神父带回来一个小女孩。"

"奈特神父在哪儿？我要见他！"

"他就在楼上，我当然可以带你去见他，但我希望你能把枪放在大门旁边，确保它不会伤到任何人。"

阿黛尔厉声反驳道："不可能！这是我丈夫留给我的，我绝不会放下它。"

修女看阿黛尔态度坚决，便侧身说："跟我来吧。"

盖尔赶紧在旁边冲阿黛尔劝道："不，不要跟她进去。"

阿黛尔看起来神情激动，举起手中的猎枪说："有你爸在的时候，我什么都没怕过。"随即跟随修女一起走进了矮楼。

盖尔愣在原地，他不知道该怎么办，赶紧掏出电话给陈海明拨了过去。电话铃响了半天没人接听，盖尔心中大感不妙。难道陈医生被……没时间再多想，盖尔孤注一掷，他走入矮楼，想追上阿黛尔和修女的步伐。没两步，只见修女就在拐角处等着盖尔呢，抬手示意他这边走。

盖尔走进一间屋子，阿黛尔也在里面，端着枪坐在一旁的椅子上。修女站在门口说："稍等，我现在就去找神父。"

盖尔紧张不已，也没回答，在屋子里走来走去。

阿黛尔则神情坚定，恶狠狠地说："别怕，你爸爸会保护我们的。"

盖尔听了这话，一股怒火涌上心头，瞥向阿黛尔说："不要提我父亲，你不配！"

阿黛尔随即也不再吭声，时间一分一秒地流过，可并不见修女回来。

盖尔有些胆怯地说："不如我们现在走吧，我看外面似乎没人。"

阿黛尔回应道："你想走就走吧，我一定不会让那个小女孩被卖掉。"

盖尔眯着眼看着阿黛尔，冷冰冰地问："为什么？你到底想干吗？突然良心发现了吗？"

还没等阿黛尔回应，只见一名神父领着一个孩子走了进来说："阿黛尔夫人，我大概知道你的来意，您是想把她带回去，对吗？"

眼前的孩子正是刘佳雪！阿黛尔赶紧过去，一把搂住孩子，上下打

215

量了一番，看到她没受伤总算安心下来，不住地说："太好了，太好了。"

盖尔认得眼前的神父，他正是奈特·梅尔。他怎么会这么轻易就将这个孩子还回来了呢？他不是正和贩毒集团一起倒卖融合者吗？还是说他不知道这个小女孩是融合者？盖尔心中充满了疑问。

奈特神父看着阿黛尔手中的猎枪说："夫人，你是不是该把它放下来了？"

阿黛尔赶忙压低猎枪的枪口，看向盖尔，觉得奈特神父似乎和盖尔说的不太一样。

奈特神父似乎看出了两个人的心思，笑道："阿黛尔夫人，你是不是听了些什么奇怪的传言，所以才着急地跑来我这里？"

阿黛尔有些不知该如何说，磕磕绊绊地解释道："是啊，最近镇上有一些不好的流言，我知道你在镇上的工作很忙，觉得还是自己开车把她送去大城市的福利机构吧。"

"所以带着一根猎枪？"

"毕竟这么晚了，淑女需要用它来防身。"

"那你们……还有别的事情吗？"

阿黛尔赶紧摇摇头，看向盖尔说："没了，对吧？"

盖尔赶紧附和着点点头。盖尔这时心里还惦记着陈医生，他去了哪儿？难道还在这个矮楼里？

奈特神父笑道："那你们请便吧。"

阿黛尔和盖尔交换了一下眼神，随即拉着刘佳雪迅速离开了矮楼。

坐回陈海明的汽车里，盖尔赶紧掏出电话，再次给陈医生拨了过去，嘴里还不住地念道："快接，快接！"

"喂。"电话那头传来陈海明的声音。

盖尔赶紧看向矮楼的方向，着急地问："刘佳雪我们已经带出来了，你还在教会吗？"

"是的，我还在和奈特·梅尔神父谈话，你们的情况我都知道了。"

"什么？谈话？"

"你开着我的车带刘佳雪回家，保证她不要再出事，等我联络你。"说完陈海明那头就挂断了电话。

盖尔看向身旁的阿黛尔，有些茫然，但还是按陈海明说的，发动引擎，迅速开车回家了。

坐在街边的一辆越野车里的乔治和菲尔，看着盖尔开车离去，这才下了车。乔治端着一把黑色 AUGA3 CQC 突击步枪说："我们的目标是陈海明，我们还没有找到教会的罪证，不到万不得已，不要冲他们开枪，我不想引起宗教纷争。"菲尔拿着一把同样配备有幽灵 DR 瞄准镜的黑色 MP5A3 冲锋枪，点点头。两人端着枪就来到了矮楼跟前，直接从窗户翻进了一层的一间办公室，上楼，循着说话声来到了角落的房间前。

只听里面传来两个声音，是一男一女在交谈。菲尔从包里拿出一个微型摄像头，从门缝底下伸了进去，接着乔治打开平板电脑的屏幕，从上面看到了里面的两个人。是奈特·梅尔神父和修女。菲尔轻轻转动微型摄像头，扫视整个屋子。影像中并没有看到陈海明的踪影。看到这种情况，菲尔和乔治对视了一眼，乔治摇摇头，比了个手势。菲尔随即将摄像头抽了回来，装进包里，接着拎起 MP5A3 冲锋枪，和乔治缓慢后退着。

在二层楼梯的斜后方，菲尔蹲着冲乔治低声问："怎么办？陈海明会不会察觉到我们，所以逃跑了？"

乔治摇摇头说："陈海明不可能知道我们一直在盯着盖尔，否则他就不会来了。"

菲尔问："那他去了哪儿？难道被教会的人抓了？"

乔治说："陈海明可是融合者，这里只有一个神父和修女，想想哪方更危险吧？"乔治这句话似乎提醒了他自己。他睁大双目说："糟了，那个神父还是修女，他们之中有一个人是陈海明！"

菲尔随即起身，端着枪冲向角落的办公室，可当他冲进去时，已经只剩下修女一人了。

修女吃惊地看着菲尔，厉声问道："你是谁？想干吗？"

菲尔也不回答，直接来到窗边，向外面看去，可并没有发现任何人影。

这时乔治也赶紧跟了过来，他看到菲尔望向窗外，便赶紧下了楼，跑到大门外向四周张望着，依旧不见陈海明的踪迹。

菲尔随即回身又扫视了一圈房间，似乎没有可以藏人的地方，推开质问自己的修女，和乔治一同匆匆离开了教会。

回到家，盖尔紧张地望着窗外。他希望乔治和菲尔没有再盯着自己。接着他开始打包自己的行李，阿黛尔不解地问："你准备去哪儿？你打算扔下那个中国女孩吗？"

盖尔回身厉声道："是的，我对她从没有过义务！"

"我不明白，你到底为什么要走？"

盖尔没有回答，依旧在收拾着自己的东西。他不想让自己的母亲知道得太多，怕把她也卷了进来。

阿黛尔有些失望地说："那你总得告诉我你打算去哪儿吧！"

盖尔心里其实也没个着落，却看向阿黛尔恶狠狠地说："你不需要知道。"

"见鬼！你打算就这么蒸发掉吗？我可是你的母亲。"

盖尔被说得也有些激动，喘了几口粗气，将背包的拉锁合上，随后一把推开阿黛尔，拎着包就走向门口。可就在这时，一双眼睛震慑住了盖尔，刘佳雪站在屋子的大门口正盯着他。盖尔摇摇头，冲刘佳雪说："不要这样看着我，我什么也没有答应过你。"说着盖尔便绕开刘佳雪准备去拧门，可刘佳雪赶紧又挡住了盖尔，不让他离开。盖尔有些愤怒地问："你到底要干吗！"

刘佳雪一言不发，眼神却很坚定，看起来她非常不希望盖尔离开。

阿黛尔这时在盖尔的身后说："我想你三番五次救了她，她已经离不开你了。"

"离不开？"盖尔不可思议地回头问道，"什么意思？"

"或许她觉得只有你值得信任。"

盖尔不敢置信地说："你一定是在开玩笑吧？她连我说什么都听不懂。"

"你看看她的眼神就知道了。"

盖尔根本不想去看刘佳雪的眼睛，狠下心一把推开她，拧门就走了出去。

刘佳雪倒在一旁，脑袋磕在柜子的角上，哭了出来。

盖尔听见了哭声，但他并没有停下脚步。可还没走出去多远，只听到阿黛尔发出了一声尖叫。"啊啊啊！"盖尔赶忙回头，看着家的方向，一种不好的预感涌上心头。他赶紧狂奔回去！

"砰"的一声，盖尔推门而入，母亲躲在角落里正瑟瑟发抖，见他回来手指向另一头。只见刘佳雪已然不见，出现在盖尔视线的人竟然是一名成年女性。她是刘佳雪身体内的另一重人格，从刘佳雪之前的形容来看，她恐怕就是刘佳雪的母亲王雪……盖尔吃惊地看着这一幕。

王雪也躲在角落里，惊恐地看着盖尔和阿黛尔。

阿黛尔指着王雪，冲盖尔说："她……你从没告诉过我她是融合者！"

盖尔没回答，眼睛不敢偏离王雪，他知道王雪懂英语，便问："你知道发生了什么吗？"

王雪嘴唇煞白，满头是汗，眼中带着惊恐说："我女儿的记忆并不清晰，是你救了她吗？"

盖尔点点头："可以这么说吧。"

这时，王雪慢慢站起身看着盖尔说："谢谢你。"

盖尔则后退了一步说："既然你已经恢复了，你可以走了，别再让你孩子……我不知道该怎么说，不要再让她面对这一切了，她还不知道发生了什么。"

王雪喘着粗气说："我会的。"

阿黛尔突然冲盖尔慌张地问道："我们会不会被传染?！我们是不是该报警? 让警察来处理她?"

王雪猛然间用冷峻的眼神看向阿黛尔，吓得阿黛尔马上闭上了嘴。

盖尔还算沉稳。他冲王雪说："我们不会报警，如果你想离开，请便吧。"

王雪的眼神从震惊慢慢转化为冷峻凶狠，她发现盖尔和阿黛尔很怕自己，所以就更加主动了。她向前走了两步说："我想要去墨西哥。"

"你需要钱吗? 我这里有一些可以给你。"说着盖尔从兜里掏出一捆美金，放在一旁的柜子上。

王雪上下打量了一番盖尔，问道："你认识陈医生对不对? 我听说过他有门路可以帮我们去墨西哥，我希望你能带我去见他。"

盖尔听王雪这么说，稍稍安心下来，掏出电话说："稍等，我现在给他打个电话。"

王雪点点头，盖尔随即拨通了陈海明的电话号码。电话接通，盖尔说："陈医生? 那个小女孩变成了另一重人格，她想去墨西哥，说你有门路，真的吗?"盖尔听着陈海明那边回答，接着又问，"要多久?"

王雪和阿黛尔都盯着盖尔，她俩不知道陈海明那边的回应究竟是什么。

这时盖尔又挤出一道略显勉强的微笑说："好的，我等着你。"随后便挂了电话。接着他看着王雪解释道："陈医生说他现在有点忙，大概早上就能来了。"

王雪看了一眼外面，天色已经越发呈现出深蓝，离天明不远了，便点点头说："好的，那应该没多久了。"

　　盖尔指了指沙发，说："坐着等吧。"

　　阿黛尔赶紧让出了沙发那边的位置。盖尔和王雪面对面坐了下来，相互盯着，没有再多说什么。

九

【现在……】

张小凡一直跟踪着奈特神父模样的人。神父并没有开车，而是徒步向着教会的方向走去。在途中他突然拐了个方向，走进一家酒吧，张小凡自然也跟了进去。刚一进去，张小凡就感觉这地方似乎不是自己这种亚裔面孔该来的。穿着皮夹克的大汉比比皆是，每个人的目光都有些凶狠。张小凡扫视了一圈，竟然没发现神父。而她也知道神父是本地的名人，也不敢随便打听。她走到吧台前，冲酒保点了一杯酒。"龙舌兰。"

酒保也是个大汉，他瞥了眼张小凡，随即倒上一杯龙舌兰说："先付。"

张小凡知道这是一种歧视，但不想招惹麻烦，便将钞票放在了吧台上。

酒保拿了钱，低声冲张小凡说："如果你不想惹麻烦的话，最好把照相机收起来。然后喝完这一杯，赶紧离开。"

张小凡冲酒保怒目而视。

酒保挑挑眉说："不要冲我生气，我是在帮你。"

张小凡没有搭理酒保，她将眼光瞥向周围，很是好奇奈特神父到底去了哪儿，洗手间还是二楼。

就在这时，一个穿着蓝色衬衫的中年大叔从洗手间里出来，径直朝张小凡走过来。酒保看到这人时不由得皱了皱眉头，但没说什么。中年大叔直接就坐在张小凡的身旁，笑道："你看起来并不喜欢喝龙舌兰。"

张小凡十分不安，但还是鼓出勇气瞥向这个中年大叔，看着对方盯着自己在笑，便没好气地问："你在笑什么？"

这人自我介绍道："我叫乔治·尼西奥。我知道你是谁，张女士，来自中国的记者。"

张小凡当即起身反驳道："哼，我不知道你在说些什么。"随即便要离开。

乔治并没有阻止张小凡的离开，只是笑道："我知道你想找陈医生，或许我们可以合作。"

张小凡停住脚步，回头看向乔治，只见对方掏出了一张证件，张小凡分外吃惊，因为这个叫乔治的男人居然是 ASA。

乔治收起警徽说："坐吧，让我请你一杯酒。"

刘勇开车行驶在公路上，一旁的小枫问："叔叔我们要去哪儿？不去找我姨妈了吗？"

刘勇没有回答。

小枫不安地再次问："叔叔？你怎么不说话？"

刘勇心烦意乱，根本没听见小枫的问话。

小枫又去拽了拽刘勇："叔叔？"

刘勇这才反应过来，问："怎么了？"

小枫的目光中带着恳求，说："我想去找我的爸爸和姨妈。"

小枫这番话让刘勇想起自己的女儿与妻子。但现在带小枫回去实在太危险了。为了自己的孩子难道要牺牲别人的孩子吗？纠结与困惑在刘勇的心头碰撞，让他十分两难。就在这时，有数辆黑色闪耀着警灯的越野车和刘勇的汽车擦身而过。刘勇瞥见越野车里的人都身穿黑色战斗服，戴着黑色钢盔与防毒面具，看起来像特警部队，但又不尽相同。刘勇急忙踩下刹车，一脸震惊。因为他曾通过黑客技术截获过美国政府关于融合者的资料，而在资料上美国政府提及过他们设立了一个部门防止"融合者"扩散，名为 Amalgamation Security Agency，简称 ASA。而刚才越野车里的那些人或许就是这个部门旗下的"战斗部队"。

小枫问："怎么了叔叔？"

刘勇摸了摸小枫的头说："我们回去找你的爸爸和姨妈。"

小枫惊喜道："真的吗？"

刘勇点点头说："是的。"随即转动方向盘，将汽车掉头，开上了返回小镇的车道。

车行不远，只见前方警灯闪耀。小枫问："怎么回事？这些警车怎么挡着道？"

刘勇降低车速，前方一个身着战术背心、戴着帽子、身上挂着 M4A1 卡宾枪的白人男性举起手阻止自己前进。刘勇知道这些没有穿制服，却拿着卡宾枪的家伙是国民警卫队的人。他按示意停下汽车，摇下窗户冲拦车人问道："发生了什么？我要去前面的镇子。"

国民警卫队的士兵走到刘勇的汽车旁，抬帽子示意了一下，说："请出示你的身份证明。"

刘勇拿出驾照递给对方，对方又瞥了眼小枫，刘勇说："他是我儿子。"

士兵拿过驾照看了看，觉得没什么问题，递还给刘勇。遂问道："现在已经快半夜了，你们怎么会在这个时间来小镇？"

"我们想要在小镇加个油，然后去墨西哥玩。"刘勇说话时喘着粗气，因为在汽车的油表上显示，油量还很充足。无疑刘勇的假话是经不起检查的。

好在这位士兵并没有仔细检查刘勇的汽车，只是点点头说："我劝你们还是改道吧，前面的小镇不安全，那里现在有数名融合者在流窜，万一你们撞见他们，就不好办了。"

刘勇说："我们只是要在加油站加个油，也不过夜，我觉得应该不会和他们遇见。"

士兵点点头说："如果你执意要去，我不会阻拦的。我给你一个证明，证明你只是路过的旅客，那样南边国道上的同事就不会为难你们了。"

刘勇连忙点头说："太感谢了。"

士兵从一个本子上撕下一页纸，然后找人盖了个章，交给刘勇后命令警车让开一条道。刘随即发动引擎，慢慢穿过了岗哨。

听到警笛声不断响起，酒吧里的人纷纷向外面看去。张小凡还在和乔治交谈。听到警笛声，她有些担心曹卫民，难不成他那边出事了？

乔治这时兜里的电话响了，他接起来听了一下，随即挂断电话，起身冲张小凡说："如果你还想找到陈海明，那我们该走了。"

张小凡不解地问道："发生了什么？"

乔治笑道："看起来窝藏融合者的地下室被警察找到了。"

看着乔治马上就要离开酒吧，张小凡急忙说："我得去一趟洗手间，你等我一下。"来到洗手间，张小凡赶紧掏出手机，给曹卫民拨了过去。

铃响了半天，曹卫民那边才接起来："喂。"

张小凡听曹卫民声音有些急促，赶忙问："你在哪儿？是不是你那边出事了？"

曹卫民没有回答，而是问："你那边跟踪神父怎么样了？"

张小凡有些失落地说："他消失在了酒吧里。我不确定到底是怎么回事。现在外面警车很多，你到底干了什么？"

"我只是在教会开了几枪，美国警察太夸张了。"

"你开枪了？你知不知道你在美国没有执法权啊！你到底在哪儿？我现在就去找你。"

"抱歉，我现在可没有时间和你约会。我们以后再约吧。"说完曹卫民突然挂断了电话。

"喂！喂！"张小凡很是着急，但看到电话被挂断，再拨过去已经显示对方关了机，心下更慌张了，坐在马桶上好半天没有动弹。

"咚咚咚"，响起敲门声，紧接着传来了乔治的声音："张女士。"

张小凡这才赶紧起身，将手机收起，背着包从厕间走出来。

乔治站在女洗手间门口说："我们该走了，去找程柳梅。"

张小凡出了洗手间，略有些犹豫地说："不行，我暂时没法跟你去找程柳梅，我还有点别的事。"

乔治叉着腰问："别的事？跟刚才外面那些警笛有关？"

张小凡没细说，只是着急道："你的建议我会仔细考虑。"

乔治说："我以为我们已经达成了协议，关押程柳梅的地方有你作为记者想要的素材，绝对能让你成为世界知名的记者。"

"我还没有完全信任你，所以你的建议我得再考虑一下。"说着张小凡就着急忙慌地朝酒吧门口走去。

乔治则看着张小凡离去的背影，没再挽留。

曹卫民早已将警车停在一处小巷里，自己则徒步前行。站在阴影中，曹卫民看着街上往来穿梭的警车，也是不知道该往何处躲藏。就在这时，身后一个声音突然说："嘿，曹警官。"曹卫民赶忙回头，却发现一个人都没有，原来他听到的并不是自己身后，而是更远的地方传来的声音。只听这个声音继续说道："我在路边一辆黑色的本田汽车里等你。"曹卫民顺着声音穿过小道，来到街边，扫视了一眼，果然看到一辆黑色本田汽车，随即缓步走过去。

这时那个声音又说："副驾驶。"

曹卫民随即走到汽车旁，汽车里的人是一名年轻的白人男子，额头很高，穿着一件兜帽衫，曹卫民又用耳朵听了听四周，觉得这应该不是一个圈套，便拉开副驾驶的门坐了进去。

汽车里的年轻白人率先自我介绍道："你好，我叫盖尔·亚伦。"

曹卫民也没仔细看对方，依旧盯着反光镜，他害怕后方会有什么人突然蹿出来。

盖尔笑道："放心吧，这绝不是一个圈套。"

曹卫民问："你是谁？"

盖尔说："我是你要找的人的朋友。"

曹卫民谨慎地问："你……是指……"

"陈医生。"

"他在哪儿？"

"他就在这个小镇上，只不过伪装成了另一个人。"

"是他让你来找我的？"

"是的，他希望你能帮他。"

"帮他？他不知道我是被派来带他回中国的吗？"

"当然知道，但他依旧希望你能帮他一个忙。"

"干什么？"

"干掉菲利克斯·克里夫顿。"

在教会附近，罗根站在警车边，监督着工作人员清理现场。这时，一个戴着防毒面具，身穿黑色战斗服的特别部队成员走了过来。来到跟前，这人摘下防毒面具露出了面容。罗根看着对方笑道："原来是 ASA 的菲尔·比诺，看来你们这是早有准备啊，这么快就赶来了？可惜依旧来晚了，融合者已经基本都被击毙在这里了。"

"不是说还有一小部分在流窜吗？"

罗根上下扫视了一圈菲尔·比诺的穿着，说道："那也是我们本地警察的工作了。你们总不会以为穿成这样，还端着 MP5A3 冲锋枪，就能顺利地进行搜查工作吧？"

菲尔眼神中带着冰冷问："这家教会的负责人在哪儿？"

罗根指了指二层的一扇窗户，回答说，"一个死在里面了，另一个还不知道在哪儿。我的同事已经去找人了，相信很快就能得到消息。"

这时，罗根的一个同事走过来，他没太注意一旁的菲尔·比诺，直接冲罗根说："巨石旅馆的前台说在十点左右的时候看到了奈特·梅尔神父，他还带着一个亚裔男孩。"

菲尔听到这个信息，也没搭话，当即走向自己的汽车，带着手下直奔巨石旅馆。

罗根恶狠狠地瞥了眼自己的同事。

同事有些无辜地自言自语道："我说错话了吗？"

罗根戴上牛仔帽，没好气地说："走，我们也去，可不能让这帮家伙在小镇为所欲为。"

来到巨石旅馆。菲尔找前台服务员要了监控录像，果然查出了奈特神父的身影。但奈特神父所带的小男孩却看不清脸庞。

这时一旁的前台对菲尔说："他也是这里的住客，我们有他的资料。"随即前台将刘勇、程柳梅以及小枫的资料全部打印出来，交给了菲尔。

菲尔看了看，发现小枫的姓氏和陈海明相同。再查看监控录像，菲尔还发现了一个亚裔女性，是张小凡，便冲前台问："她是谁？也是这里的住客吗？"

前台摇摇头说："她说她是程女士的朋友。"

菲尔问道："你们有登记她的名字吗？"

前台摇摇头，说："并没有，因为她有程女士的相片，所以我没多想。"

这时罗根也凑到跟前，看到菲尔手中的资料和监控录像时，有些惊奇，因为他大概知道其中的原委，但不知道奈特神父竟然带着那个孩子来了旅馆，还让刘勇将孩子带走了。

菲尔从罗根的表情看出了他知道些内情，便问："你看起来似乎知道些什么。"

罗根故作犹豫，指了指刘勇的照片说："这个男的之前来警局报过警。"接着又指着小枫和程柳梅的资料说，"说这俩人被绑架了，我还没查出来绑架他们的人是谁。"

菲尔好奇地继续问："这里面还有你认识的人吗？"

罗根知道菲尔肯定会怀疑自己，刚才故意没把话说全。接着说道："刚才监控录像里最后出现的那个亚裔女性，我知道她是谁，她是中国探员曹卫民的搭档，叫张小凡。"

菲尔知道罗根还是有所保留，推测道："看来这里面每一个人都是关键人物，哪个也不能放过，我们得把他们全部找出来。"

罗根点点头，笑道："我以为你是来搜捕那些逃亡的融合者的？"

菲尔点点头，露出一丝淡淡的笑容，眯着本就细长的眼睛说："谁说不是呢？"

"你看那个女的。"两名本地治安官掏出手机，打开一张照片，上面显示的正是他们视线中的张小凡。这两名治安官随即从警车里下来。

张小凡站在不远处正往教会的方向瞅着，她很快也发现这两名治安官在盯着自己，并按着腰间的枪向自己的方向走了过来。张小凡顿觉不妙，转身就往反方向走去。她从兜里掏出手机，打开相机功能，将镜头对准自己，看到了身后的两名治安官离自己越来越近。张小凡不知道是怎么回事，但现在曹卫民不知所终，她不想被再次抓进警局，便加快了脚步。

两名治安官的其中一人掏出腰间的对讲机，低声道："我们发现了目标人物。"

通过手机，张小凡对跟在身后治安官的情况了解得一清二楚。她知道这么走下去，一定会遭到其他治安官的包抄。张小凡用眼神左右巡视了一圈，发现不远处有一间房子的窗户打开着。张小凡鼓足勇气朝着那个房子走过去，突然就从窗户翻进了这间房子，迅即将窗户反锁。

两名治安官很是吃惊，赶紧掏出枪跑过去。来到窗户跟前，两个治安官拽了一下，拽不开，于是赶紧敲响屋子的大门。敲了半天门，里面并没有人出来应声。俩人便分兵两路，一人去屋子后面，防止张小凡逃跑，另一人继续敲门。

过了得有几分钟后，屋主才慢悠悠地打开门。"嘿，本杰明，你们来我这儿干吗？"屋主很明显认识眼前这名治安官。

治安官本杰明握着枪走进屋，左右看了看，问道："有个嫌疑人闯进了你家，你看到了吗？"

屋主耸耸肩，说："怎么会？你看到了？"

本杰明严肃地说："是的，我看到了。"

屋主这才明白事态的严重性，说："我真的不知道。"

本杰明问："你刚才一直待在哪儿？"

屋主指了指后面说："厨房，我在做吃的。"

本杰明看到一层有个储物室和洗手间，也只有这两个地方可以躲人，便走过去准备查看。可就在这时本杰明突然听到楼上传来声响，他赶忙推开身后的屋主急冲上楼，闯进传出声音的房间，只见一个年老的妇人躺在床上指了指打开的窗户。本杰明赶紧移身向外面看去，只见张小凡从这个二楼又跳回了正门那边。本杰明身体有些发福，他可不敢就这么跳下去追，摔折腿可是件不值得的事情。本杰明转身来到对面的房间，冲守在房子后面的同事喊道："她在正门！她在正门！"

房子后面的治安官赶紧跑到正门这边，张小凡已经不见了踪影。他也不知道张小凡到底去了哪个方向，只能站在原地和从正门出来的本杰明面面相觑。

其实张小凡并没有跑远，而是躲在了一辆汽车里。等到两名治安官走远，张小凡抬起头，盯着反光镜里的刘勇问："你到底是谁？你为什么会和小枫在一起？"

戴着帽子的刘勇笑道："我只是个想找到自己妻女的寻常老百姓。但我认识你，在杂志上见过，你是医院事件的亲临者。我还记得你是个记者，叫张小凡吧。"

张小凡不敢跟对方打哈哈，瞥向副驾驶座的小枫，问："他说的是真的吗？他并没有绑架你和你姨妈？"

小枫点点头说："刘叔叔是好人，他带我们来找爸爸。"

张小凡脑袋瓜转得很快，瞥向刘勇问："你妻女的失踪跟陈海明有关？"

刘勇看了一眼小枫，说："是的，我从警察那边得来的情报都指向了陈医生。"

张小凡又问："从警察那边来的情报？你怎么得到的？"

"我是个电脑工程师。"

"黑客？"

"也可以这么说。"说着刘勇将一个笔记本电脑拿出来，点了几下，"果然如此。"

张小凡凑过去看屏幕，只见上面有自己、刘勇、小枫与程柳梅的照片，她怀疑地问："怎么回事?！你怎么会有这些照片？"

"这不是我的，而是我刚刚截获的。来源于附近警察的手机，看起来我们都被盯上了。"

"那你觉得我们现在该怎么办？"张小凡卸下了一部分心防，因为以现在的情况看，大家只能是同舟共济了。

刘勇也没什么主意。他意识到自己如果被抓，被查出用电脑窃取警局资料这些事，那可跟张小凡的罪名就不一样了。刘勇叹了口气说："小枫的姨妈还在劫匪手上，虽然一个叫奈特·梅尔的神父救出了小枫，还保证说要去救程女士，但我始终不放心。"

听刘勇这么说，张小凡觉得有了一定的线索，遂冲小枫问道："你被那个神父从关押的地方带出来的时候，眼睛上蒙布了吗？"

小枫摇摇头。

张小凡继续问："那你看到周围大致是什么样的了吗？"

小枫点点头说："周围没什么东西，不过有个巨大的架子，看来在不停点头。"

刘勇有些发蒙，问道："架子点头？"

张小凡当即反应过来说："那是油井！关押小枫的地方在东边，就在小镇边上很近。"

刘勇没说话。

张小凡问："你怎么了？"

刘勇铁青着脸说："我刚才进来镇子时，周围的主要干道都已经被国民警卫队封锁了。我们现在没法离开小镇。"

张小凡有些泄气，说："难道我们要在车里坐一晚上？"

"看起来没有别的选择了。"

这时小枫突然从兜里拿出一块小石头，玩了起来。

张小凡有些奇怪地问："这小石头哪来的？"

小枫回答说："当时神父领着我走到巨石旅馆，一路上我捡了不少小石头，就留下了它！"

张小凡瞬间燃起了希望，冲刘勇问："你有……武器吗？"

刘勇点点头。

十

【过去……】

看着镜子里变成白人容貌的自己，陈海明自己都感到不可思议。他一直以为当身体容貌转换时，人格也会相应转换。可他如今变成了奈特神父的模样，却依旧是陈海明的思维……正在惊奇与沉思间，桌上的手机突然响起了铃声。来到桌边，响铃的手机是奈特神父的。要不要接听，陈海明十分犹豫。可等了一会儿，他还是鼓起勇气将手机拿了起来："喂。"

"奈特神父，你听说了，你没事吧？"

听声音是菲利克斯。陈海明维持着奈特神父的样貌，尽管人格未变但声音却是神父的。他回答道："我没事。"

"来抓你的是什么人？"

"我也不清楚。我猜十之八九是政府的人，或许他们已经盯上咱们的买卖了。"

"我听说你见到了那个中国医生。"

"是的，看起来是个诚实的家伙。"

"小心点他。他可是个融合者。"

"他不是在和我们合作吗？不会对我们怎么样吧。"

"哼，合作？我只是利用他融合者的身份而已，到最后他也会和其他人是同样的下场，我可不会相信这些怪物。"

"我明白了。"

"你在哪儿？我派人去保护你。"

"不用了，我在一个很安全的地方。"

"那可不行。你的重要程度，相信我不说你也明白。我会派西恩去你那里，暂时保护你的安全。一个小时之后他会在农场附近与你会合。"说完菲利克斯便挂断了电话。

陈海明有些为难，难道要继续维持着神父的模样吗？那样不是反倒给那些要来抓自己的人提供了机会？可如果不去和西恩会合，很有可能会引起菲利克斯的怀疑。就在陈海明进退两难的时候，另一台电话突然响起，陈海明赶紧变回自己的模样，接起来问："喂。"原来是盖尔打来的。听着盖尔的电话，陈海明喘了口粗气，非常为难地说："我被人盯上了，现在去不了你那儿，你先稳住她，等我这边弄完了，再去找你。"

"要多久？"

"我也不知道。"

"好的，我等你。"

【大约三个小时过后】

"咚，咚，咚"，焦急等待中的盖尔突然听见敲门声传来。

王雪也很着急，赶忙问："是陈医生吗？"

盖尔心里并不这么想，因为刚才陈医生在电话里说了暂时来不了。他起身冲王雪道："你先不要出声，我去看看是谁。"

王雪和阿黛尔俩人同时点点头。

盖尔来到门边，从猫眼向外望去，来者竟然是教会的那名修女。盖尔有些心慌，难不成对方反悔了？想把刘佳雪带走？来的真的只是这名修女一个人吗？盖尔不踏实，又来到窗边，斜着身子朝外面望了望，似乎没别人了。

外面的修女似乎察觉到了盖尔就在门的后面，开口道："放心吧，我不是来找你要人的，我是来传达一些信息的。"

"什么信息？隔着门说就行了。"

这时修女从兜里拿出一个小瓶，放在一旁的窗户沿上说："我把东西放在这儿了，等我走了，你自己出来拿吧。"说完修女转身就走了。

盖尔将门拉开一条缝，将小瓶子从窗边拿过来，马上关上门，上好锁。盖尔将盖子拔出来，从里面拿出一张小纸条缓缓展开来，只见上面写着："带王雪去小镇东边的肯尼克农场，我会在那里和你会合。"在纸条的最后还写了一个中文的"陈"字，以表示这纸条是陈海明写的。盖尔不明白的是，陈海明给他的纸条，为什么会是教会的修女把它送来的呢？要不要按纸条所说，把王雪带去肯尼克农场，盖尔十分犹豫。过了一会儿，他来到沙发跟前，看看阿黛尔又看看王雪。

王雪有些着急地问："是陈医生吗？"

盖尔举起纸条，点点头解释说："陈医生让我们去东边的一个农场。"

阿黛尔问道："农场？这纸条什么人送来的？可信吗？"

王雪则没说话，等着盖尔的判断。

盖尔犹豫道："我说不清楚，但这个字迹，还有这个中文的'陈'字看起来都是陈医生亲手写的。"

王雪走向盖尔，伸出手说："给我看看。"

盖尔将纸条交给王雪，王雪端详了一下说："我虽然不认得陈医生的笔迹，但这应该是个懂中文的人写的，不像模仿的。"

盖尔问："你要去吗？"

王雪点点头："是的，我现在没有别的路可以选。"

开车到肯尼克农场附近，车里除了盖尔之外，只有王雪一个人坐在副驾驶的位置上，阿黛尔并没有跟来。盖尔熄灭引擎，拿出望远镜朝农场的方向瞭望。

王雪问："你确定是这里吗？"

盖尔放下望远镜："这里没有第二个肯尼克农场。"

"我们在这里下车，然后走过去？"

盖尔摇摇头，又举起望远镜继续观察，回应道："让我再看看。"

王雪问："你到底有什么不安？知道你和陈医生关系的人应该不多吧？"

盖尔将望远镜递给王雪没有说话。

王雪接过望远镜，朝农场的方向看过去，说："我并没有看到什么。"

盖尔提醒道："房顶。"

王雪一下子便将望远镜放下来，惊讶地说："那上面有个拿枪的人。"

盖尔解释说："这里看起来是属于某个帮派的，房顶上的人在放哨。"

"真是个陷阱？他们的目的是什么？"

"你，也就是融合者，现在融合者能卖出大价钱。"

"那我们该怎么办？现在回去吗？"

很多事情盖尔没法确定，但他并不想就这么离开。掏出手机拨打陈医生的号码，可铃响了好半天并没有人接听。

王雪问："能接通吗？"

盖尔放下电话说："没有人接。"

就在两人一筹莫展时，突然盖尔这边的车窗户被什么东西敲响。盖尔看去，只见一个黑洞洞的枪口正在窗户外面对准自己。王雪吓得赶紧向后缩，捂着嘴没敢出声。盖尔还算镇定，因为持枪的人他认识，正是 ASA 的乔治与菲尔。

端着 AUGA3 CQC 突击步枪的乔治说："下车。"

盖尔慢慢打开车门，双手张开，不安地问："你们一直在监视我？"

乔治没有回答，而是瞥了一眼王雪，冲盖尔问："她是融合者？是那个小女孩？"

盖尔点点头。

乔治看向远处的肯尼克农场，冲盖尔问："你为什么要把车停在这儿？你怀疑那个农场是个圈套？"

盖尔说："你们没看到那屋顶的守卫吗？我猜那里是本地帮派的据点。"

乔治与菲尔对视了一眼。菲尔继续举着枪对准盖尔，乔治则从兜里掏出一只窃听器放在了盖尔的兜里，说："无论是不是圈套，你都得帮我们进去一趟瞧瞧。"

盖尔从兜里又把窃听器掏出来，对乔治说："你以为我傻吗？他们如果发现了这玩意，我就死定了，我为什么要帮你们？"

乔治笑道："如果你还不想阿黛尔被真正的缉毒组抓走的话，你最好帮我们。帮我看看那个农场里到底都有哪些大明星。"

王雪吓得在汽车里不敢动弹。她听着车外的谈话，内心焦灼不安。

盖尔瞥了眼王雪，冲乔治问："那她怎么办？"

"当然是带上她，你也不希望一个融合者和我们待在一起吧。"

盖尔冲王雪做了个手势，示意她下车。随后恶狠狠地瞪了乔治他们一眼，冲推门下车的王雪说："我们去农场。"

王雪也没有多说什么，只能惴惴不安地跟在盖尔身后，走向农场。

农场围栏的门半开着。盖尔轻轻推开门，但脚却没敢直接往里面迈。

王雪瞅了两眼农场最里面的房子，没有任何动静，刚才房顶的守卫现在也不见了踪影。

盖尔站在门口大声喊道："有人给我捎了封信，让我来这里见陈医生。"

这时，一个中年农夫走过来，打量了盖尔一番问："你就是盖尔·亚伦？"

盖尔警惕地点点头。

农夫比画了一下，指着农场最里面的房子。

盖尔自然能懂农夫是什么意思。他回头示意王雪跟紧自己，随即俩人便走入农场。来到最里面房子的跟前，盖尔轻敲大门。

没过一会儿，门被拉开了。当看到开门的人时，盖尔大吃一惊。眼前的人居然是奈特·梅尔神父。盖尔有些结巴地说："我以为陈医生在这里，我想我找错地方了……"

王雪脑中存留着一部分自己女儿的记忆，她知道眼前这个神父是个从事融合者贩卖的恶棍，自然也震惊得目瞪口呆。

可奈特神父却彬彬有礼地说："不要害怕，这一切都是陈医生安排的，进来再说吧。"

盖尔和王雪对视了一眼，转回头看去，只见那个农夫还站在农场围栏那里，一直盯着他俩，看来已是身不由己。再想起乔治和菲尔对他的警告，如果这时跑了，那阿黛尔一定会被送进监狱。至此，盖尔也只能硬着头皮和王雪一起进屋了。

迈进屋门，盖尔就看到一旁有两个手持黑色加利尔突击步枪的打手，其中一人随即将门关紧，另一人则走过来给他俩搜身。在盖尔身上，打手没发现任何可疑的东西。但当打手开始对王雪搜身时，盖尔却是十分紧张，额头冒出层白毛汗。因为他将本放置在他衣兜里的小窃听器进门前转交给了王雪，而王雪把它放在了胸罩内侧。打手们通常会在搜查女性时趁机揩油，要被发现，他俩恐怕在劫难逃。但这一次，命运之神祖护了盖尔，也或许是奈特神父在场，打手们并没有这么做。躲过一劫，盖尔松了一口气，冲奈特神父问："你说让我们来这里是陈医生安排的？为什么……"

"我不知道陈医生具体怎么跟你们说的，但他对我说希望你们可以在这里躲一阵，毕竟 ASA 已经派了人来这个小镇搜捕融合者。"说着奈特神父看向王雪。

这话说得盖尔心惊胆战，毕竟王雪身上就携带着 ASA 交给自己的窃听器，汗水迅速从额头溢了出来。

奈特神父看着盖尔慌张的表情问："你怎么了？"

盖尔赶忙遮掩道："ASA？他们干什么了？"

奈特神父笑道："他们昨晚突袭了教会。"

盖尔双目圆睁，不明所以地问："教会？为什么？"

奈特神父说："自然是想要抓我。"

这一句话透露出奈特神父真的是在从事融合者贩卖。盖尔内心更为紧张，他不安地瞅了王雪一眼。盖尔又问："我不懂，那陈医生怎么会和你认识？"

奈特神父解释说："他是一个没有执照的好医生，这就是我们认识的理由。"

盖尔说："那他什么时候来这里？"

奈特神父摇摇头说："他不会来这里。"

听了这话，盖尔与王雪心头一惊。就在这时，从楼上下来一个穿着迷彩服的高大男性。他留着黑色短发和短胡子，腰间别着枪。王雪与盖尔都警惕地看着对方。

奈特神父介绍道："不要害怕。他是负责这个地方安保的头儿，西恩·雷德。"

只见西恩冷冷地冲一旁端着突击步枪的打手命令道："把这个亚裔女人抓起来，我在楼上都听到了从她的身上传出一种特殊电子杂音！"

被西恩一句话戳穿，盖尔和王雪震惊到了极点，但俩人此时不敢动弹分毫，因为打手已经端起了加利尔突击步枪直指他俩。

看着这紧张的氛围，奈特神父赶紧举起双手说："大家冷静点。"

西恩很显然对神父的这个举动不理解，冷冷地解释说："奈特神父，你没听明白我什么意思吗？"

奈特神父点点头，说："我当然听明白了，你说这个女人身上有窃听器。但她为什么会带窃听器我们并不知道。我觉得我们有必要搞清楚之后再动手。"

西恩看起来对奈特神父的话还是蛮重视的。他对奈特神父点点头，说："好吧，不过现在她身上的窃听器依旧开着。"

于是奈特神父向王雪伸出手，说："把东西拿出来给我吧。"

在农场不远处的黑色越野车里，乔治按着挂在耳朵上的耳机，看了一眼搭档菲尔说："这个叫西恩的家伙看来也是融合者，他的听觉一定是融合了某种动物。"随后突然一阵刺耳的声音传来，乔治把耳机赶紧摘了下来说，"他们发现了窃听器。"

一旁端着 MP5A3 冲锋枪的菲尔问："那我们怎么办？要马上进去救他们吗？"

乔治笑道："不着急，等我们的支援到了再说。"

被身后的打手举枪顶着后背，盖尔举着双手，感觉死亡马上就会降临。

西恩蹲下来查看了一下窃听装置，抬头冲奈特神父冷笑道："哼，ASA 的小玩意。"

奈特神父看着盖尔，问："你一直和她在一起，这件事你不可能是局外人。告诉我到底是怎么回事？"

情况已经成这样，盖尔不得不解释说："ASA 找上了我们，威胁我说如果不帮他们把窃听器带进来，他们就会让缉毒局的人抓走我的母亲阿黛尔。将窃听器放在王雪胸罩里是我的主意。ASA 想知道这间农场里都有谁。"

奈特神父继续问："那 ASA 现在就在外面等着突袭这里？"

盖尔面色铁青，点点头："恐怕是的。"

听了这话，西恩立马跑到房顶，蹲着拿起一只望远镜，朝农场周边看去，只见四周的要道上都停着黑色的汽车。看那车型和停靠的位置一定不是寻常平民。

西恩下楼，奈特神父着急地问："怎么样？"

西恩回答道："不太妙，四周的要道都已经被围堵住了。"

奈特神父的脸色一沉，语气还算沉稳地问："那你觉得我们该怎么办？"

西恩分析说："突围难度很大，我想我们该守在这里等待援军。"

奈特神父问："援军？如果现在让菲利克斯派人来，得多久才能到？"

西恩冷冷地道："从最近的根据地调安保部队来，怎么也需要大概一个小时以上。"

奈特神父问："那我们能坚守一个小时吗？"

西恩摇摇头，说："这我很难说。"

奈特神父点点头，说："就按你说的来吧。"

西恩随即掏出电话呼叫援军。

盖尔和王雪则站在一旁，不知道该怎么办才好。

西恩打完电话，转眼看向王雪和盖尔，冲奈特神父问："他们俩该怎么办？"

奈特神父说："带他们去地窖，先和其他'货物'放在一起。"

在农场外围，乔治拿着望远镜盯着农场中心地带的房子。支援队伍已经上来，全副武装的战斗人员各自端着枪，藏在黑色汽车的侧面，随时准备听从乔治的命令一起冲。看到农场里面彻底没了动静，楼顶也没有人在巡逻，乔治跟身后的菲尔说："看起来他们已经准备好了。让拿盾牌的战斗员走在前面，其他人到了农场里面找到掩护再散开。"进农场，拿下相关人员。

菲尔随即打了个手势，那些拿着盾牌的战斗人员率先站起身，弯着腰走在最前面，其他人紧随其后。乔治放下望远镜，拿起自己的AUGA3 CQC突击步枪，紧紧跟了上去。

突然之间，猛烈的火力向这些战斗人员一齐射来！"砰！砰！砰！砰！"子弹的冲击力不小。为了不被打倒，拿着盾牌的这些战斗人员跪在地上，每人后面还有一个人弯腰帮着顶住他，其他战斗人员则趴在后面对子弹射来的窗户和房顶进行反击。

农场守卫方毕竟人少，ASA 的战斗人员一步步逼近农场中央的房子。"砰！"房子的门被直接炸开了。ASA 的数名战斗人员迅即突入进去！就在这时，门旁边闪出一个全身漆黑的身影。

一个戴着黑色面盔、浑身漆黑的人背上背着一把钢刀，手里还握着一把，瞬间将刀刃扎入两名战斗人员的脖子，接着横向一拧，霎时间鲜血喷溅。另外几人赶紧朝他射击！只见子弹根本射不穿这双刀杀手的面盔以及身上的黑色特殊材质的贴身盔甲！双刀杀手收起钢刀从背后抽出一把黑色经过改装的 AK74U 冲锋枪，他知道这些战斗人员全穿着带有钢板的防弹背心，脑袋上还戴着防弹头盔，所以将子弹全部倾泻在了 ASA 战斗人员的腿上！"砰砰砰！"一通枪响过后，众人纷纷栽倒在地！就在双刀杀手给 AK74U 冲锋枪更换弹匣时，门外突然传来一声巨大的枪响！这响声比其他的枪声明显大得多！双刀杀手应声倒地，可他马上又爬了起来，捂着胸口盔甲上已经碎裂的部分，透过面盔双眼位置的缝隙向门外看去，只见一个人将反器材狙击步枪架在汽车的引擎盖上，枪口正对准了自己！

握着反器材狙击步枪的人正是菲尔，而乔治则躲在一个掩护体后面，一边端着 AUGA3 CQC 突击步枪透过窗式红点瞄准镜朝屋里射击，一边冲菲尔笑道："我刚才还在想神父口中的安保队长西恩·雷德是不是我想的那个人。没想还真的是他，国际上著名的杀手——13 号门徒西恩·雷德。"

菲尔则专心致志地继续瞄准，拉动拉机柄完成弹壳的退膛和子弹的上膛后，马上又扣动了扳机。

"砰！"

　　这个戴着银盔的人确实是菲利克斯的安保队长西恩·雷德。这一次他没再被击中，只见他拎起掉落在地上的刀迅速朝屋子的后方跑去。"啪啦啦"撞开玻璃，西恩直接跳了出去。从后面也有围上来的 ASA 战斗人员。西恩迅即收起刀，端起 AK74U 冲锋枪，左手紧握前握把，将折叠枪托顶住肩膀视线透过 Micro T-1 红点镜迅速瞄准这些战斗人员，随即扣动扳机！

　　乔治端着 AUGA3 CQC 突击步枪，带领更多的人冲进了屋子里，很快便将小屋里面的反抗清理干净了。菲尔则拎着反器材狙击步枪来到二楼，将枪架在屋顶的边沿，瞄准正向农场外围跑去的西恩·雷德。

　　"砰！"枪声划破天际，西恩奔跑速度相当快，这一枪没打中。之后菲尔又连开几枪，却都没有击中奔跑中的西恩。西恩很快就跑出了菲尔的视线范围，失去了踪迹。

　　菲尔来到一层，左右寻不到乔治，便拽住一个队员问："乔治呢？"还没等队员回答，只见乔治端着 AUGA3 CQC 突击步枪走下楼梯。菲尔和乔治对视了一眼，接着摇摇头，乔治便明白西恩·雷德跑掉了。

　　这时一名队员跑过来冲乔治和菲尔报告道："我们发现了前往地下室的入口。"随即，几人端着枪赶紧来到一个角落的屋子，只见地板被打开，一个向下的阴森通道展现在眼前。乔治打开战术背心上的战术灯，端着 AUGA3 CQC 突击步枪没多说，第一个冲了进去！

十一

【现在……】

　　盖尔将曹卫民带到了他所经营的夜店里。只不过今天已经暂停营业了。

　　曹卫民跟在盖尔后面问："你要我今晚躲在这里?"

　　盖尔点点头说："托你的福,现在想要离开小镇是不可能的。"

　　曹卫民又问："陈海明真的觉得我会帮他干掉那个毒枭吗?"

　　这时,只听一个声音传来:"为什么不呢?"声音是从化妆间最里面,一个遮挡的帘子后面传出来的。

　　曹卫民熟悉这个声音。他绕过身前的盖尔,撩开帘子,还是让曹卫民大吃一惊,因为坐在沙发上身着白大褂的人竟然真是陈海明!

　　陈海明双手紧握,身体前倾,一脸的凝重。他用中文冲曹卫民说:"曹警官,我们好久不见了,坐吧。"

　　曹卫民的听力异乎寻常。他听见陈海明在变化坐姿时,坐垫底下有些许金属的摩擦声,便知道对方在沙发垫下面藏了枪械。

　　看着曹卫民慢慢坐下,陈海明又说:"我真没想到你会来。"

　　曹卫民露出淡然的笑容,问:"那你想到谁会来?"

　　陈海明没有接曹卫民的话,而是说:"我想你已经知道了,我跟你回中国的条件。"

曹卫民问："只要我们救出程柳梅，就可以带着她和小枫一起回去了，你又为什么要执着于杀死菲利克斯呢？"

陈海明淡淡地说："因为他残害我的同胞，或许也可以称之为你的同胞。"

"你已经把那些变异者当成同胞了？我可没你这么心宽。"

陈海明的神情依旧凝固得像一块石头，他淡淡地说："你已经见识了那个地下室的景象，而我也相信，放了他们并不是你任务的一部分。"

曹卫民收起了笑容说："我不想跟你玩心理游戏。"

"那就帮我，这是你带走我的唯一可能。"

曹卫民身体前倾，恶狠狠地说："真的是唯一的吗？"

"并不是只有你融合了野兽的特征。"说着陈海明将手放在俩人之间的矮桌子上，接着用力一按，桌子的一角竟然被陈海明直接掰断了。

曹卫民心里非常吃惊，但还是故作镇定地调侃道："不会是早就准备好的障眼法吧。"

听了曹卫民的调侃，陈海明虽然不动声色，但一旁的盖尔却有些胆战心惊，因为这真的只是障眼法。桌子角落的木头，是他今早用药剂浸泡过的，所以才变酥了，就是为了让陈医生用来吓唬曹卫民。

好在曹卫民的注意力都集中在陈海明身上，听到陈海明的心跳一丝的波澜都没有，他也就相信了陈海明或许融合了某种动物，而变得力大无穷……

陈海明这时掏出一张纸，递给曹卫民。

曹卫民接过纸条问："这个坐标是？"

陈海明解释说："明早五点半，到这个坐标。到时我会带你去找菲利克斯，只要杀了他，你就可以完成你的任务。"

曹卫民反问："这不会是什么陷阱吧？"

"如果我想设陷阱，为什么还让盖尔把你接来这里。放你在外面，不出两个小时，他们一定能找到你。如果你被 ASA 的战斗部队的人找到了，你的非正式调查身份可救不了你。"

听起来陈海明把自己的底细已经摸透了。曹卫民想了想，点点头说："如果到时你不出现呢？"

陈海明笑道："那说明我已经死了。"

巨大的钻油设备不断地在运作，而就在设备不远处的矮房里亮着灯光。

躲在巨石后面，张小凡掏出照相机，对准矮房的方向，将镜头伸长，看到了一名手持黑色 AK47 突击步枪的守卫。她将相机递给身旁的刘勇说："有个守卫抱着大家伙，坐在椅子上，看起来睡着了。"

刘勇端起相机也看了一眼，果不其然有个持枪的守卫在打瞌睡，看起来他们找对地方了。可还没等俩人商量一下怎么救人，只听到不远处传来卡车的声音。俩人再次抬头望去，只见那名打瞌睡的守卫醒了，端起枪走向卡车。卡车司机下来，将后车斗的挡板解下来。卡车后车斗里装了不少油桶，看来是要运送原油。

"好像又有人出来了！"

经张小凡提醒，刘勇赶紧举着照相机再次看向矮房。

只见又走出来一名持枪的守卫，而跟在他身后还有一行人，这些人全部戴着脚镣和手铐，旁边还有几名守卫手持一种搬运犯人的特殊刑具，一根铁棍的尖端装有一个铁圈，而这些铁圈就套在那些戴着脚镣的人的脖子上。

被脚镣锁住的有六人，张小凡着急地冲刘勇问道："有程柳梅吗？你看到她了吗？"

刘勇摇摇头，说："没，那些被铁链拴住的人里面没有程女士。"

"你真的看清楚了？"

刘勇将照相机递给张小凡。

张小凡赶紧举起相机瞅了瞅，确实没有在队伍中发现程柳梅的踪迹。

刘勇推测道："看起来这里也是个储存融合者的场所。"

张小凡吃惊地问："储存融合者？你是说那些戴着脚镣的人都是融合者？"

"恐怕那些油桶根本不是用来装油的，而是用来装这些融合者的。"

张小凡不安地说："我是听说过，融合者如今在黑市上可以卖出极高的价钱。所以很多毒贩子改行变成了人贩子，专门走私融合者。没想到是真的。"

"看起来我们只有等这些人全部离开，才能去找程柳梅了。"

张小凡不可思议地问："你打算看着这些人被带走？"

刘勇看了一眼张小凡，举起手中的小手枪反问："你还有什么更好的主意吗？"

"我们不能这么做！我们应该报……"

"报警吗？FBI、本地的治安官，还是州警？"

张小凡低下头，显得有些失魂落魄："可融合者也是人，他们不该被这样对待。"

刘勇露出一丝失落的笑容："我的妻子和孩子也不该被这样对待。"

张小凡吃惊地问："你妻子和孩子也是融合者？"

刘勇犹豫了一下说："我不确定。"

张小凡没再接话，举起相机，再次向卡车看去。只见那些戴着脚镣的人被逼着上了卡车，然后一个个钻井油桶里面，接着守卫们将油桶盖子盖上。司机将后车斗的挡板装好，便坐上了驾驶座，发动引擎驶离了矮房周围。

张小凡拍了拍一旁有些失神的刘勇说："他们走了。"

刘勇起身拿着枪问："守卫呢？"

"一个回屋里了，一个又坐回椅子上，看来打算继续睡觉。"

刘勇说："我们走！"

说完刘勇和张小凡随即绕过巨石，弯着腰压低脚步声，快速接近那间矮房。俩人来到矮房的后面，这里并没有守卫。趴在屋子后面的墙边，俩人探头从窗户朝屋里望去，一眼就看到了被绑在椅子上的程柳梅。

张小凡扫视了一圈，低声冲刘勇道："好像没别人。"

刘勇稍微起身，用手拽了一下玻璃窗，发现玻璃窗根本一动不动。看来这窗户要不是被从里面锁住了，要不就是被封死了。

而听到响声，椅子上的程柳梅回头看去。当她看到窗外的刘勇和张小凡时，激动得不断挣扎，可这一下却引起了守卫的注意。

房门被推开，守卫看到程柳梅依旧被绑在椅子上，上前摸了一把程柳梅的脸，用西班牙语笑着说了一通，便又离开了。

张小凡赶紧起身冲屋里的程柳梅比出嘘的手势。

刘勇这时从背包里拿出了一把玻璃刀，将玻璃的一角轻轻划掉一块，接着伸手进去摸窗户的插销，程柳梅不断用脑袋比画着插销的方位。

"咔嚓"，终于插销被拉起来。刘勇轻轻推开窗户独自翻了进去，他又拿出一把匕首来到程柳梅身后，想帮她割断绳索。

程柳梅着急地低声说："小枫，小枫也被他们抓住了，救他，救他！"

刘勇低声解释说："别说话，小枫没事，他已经被救出来了。"

"真的吗？"

可就在这时，刘勇突然听到许多汽车的刹车声，是从矮房的正门那边传来的。刘勇赶紧加快速度拉割绳索，可麻绳太粗了，一时间还真是无法割断。

程柳梅着急地挣扎起来，张小凡也跳进屋子，想要帮刘勇一起把绳索弄断。

这时外面传来喊声："放下枪！放下枪！"接着听到有人在叽里呱啦说着西班牙语。随即传来的是"砰、砰"的枪声。

绳索终于被刘勇割断，张小凡赶紧将麻绳从程柳梅身上扒拉下来。三人正准备离开，"砰"的一声，房门被狠狠踹开，身着黑色战斗服和头盔的武装人员突然端着枪冲进来，直冲刘勇他们喊道："趴下！趴下！"

被数支黑洞洞的枪口指着，刘勇、张小凡以及程柳梅赶紧举起双手，随即趴倒在地，被这些武装人员用捆扎带将双手绑在了身后。

十几分钟过后，矮房门前，乔治推开车门，走向正在一旁抽烟的菲尔·比诺。乔治问："情况怎么样？"

菲尔将烟扔在地上，回过头说："融合者已经被运走了，我们又扑空了。"

乔治叉着腰，低下头问："那些守卫呢？他们知道什么吗？"

菲尔迈步走向矮房，说："守卫什么也不知道，但我们找到了另外三个人。"

乔治跟在菲尔身后问："什么三个人？"

"三个中国人。"

听到这话，乔治愣了一下，随即跟着菲尔一同走入矮房。只见程柳梅、刘勇还有张小凡都坐在角落，双手被绑。乔治见过张小凡和程柳梅，这时却佯装不认识的样子，冲菲尔问："他们都是谁？"

菲尔说："他们都是这次融合者扩散事件的关联者，具体身份还在调查当中。"

"他们之中没有人愿意开口吗？"

菲尔点点头，从旁边的桌子上拿起一个文件夹给乔治仔细讲了一下这三个人是怎么回事，然后说："监控录像上显示这个女的是最后进入旅馆的。"

乔治说："我明白了，你先出去，我来跟他们好好谈谈。"

菲尔点点头，他知道自己不善言辞，这种工作一向是由乔治来干的，便走了出去。

乔治将房门关上，看向张小凡低声笑道："没想到我们这么快就又见面了？"

程柳梅冲张小凡用中文低声道："就是他，他当时在机场接上了我和小枫，但不知道要带我们去哪儿，之后刘勇就把我们救走了。"

张小凡听了程柳梅的解释，对这个叫乔治的人感到隐隐不安。她用英文厉声辩解道："我们跟什么融合者扩散事件并没有任何关系。"

乔治笑道："我知道，我知道是一个叫曹卫民的中国调查员导致的这起融合者扩散事件。"

张小凡恶狠狠地问："你既然知道，为什么不告诉你的同事？"

"我怀疑他们之中有墨西哥毒枭的人，我之所以没跟他们一起行动也是这个原因。"

刘勇不太相信乔治的话。因为这支 ASA 旗下的特殊部队是近两个月才组建的，根据刘勇查到的资料，这支部队里的每一个成员都经过了极为严格的筛选，绝不可能有毒枭的内应。但他并没有将这番话说出口。

这时乔治一把拽起刘勇的衣领子问："陈医生的孩子呢？"

刘勇笑道："我是不会告诉你的。"

"我想要帮你，你知不知道让一个孩子单独待在某个地方是非常危险的一件事，如果这个孩子出事了，那你就一辈子都别想找到他了，当然还有你的妻女。"

刘勇对于乔治如此清楚自己的底细感到十分吃惊，结巴地问："你怎么知道我妻女的事？"

乔治笑道："像你这样一个黑客，我们怎么可能没有资料。"

张小凡着急地冲刘勇用中文说："虽然他是政府的人，但我觉得你不能告诉他，天知道这些家伙会怎么利用小枫来引出陈海明。"

程柳梅不会英文，听不懂乔治说什么，但张小凡和刘勇的对话让她十分着急，在一旁问："如果姐夫被抓住，会被怎么样？"

张小凡摇摇头，说："我也不知道。"

刘勇低着头说："如果做最坏的打算，可能会被送去专门的融合者监狱。我听过那里的传闻，很不妙。"

张小凡附和道："是啊，如果陈海明被抓住，你也没机会打听自己家人的下落了。"

这时乔治咳了咳嗓子，用英文说："各位在我面前聊得很愉快，是否能告诉我，那个孩子在哪儿了吗？"

还没等张小凡他们回答，敲门声响起。只见菲尔行色匆匆地走到乔治身边，耳语道："发现那个孩子了，有人带他正往南边的边境去。"

乔治赶紧和菲尔走出房间，乔治不可思议地问道："不是有警察守在南边的路口吗？"

"我猜是罗根打了招呼，你知道他和毒贩子有所关联。"

乔治问："是什么人带他越过哨岗的？"

菲尔摇摇头，说："还不清楚，但据说是个白人。会不会是陈海明变成奈特神父的样子然后找到了孩子，想将孩子带去墨西哥？"

乔治赶忙低声吩咐道："这不合理，如果陈海明带走孩子，他当初又为什么要将孩子交给刘勇。再说墨西哥有菲利克斯在，他不可能带着自己的儿子去。"

"那会是毒贩子吗？"

"没准。"

菲尔这时将声音放得更低了，似乎还带着很大的不满，说道："我们早该把陈海明抓起来，就不用把他的家人骗到这里来，让一个孩子面临这样的危险了。"

乔治恶狠狠地回应道："当初利用陈海明家人威胁他的计划，你也赞同。现在我们要做的是绝不能让他们越过边境。"

边境之地界上，一辆汽车远离公路，停在了荒野之上。两个人下了汽车，他们正是曹卫民和盖尔。

曹卫民有些急切地问："你确定就是这里吗？"

盖尔点点头，拿出手机，打开 GPS 定位说："能够穿过边境的地下通道就在这附近，这里也是离镇子最近的一个地道，其他的开车起码要好几个小时，不过我不知道具体的位置，我们得根据坐标找找。"

　　曹卫民赶忙睁大双目，用自己在黑暗中也能辨别物体的特殊视力向四周望去，什么也没看到。他又俯下身子，将耳朵贴在地面细细地聆听，突然间似乎听到了细微的脚步声，随即起身指着一个方向说："这边！"

　　曹卫民跑在前面，盖尔紧随其后，手里端着一把经过改造的黑色AK47突击步枪。突击步枪的黑色护木上装有战术导轨，在导轨上装有一个 Micro T-1 红点镜以及直角前握把，还配有加长型弹匣以及可折叠枪托。

　　越过山丘，俩人在山丘的背面发现了一个甬道，通往地底。"就是这儿！"说着曹卫民直接跳下甬道。可刚下去，"砰！砰！砰！"甬道尽头的地下道里便传出枪声，还亮起火光！曹卫民赶紧低头，贴近一旁的墙壁，子弹划破空气的声响从耳边经过。他举起 R5RPG 卡宾枪对准洞口就扣动了扳机！"砰砰砰！"

　　盖尔也赶紧跳下来，一把将曹卫民的枪口抬高，呵斥道："你疯了吗！会打中孩子的！"

　　曹卫民反驳说："你忘了我的眼睛可以看到黑暗中的东西了吗？"

　　盖尔再次呵斥道："那也有可能打中陈医生的孩子！"

　　曹卫民一把推开盖尔，也不再多说，径直冲进了洞口！

　　盖尔赶紧跟进去。地下隧道里面搭了电缆，焦黄色的灯光一直延伸到视线无法看到的深处。曹卫民也不等盖尔，端着枪一直向深处跑去！很快，在这纵横交错的地下道里就失去了曹卫民的踪影，盖尔焦急地喊道："曹？你在哪儿？""曹？你在哪儿……"的回音不断传来，可听不到曹卫民的任何回应。

　　枪声突然从右手边的道路传来，盖尔端着 AK47 突击步枪缓缓前行。而当他来到跟前时，只见曹卫民已经背起小枫，而那个带走小枫的人已经躺在地上，身中数枪！可就在这时，地道的更深处传来纷杂的脚步声，盖尔问道："难道是接应他的人？"

曹卫民说："人数不少，很有可能。"

盖尔赶忙道："你背着小枫快走！我来断后！"

曹卫民点点头，背着小枫就往地道的出口跑去。

盖尔则站在拐角，紧紧攥着手中的改装 AK47 突击步枪，当脚步声临近时，他闪身出来端起枪，在看到这些人都拿着枪的一瞬间，扣动了扳机！"砰砰砰！"

可曹卫民背着小枫刚跑出洞口，有数支黑洞洞的枪口正直指着他。

曹卫民眼前的人都是 ASA 战斗部队的成员。带头的乔治将枪挂在身上，走上前说："曹警官，能把孩子交给我吗？"菲尔举着 MP5A3 冲锋枪，手指已经放在了扳机上，随时准备扣动。

曹卫民怕伤到小枫，也只能听从乔治的话，将小枫放下来，推着他的后背说："过去。"

小枫有些犹豫，但最终听了曹卫民的话，走到乔治跟前。

乔治摸了摸小枫的头，让自己的部下将小枫带到一旁。

就在这时，盖尔也跑了出来，嘴里还大声喊道："那些毒贩子攻过来了！"可刚一出来，盖尔刹那停住了脚步，他完全没想到 ASA 的战斗部队的人这么快就来了。

乔治和菲尔对视了一眼说："你带人去拦截那些毒贩，我把这几个人带回镇上。"

菲尔随即命令五六个人跟着自己进洞，可刚进去，菲尔突然察觉到一丝异样，这个中国探员还有盖尔怎么会这么巧地来到这里，而且还救出了陈医生的孩子呢？

让小枫、曹卫民以及盖尔坐上一辆黑色厢型车，乔治冲自己的部下吩咐道："我亲自来开车，你们上别的车吧，我有些话要问这几个人。"

"队长你的意思是就你一个人和他们坐一辆车？这实在太危险了。"

乔治笑道："哼，放心吧，我还不至于被两个双手不能动的人搞定。"

队员们有些不安，但乔治这时已经坐进驾驶座，关上门说："跟在我后面。"发动引擎，乔治的厢型车率先开动，朝着镇子的方向驶去。

小枫认识曹卫民，问道："曹叔叔，我们会被带去哪儿？"

曹卫民回答道："我们会返回之前的小镇。"

小枫低着头说："我想我的爸爸，我想他。"

没等曹卫民安慰，驾车的乔治看着后视镜里的小枫说："你只要乖乖和我们合作，就一定能见到你爸爸。"

盖尔以前被乔治三番四次地利用，这时恶狠狠地说："你们现在连一个孩子也不放过吗？"

乔治没有回答，他向路的后方看了看，率先出发的他已经甩开其他部下一截路了。他突然猛打方向盘，将汽车开出了道路。只听一旁的无线电里马上传来了其他队员的声音："队长，怎么回事？"乔治关掉无线电，加足油门继续朝荒野的更深处驶去！

曹卫民和盖尔也不明白这是怎么回事，心情极度紧张地相互看了一眼。

乔治说："别着急，我要带你们去见一个人。"

一个小时后，汽车又继续向荒野的深处行驶了许久。乔治从后视镜里已经完全见不到任何其他车辆的踪迹。他踩下刹车，将汽车停稳，下车来开后车箱的门，让小枫他们三人一齐下来。

下车后曹卫民用他那异于常人的听力仔细听了一圈，在周围并没有发现任何人。他便冲乔治问道："你不是说要带我们见一个人吗？"

乔治没有回答，而是用刀将绑住曹卫民和盖尔的束带割开。说："你们开车走吧，从这里继续向西，应该很快就能看到一个镇子，到时你们把车换一下，就安全了。"

盖尔不解地看着乔治，问："你到底有什么目的？"

还没等乔治回答，曹卫民说："你是陈医生？"

听了这话，盖尔睁大双目，冲曹卫民嘲笑道："怎么可能？他数次威胁我协助他们！他不可能是陈医生。"

　　乔治没有回答，拎起 AUGA3 CQC 突击步枪，指着曹卫民和盖尔冷冷地道："你们只需知道刘勇的出现破坏了我的计划，现在你们必须赶紧带着孩子走。"

　　曹卫民看了盖尔一眼，不容置疑地说："我们走。"

　　盖尔虽然有些不确定，但还是拉起小枫的手，上了车。

　　乔治提醒道："不要再回这边境之地。"

　　曹卫民上了车，看着乔治问："那你呢？就这么走回去吗？"

　　"你还怕我找不到回家的路吗？"

　　曹卫民没再多问，发动引擎带着小枫和盖尔疾驰而去。

　　当汽车在视线中彻底消失后，乔治回身向之前小镇的方向徒步走去。可没走多一会儿，不远处便传来了汽车的声响。一辆黑色越野车驶向了乔治。乔治就站在原地，似乎在等待着对方的到来。

　　越野车在乔治面前横着停了下来。菲尔从车上下来。他手中拿着一把 MK48 轻型机枪，上面装着全息瞄准镜以及前握把，站在引擎盖的后面，举起枪对准乔治说："你不再是乔治了，对吧？"

　　乔治面无表情，面对枪口也没有一丝惧怕，点点头说："是的。"

十二

【过去……】

农场里，乔治在二楼的一个房间里发现了一个赤身裸体的女人，她的样貌很显然是个东方人，双手被绳索拴在床头。乔治警惕地过去，问道："你会说英语吗？"

赤身裸体的女子神情惊恐，点点头。

乔治继续问："你是融合者？怎么会被囚禁在这里？"

赤身裸体的女子似乎不敢回答，她脸上和身上都有伤，看起来被虐待得很严重，应该是这里守卫的性奴。看到这种情况，乔治将 AUGA3 CQC 突击步枪放在一旁，拿出匕首说："别害怕，我不是人口贩子，我是好人，我帮你割开绳子。"

女子向后缩了一下，显得更加害怕了，说："不要靠近我！不要靠近我！"

可乔治没有听她的，坦然地走上前，用匕首割断了绑住女子的绳子。突然间，乔治意识到有些不对头，如果她是一个融合者，那些守卫怎么敢拿她当性奴呢？正当乔治想赶紧后退时……双手被松开的女子突然起身扑向了乔治！

几分钟后，乔治下了楼。一名部下过来冲乔治和菲尔报告道："我们发现了前往地下室的入口。"

乔治和菲尔赶紧带着几个人来到一个角落的屋子里，只见地板被打开，一个向下的阴森通道展现在眼前，乔治打开战术背心上的战术灯，端着 AUGA3 CQC 突击步枪没多说，第一个冲了进去，菲尔紧随其后。

地牢的样子并没有什么稀奇的，那些融合者都脱光了衣服，被囚禁在牢房里面。而在角落一间略显空荡的牢房里，乔治和菲尔发现了两个人。只见盖尔正抱着一个小女孩，而这个小女孩正是刘佳雪，看起来这个地牢的景象吓到了王雪，将刘佳雪的人格又替换了出来。

看到乔治和菲尔，盖尔恶狠狠地问："没想到我们活下来了吧？"

菲尔问："奈特·梅尔神父在哪儿？"

盖尔恶狠狠地笑了笑："你觉得我们有天眼吗？身处地下的牢笼，还能知道上面的事？"

乔治笑道："他说得倒也没错。"

菲尔问："那我们拿他们怎么办？"

乔治压低枪口，耸耸肩说："放了他们。"

菲尔质疑道："可这个女孩是融合者，我们不能就这么放了她。"

乔治反问说："那你打算怎么做？把这样一个小女孩关进融合者的专属监狱吗？"

菲尔有些不知该如何回答，但他觉得有些奇怪，因为乔治一直是一个不会感情用事的家伙，今天怎么突然同情心多了起来？又问："那其他融合者呢？"

"全部带走。"

菲尔点点头，随即上了楼，安排人员和汽车来运输这些融合者。

盖尔盯着乔治说："可不要指望我会感谢你。"

乔治瞥了盖尔一眼没作回答，随即也上了楼。

矮房一楼。乔治站在一旁，菲尔走过去问："我们是不是该联合本地警方，通缉陈海明还有奈特·梅尔神父？"

乔治摇摇头："通缉奈特神父？以什么罪名？贩卖人口吗？可你有什

么证据能证明奈特神父在这里待过？"

"那些录音？"

乔治摇摇头，说："录音根本没法证明地点在哪儿。"

"那我们该怎么办？"

"我有一个更好的办法，将陈海明的儿子带来美国。"

菲尔质疑道："你疯了吗？上头绝不会批准我们到中国去绑架一个孩子，那可能引起极为严重的外交问题。"

乔治则笑着回应说："我们未必要去中国，有人可以帮我们把孩子带过来。"

一天之后，汽车旅馆的房间里，手机铃声响起。盖尔接起来，听到是陈医生的声音，赶忙问："陈医生？你没事吗？那些特警突袭了农场，奈特神父也不知所终。"

"你和王雪在哪儿？"

盖尔瞥了一眼坐在旁边的王雪，谨慎地说："我们在一家汽车旅馆。"

陈医生也没多问这家汽车旅馆到底在哪儿，而是说："现在菲利克斯有一批货物要跨越边境前往墨西哥，我觉得王雪可以跟着过去，我在墨西哥那边已经安排了朋友接她。"

盖尔觉得有些不可思议，问："朋友？你是指那些人贩子吗？"

"当然不是，我会发给你一个坐标，如果你还相信我，你和王雪就到那里等着，到时会有车队和你们会合。"

盖尔恶狠狠地问："这么说你又不打算出现了吗？"

"你会见到我的，但你可能不认得我。"说完陈医生便挂断了电话。

盖尔看着电话，一时间没明白陈海明刚才那句话的含义。

王雪看着盖尔吃惊的神情，问："怎么了？"

盖尔双目圆睁，有些迟疑地说："陈医生说我们会见到他的，但有可能认不出他？"

王雪说："这么说陈医生也是融合者？"

盖尔无比吃惊，声音略带颤抖地说："我不知道，他从没跟我说过。"

王雪想了一下说："别害怕，既然他之前一直没对你怎么样，相信这次也不会有什么事。"

盖尔这才稍稍平复下来心情，看着王雪问："你打算去吗？陈医生说有一批货要过境，你可以跟随车队一起走，他还说安排了朋友在墨西哥那边接应你。"

王雪点点头，说："我去。"

"你确定吗？墨西哥那边对融合者的政策虽然相对宽松，但人贩子不少。现在融合者是黑市上的香饽饽，你们随时可能面临被绑架的危险。"

王雪用低沉的声音回应说："我知道，但我也不想进联邦为融合者专门设立的监狱。我听说过那里的环境，我不想我的孩子和我一起去那种地方。"

"我明白了，那我们现在就出发吧。"

坐在皮卡上，盖尔在检查手中的经过改装的黑色 AK47 突击步枪。他拆下弹匣又插上，接着透过 Micro T-1 红点镜向窗外看了看。

开车的王雪有些不安，瞥了眼盖尔手中的枪说："你确定要带着这个家伙和车队会合吗？万一被人贩子看到，会不会出事？"

盖尔的神情坚毅，攥着枪说："这是保险，人贩子是一群不值得信任的家伙。"

突然，盖尔感觉到王雪踩了刹车，他抬头看向手机导航。

王雪说："坐标的位置就在这附近。"

"把车停在路边，我们等等吧。"

俩人将车停稳。没过多久，远处驶来一个车队。盖尔和王雪都躲在汽车侧面，想要先看看情况。不一会儿，车队来到他俩的车前停住了，从一辆卡车上跳下来一个人，看向盖尔他们的汽车，说："不用躲了，出来吧。"

听声音竟然是奈特·梅尔神父，盖尔非常吃惊，缓缓抬起头看去，还真是他。

"上回我保护了你们，难道你们忘了吗？"

盖尔慢慢站起身，端着枪瞄准奈特神父问："陈医生呢？"

奈特神父露出浅笑，掏出一本护照扔给了王雪，说道："这是你的新护照，墨西哥那边现在只让确认过是非融合者的人通过。这本护照绝对没问题，你俩可以跟在我们的车队后面，这样有个照应。当然也可以等我们都走了再过境。"

盖尔拿过王雪手中的护照，仔细端详了一下，觉得对方没骗自己，再看向奈特神父，心想难不成眼前的这位神父就是陈海明变的？

奈特神父笑了笑，突然用中文说道："还没猜出来吗？"

王雪惊讶地看向盖尔，盖尔知道没听错，眼前的奈特神父确实说了一句中文……

盖尔点点头，说："好吧，我跟在你们的车队后面。"

十三

【现在……】

菲尔举着 MK48 轻型机枪，冲乔治问道："你是谁？"

乔治张开手说："你觉得呢？"

"自从我们去了那个储藏融合者的农场里，你就变得奇怪了起来。而在那个农场有一个不知所终的人，就是奈特神父。"

乔治点点头："你说得不错，他就是在那时被我吞噬的。"

突然察觉出语气的变化，菲尔握着轻型机枪的手更紧了，问："我以为陈海明和奈特神父的人格在他们的心里达成了共识，才能行动得如此统一，没想到你居然具有完全控制乔治人格的能力……"

乔治解释说："在不得已吞噬奈特神父前，我都不知道自己拥有这种能力，我继承了乔治和奈特神父所有的记忆与能力，彻底囚禁了他们的思想与人格。"

菲尔冷冷地说道："你的吞噬能力已经超出了一般的融合者。"

乔治也冰冷地回应说："你想杀了我？"

"如果杀死你，乔治可以回来的话。"

乔治摇摇头，说："他已经回不来了，他们都已经彻底融入了我的人格当中，我也不再是当初的那个陈医生了。"

"你看起来很坦然，你知道我会来找你吗？你不怕死吗？"

"事情迟早会暴露，只是早晚的问题，那第一个发现的人必定是你。"

"你应该明白，如果有更多像你一样具备彻底吞噬别人能力的融合者出现，那人类可能就要面临灭顶之灾了。"

乔治很淡然，说："所以，防止融合者扩散是最紧要的任务。而那些流通到黑市上的融合者，他们的器官会给那些被移植者带来吞噬能力。找到菲利克斯，截断他的走私网络才是眼下最重要的事情。"

菲尔拧着眉说："你的意思是让我和你合作，一起去找到菲利克斯吗？"

乔治点点头，说："是的，ASA 中一定有菲利克斯的内应，我只信任你。"

"继承了别人的记忆还真是方便，可我是不会答应你的。像你这样的融合者只是个例。除了你之外，我见到的所有融合者都不具备完全吞噬别人人格的能力，所以你必须死！"就在菲尔准备扣动扳机的一瞬间，他突然感到一个冰冷的枪口顶住了自己的后脑勺。

一个声音从菲尔背后传来："放下枪。"菲尔不得已只能松开攥着的轻型机枪，接着举起双手，回过身看去，眼前的人居然是中国探员曹卫民。

乔治率先问："我不是让你带着孩子走吗？"

曹卫民用中文说："我怎么可能扔下曾经的战友。"

乔治笑了笑走上前拿过 MK48 轻型机枪，用手指了指自己的脸说："你真的敢相信这样一张面孔吗？"

曹卫民耸耸肩，没回答，而是用枪指着菲尔问："这个家伙怎么办？"

菲尔冷眼盯着曹卫民和乔治。

乔治走过去压低曹卫民的枪口说："不，我们需要他一起去干掉菲利克斯。"

曹卫民问："他会愿意吗？"

乔治看向菲尔说："我想会的，对吗？"

菲尔没有说话，犹豫了十几秒，随后点点头。

【一个星期之后】

在墨西哥的边境观光城镇蒂华纳的一家酒店里，曹卫民坐在大厅里喝着咖啡。

这时在不远处，奈特神父和菲利克斯走进了酒店大门，而跟在他身后的是安保队长西恩·雷德，以及数名手下。

曹卫民向酒店外面望去，数辆军用吉普停在周围，一些端着长枪的人就坐在车里，虎视眈眈地盯着四周。

菲利克斯虽然依旧消瘦，但却一改之前的随意，身上穿上了黑色西服和白衬衫，头发和胡子也打理得一丝不苟，像一个正经的生意人。今天要和菲利克斯在酒店碰面的是一个大金主，起码需要五十个以上的融合者器官。而菲利克斯为了这次买卖也是做足了准备，那些军队就是他特意带来作为护卫的，以确保这次上亿美金的买卖可以万无一失。

菲利克斯等人坐电梯来到酒店的最高层——这一整层都是一间套房。两个身着战术背心、头戴鸭舌帽的蒙面人守在门口。他们手中端着沙漠色的 ACR 突击步枪严阵以待。在搜身过后，菲利克斯和奈特神父以及西恩·雷德继续向套房的中心走去，只见一个身着银色西服的男人正站在窗边，望着外面的景色。菲利克斯稍微咳嗽了一下。

这人转过身来，看起来有四十多岁，黑发中夹杂银发，胡子剃得很干净，整体显得非常干练。他露出一丝狡黠的笑容，上前和菲利克斯握手道："我是保罗·吉伦。"

菲利克斯和对方握着手，朝四周瞅了瞅，说："我是菲利克斯，他是奈特·梅尔神父，我以为海奥斯先生会亲自来。"

保罗笑笑，问道："为什么你会这么觉得？"

菲利克斯有些不悦地说："我以为他很重视这次的生意。"

保罗松开菲利克斯的手，走向一旁的沙发，接着回过头冲菲利克斯说："你说得没错，所以他派我来了。"

三人坐下。保罗跷着腿看向奈特·梅尔神父说："你是个美国人，还是个神父，不在边境墙的那边待着，却跑到这里贩卖融合者，不会觉得良心不安吗？"

奈特瞥见对方身上穿着用来装手枪的背带，简短地回答道："不会。"

菲利克斯对于眼前这个叫保罗的男人略有不满，问："我们能谈正经事了吗？"

保罗耸耸肩，笑道："我就在谈正经事。"

菲利克斯反驳道："我不觉得良心的问题该是我们现在谈的。"

保罗突然一抬手，数名打手便走到了菲利克斯等人的身后，用枪对准了他们。

菲利克斯问："这是什么意思？"

保罗盯着奈特·梅尔神父，冲菲利克斯说："你还没发现吗？"

菲利克斯问："发现什么？"

保罗笑道："他早就不再是那个神父了。"

菲利克斯眯着眼问："什么意思？奈特神父一直是我的合作伙伴……"

就在这时，一旁的西恩·雷德突然站起身抽出一把匕首，扎进了奈特神父的肚子里。

菲利克斯惊讶地看着这一幕，不知道到底是怎么回事。

保罗解释道："难道这不是你经常用的方法吗？用来测试一个人到底是不是融合者。"

菲利克斯惊讶的是为什么西恩·雷德会突然……

西恩将匕首抽出来，走到了保罗的身旁。保罗笑道："没什么可惊讶的，西恩就是我派到你那里去帮你的。"

菲利克斯怒不可遏，刚想起身，但被身后的人一把按下了。

被捅伤的奈特神父先是低头一动也不动。可过了大约五分钟他突然又抬起头，喘着粗气，而他肚子上的伤口也不再渗血……

菲利克斯震惊得半天才蹦出来一句话："你他妈是谁?!"

被好几支枪指着，奈特神父自然不敢轻举妄动。

保罗盯着奈特神父说："西恩跟我说，你对那个叫盖尔的小混混还有华裔融合者的态度不太一样，我猜你十之八九是那个叫陈海明的中国医生吧。"

一下子被揭穿了老底，奈特神父更是无言以对。

菲利克斯赶紧解释道："我对此一无所知……"

保罗点点头："我当然懂。"说着他突然抽出手枪，就扣动了扳机!

"砰!"这一颗子弹居然打中的是菲利克斯。菲利克斯捂着肚子，不敢置信地抬头看向保罗，向后靠在沙发背上，吃力地问："为什么?"

保罗笑道："放心吧，班内特·海奥斯先生会在你死后，接手你所有的生意。"

眼看就要倒地的菲利克斯紧紧拉住身边的奈特神父，他在挣扎，他不想就这样闭上双眼。

奈特神父知道下一个一定就是自己了。他双目死死盯着保罗，看枪口何时会对准他……

保罗将视线转向了奈特神父，问："楼下大厅里坐着的中国人，是你的同伙吧，你们想干吗? 杀掉菲利克斯?"

奈特神父点点头："是的。"

"砰!"保罗对着奈特神父扣动了扳机，接着说道："我想我已经帮你实现了愿望，你可以安心地去了。"说完，保罗站起身，再冲奈特神父连开数枪!

在酒店外面汽车里监视的菲尔突然听到从酒店大堂那边传来的枪声，赶紧看去，只见很多宾客尖叫着逃出大厅，跟在那些逃跑宾客后面出来的是一伙像佣兵一样的家伙。他们穿着战术背心，端着枪，戴着帽子、墨镜与面巾。佣兵中间的人似乎穿着一席银色西服，但看不到样貌。只见这些人匆匆上了路边的车，迅速驱车离开了酒店。而周围那些军队在听到枪响之后也毫无反应，很快就撤走了。菲尔知道警察很快就会赶来，也不敢轻易上前查看情况，但无论他怎么从对讲机里呼叫曹卫民，都无人应声。

在酒店的顶层上，身中一枪的菲利克斯并没有那么快死去。他倒在沙发上大口喘着粗气。

身中数枪的奈特神父突然醒来。他一把拽住了菲利克斯。

菲利克斯摇着头，想要推开奈特神父，说："不……不……"

奈特神父用虚弱的声音解释说："这是我们俩能活下去的唯一方法……"

时间不久，就赶来了许多警察。可当他们看到坐在大厅沙发上本来中枪的曹卫民突然醒来时，他们知道了曹卫民也是融合者，纷纷举起枪，将他包围起来！

第四章　监狱

一

　　巨大的铁栅栏门打开，陈海明被人从身后推了一把，走了进去。他环视四周，这是一间空荡且硕大的水泥房，地面是湿的，两个囚犯样的人拿着水龙头，狱警都各自站在边上，不过全注视着自己。

　　陈海明身后的人手中握着电棍，命令道："把衣服脱了。"

　　陈海明回头瞥了一眼那人，随即脱掉了衣服。

　　那人用电棍杵了一下陈海明后背。陈海明便大方地走向那两个拿水管子的人，站到他们面前，用英语冷冷地说道："你们还在等什么？"

　　拿水管子的人没回答，举起水龙头对准陈海明。随后一旁的狱警打开水闸，冰冷刺骨的水直接冲浇在陈海明身上。

　　陈海明双手护着下体，站在原地一动不动。在没有水溅到眼睛的时候，他总是怒目圆睁，死死地盯着面前拿水管子的两个人。

　　周围的狱警都在狂笑着。不久，一名狱警走过去将水闸关上，接着扔给陈海明一条毛巾。等陈海明擦干全身，另一名狱警又递上了囚服，还有一名狱警蹲下来给他的双脚铐上镣铐。陈海明只感觉沉甸甸的锁链紧紧扣住了自己的脚腕，双脚的行动十分不便。

　　在狱警的指引下，陈海明缓步前行。空旷的房间有些安静，陈海明似乎听到了什么，某种声音，从很遥远的地方传来。

　　狱警推开又一扇门，声音明显了不少，似乎是某种人声夹杂着富有节奏的敲击声。继续穿过一条走廊和铁栅栏门，脚下的路由水泥变成为铁网。陈海明发现自己应该是进入了这座监狱的中心地带。向前几步，他抬头向上看去，头顶的圆形顶棚透着光，直直地打下来。他又低头向下看去，将近百米深的圆柱形空间向下延伸，在地底形成了一个巨大的监牢，圆形四壁全是牢笼。

牢笼的铁栅栏内，无数囚犯有节奏地敲击与怒吼。眼前的景象令人震惊，令人心潮澎湃。身旁的狱警手拿电棍，略带恶意地笑了笑，开口说了一句话。但在这疯狂的噪声下，陈海明根本什么也听不到。他继续向下看去，盘旋的阶梯和铁网般的钢架连接着所有的牢笼。身前的狱警向陈海明示意，让他向下走。陈海明点点头，挪动被加了脚镣的沉重步伐。可没走出去两步，陈海明再回头看去，狱警似乎没有要跟着自己的意思。

狱警拎着电棍指了指，意思让陈海明独自继续往下走。

陈海明顺着铁梯缓步下楼。牢笼里的囚犯都死盯着他，依旧在不断敲击，不断怒吼。陈海明向空间中心的最下面看去，只见一个人盘坐在沙土地面上。距离有点远，陈海明很难看清对方的样貌。

拖着沉重的脚镣，一圈一圈地慢慢走下铁梯。突然之间，吼叫与敲击停止了。这庞大宏伟的牢笼，瞬间又安静得可怕，让人汗毛倒竖，胆战心惊。终于来到地底的最深处，没有电灯照明，唯有从顶棚射下来的光芒，犹如舞台的追光灯，让这里依旧拥有光亮。而周围的四壁，一切阴暗得难以看清，不知隐藏了什么。

走到跟前，陈海明这才看清盘坐在地上的男子。"是你。"陈海明脱口而出。

盘坐在地上的男子留着光头，看起来有四十岁以上，脸上文着一个十字架的轮廓，穿着一件蓝色的囚服和白色 T 恤。这男子睁开眼，看向陈海明说："好久不见了，我的兄弟。"

陈海明犹豫了一下，问："你就是菲利克斯的哥哥？亚伯拉罕·克里夫顿？"

男子点点头，紧接着站立起来。他身形魁梧，要比陈海明高出一个头，露出淡然的微笑说："我以为我和我的兄弟不会再见面了。"

牢房中的犯人们都在看着这一幕，整个空间安静得不可思议。

陈海明说："你不打算杀了我吗？是我害了你弟弟。"

亚伯拉罕缓缓说道："嗯，我知道外面发生的一切。我知道我弟弟现在就在你体内。所以我不会杀了你，我会等着他重新占据你身躯的那一天。"

听起来亚伯拉罕似乎并不知道自己具有可以控制别的人格的能力，这让陈海明感到有些窃喜，但他不动声色地点点头说："或许有一天，他能占据这个身躯。"说着陈海明突然感觉到周围有一些特殊的呼吸声，看起来四壁之中应该关着什么大型猛兽。陈海明不由得向黑暗望去。

亚伯拉罕看出陈海明的狐疑，解释说："在监狱的最底层这里，关押着不少野兽。"

陈海明问道："这些野兽是用来干吗的？"

亚伯拉罕说："那些在这里犯了罪的融合者，将成为它们的饵食。"

陈海明怀疑地问："难道不怕融合者将这些动物吞噬掉吗？"

亚伯拉罕笑道："将百兽之王融合进自己的身体？如果真有这样一个人，我会拭目以待，毕竟他需要先杀死这些凶猛的野兽。"

透过菲利克斯的记忆，陈海明不用问都知道，眼前的亚伯拉罕也是一名融合者，还是这座监狱——"伊拉坡卡利皮西斯"的犯人首领。亚伯拉罕用菲利克斯从外界送来的钱以及自己的智慧与力量完全控制了这里。想至此，陈海明也只剩下了最后一个问题，便问："我的牢房在哪儿？"

亚伯拉罕指了指天空："向上走，你自然会知道。"

再次登上盘旋的铁梯，没上几层，陈海明就发现一间牢房的门是开着的。陈海明瞥了一眼牢房，牢房的空间似乎不小，房内没有开灯，显得格外昏暗，分辨不出里面的设施。他也没有多想，直接走了进去。陈海明瞥向房间黑暗的角落，只见有一个人蜷缩在那里。走到桌前，陈海明打开电灯，发现角落那人的身形有些眼熟，竟然还是名女性，留着黑发。陈海明用英文自我介绍道："不用害怕，我是陈海明。"

听到这个名字，这名女性惊讶地抬起头，露出了容颜。当陈海明看到这名女子容貌时，不由得和那女人一般的惊讶，眼前的女人居然是王雪。

"陈医生？你就是陈医生？"说着，王雪突然站起身，眼神有些发狠。

陈海明后退了一步，因为他变化成奈特神父的容貌和王雪见过两次，王雪是没有见过真正的陈海明是什么模样的。此时，陈海明只能装傻般地问道："你是亚裔？你认识我吗？"

王雪怒吼道："我当然认识你，就是你将我送入了这个地狱之中！"

陈海明被斥责得有些慌乱，没顾上掩饰，赶忙解释说："我不知道墨西哥政府会和美国人合作，将融合者偷偷引渡回来。我真不知道。"

突然间，王雪从床下面抽出了一把小水果刀，手有些颤抖地直指陈海明。

"咣当"，厚重的铁门被重重地推开，曹卫民的双手依旧被铐在身后。

走了好一截路，周围的环境越发安静。这时一名黑人军官迎了上来，冲曹卫民问："你就是中国来的探员？"

曹卫民没有回答。

军官假模假样地笑道："欢迎来到伊拉坡卡利皮西斯监狱，你将会和其他重刑犯关在一起。不过你很幸运，刚来就赶上了这里一星期一次的洗澡时间。"

俩人向前又走了一截，来到一扇重兵把守的门外。军官说："请吧，中国人。"

看样子里面就是浴室。随即门口的一名士兵将曹卫民的手铐解开，一把就将他推进了浴室。率先映入曹卫民眼帘的是更衣室，接着便听到了里面的浴室传来说笑声。看来囚犯们都为一星期一次的冲澡而感到兴奋。曹卫民摸了摸自己的手腕，找了个衣柜，脱掉上衣放进去。

这时，一名刚刚洗完澡的囚犯走出来，当看到曹卫民的这张东方面孔，突然用英文冷冷地说道："那不是你的衣柜。"

曹卫民瞥了一眼他，内心并不是很想找麻烦，便将衣服从衣柜里拿了出来，刚想放进旁边一个开着的衣柜时，只听那人又说："这里没有你的衣柜，每个都是分配好的。没人愿意自己的衣柜染上一只猴子的味道。"

那人这番羞辱性话语，让曹卫民内火中烧。不过，他面无表情，拿衣服重新放回了最开始的那个衣柜。这个极具挑衅性的囚犯当即走过去，没好气地推了一把曹卫民，可竟然没推动！突然之间，曹卫民一拳狠狠打在了那囚犯的喉咙上，让其无法叫喊，接着重拳砸向对方太阳穴，将其瞬间击倒在地。

接着曹卫民走进浴室，一名囚犯瞥见了他，招呼大家伙说："嘿，看到没，来了个新人。"

这时又有个囚犯走出了浴室，当即看到了被曹卫民打倒在地的那个家伙，赶忙跑回来说："这个亚裔，他打了比利！"听到这么说，囚犯们纷纷看向曹卫民。曹卫民却听而不闻，径直走到了一个喷淋头下，打开开关，热水顿如雨下，浇遍全身。这让浴室里的囚犯们顿时感到了来自他的无视与羞辱。一名囚犯带头说："一个亚裔这么猖狂，兄弟们，给他点教训。"

于是立马就有几名囚犯朝曹卫民围了上来，曹卫民突然回身一拳便将其中一人的颧骨击得粉碎，脸直接凹了进去。接着一记扫腿，将另一名囚犯的膝盖横向踢断！再后用掌根打中围上来的最后一名囚犯的下巴，下颚撞击上颚，牙齿粉碎，囚犯瞬间满嘴鲜血，仰天倒地。看到曹卫民这么厉害，其余的囚犯都惊愕地盯着他，一动不动。

这时，囚犯中间，一个高大的身影推开其他人，走上前来和曹卫民四目相交。

曹卫民说道："你就是这里的首领吗？"

这个高大的白人点点头，说："你很厉害，但你真觉得可以打得过这澡堂里所有人吗？"

曹卫民突然露出恶狠狠的笑容说道："不试试又怎么知道？"

这高大的白人也笑了笑，接着冲身后的囚犯们怒吼道："上！"随即便有几名身材健硕的囚犯向曹卫民扑了过来！

曹卫民低头躲过一个大汉抡上来的拳头，反击一拳打中对方的腋下。这一拳的力道十足，只听到骨裂的"咔嚓"声。"啊！"大汉一声号叫倒向一旁，胳膊和肩膀之间明显变了形。随后扑上来一名囚犯一把抱住了曹卫民的腰，曹卫民腿向后先撤了一步，接着向前用膝盖猛击在这名囚犯的肚子上，接着一肘砸在他的背上！两下过后，这名囚犯抱住曹卫民腰的手已经没那么紧了，这时只见曹卫民一弯腰，反抱住这名囚犯往侧方一扔，将他掷了出去，重重地撞在了墙上。地上有两个在打滚的囚犯，其余囚犯再向曹卫民扑来时，都得先越过他俩，这无疑给曹卫民在继续格斗的准备上提供了一种巨大的优势。

随后不断有囚犯向曹卫民袭来。曹卫民左推右挡，拳打脚踢，将来者一一击倒。但自己也开始不断中拳，眼角和嘴角都已经流出了鲜血，力气也耗费了大半。这时又有一囚犯冲了上来，曹卫民跳起来抓住淋浴的莲蓬头，一把将其掰断，用金属莲蓬头重重地砸在对方脸上，接着左手搂住对方的头，不让对方后退，右手将莲蓬头怼进对方的嘴里！

"啊！"曹卫民发狠！一边吼叫着一边用力！将囚犯满嘴的牙全部捣碎！随即曹卫民松开搂着囚犯后脑的左手。囚犯满嘴鲜血，跪倒在地。断裂的水管不断喷洒出水来，曹卫民喘着粗气。

这时还有一名囚犯想趁这机会攻击曹卫民。曹卫民一把架开对方的拳头，瞬间用力，将莲蓬头断裂的另一端扎进了囚犯的脖子里！霎时间鲜血四溅，曹卫民周围的地面很快就被鲜血染红。

那名高大的囚犯首领十分惊愕。他推了一把身边的人，却没人敢动分毫。当看到曹卫民走向自己，他十分心虚，声音微颤地说："我是法比奥，重刑犯牢房的首领，我们可以谈一谈。"

曹卫民一言不发，突然间眼露凶光，一拳打在这囚犯首领的肚子上，趁对方弯腰的一瞬间，拿住对方额头和下巴，用力一扭！"嘎吱！"这人的头就被扭了180度，翻着白眼，瘫倒在地。

在场的囚犯们面面相觑。他们从没见过这么凶狠，这么能打的人。

曹卫民冷峻的双目扫过在场的所有囚犯，不容置疑地说："从今天起这里由我说了算。"

二

"呀呀!"

陈海明闪过扑上来的王雪,警告道:"冷静点!"

王雪回过身大喊道:"你知道我在这里发生了什么吗?! 你知道我遭遇了什么吗?!"

陈海明瞅准时机,在王雪再次扑过来时,一把拿住对方的手,用力一拧,将王雪手中的小刀夺了过来说:"冷静点,王女士,这么激动下去对我们俩都没有好处。"

王雪痛苦地哀号着,左右看去,根本寻不到任何其他能伤到陈海明的东西,遂一屁股坐在地上,抱着腿说:"杀了我吧,用那把刀杀了我吧!"

陈海明将小刀放在一旁的桌子上说:"不,我不会这么做的。"

王雪听了之后,坐在地上抱着腿放声大哭,陈海明则坐在床边,深深地陷入了沉默。

第二天清晨,随着一阵电子声响,牢房的门突然打开了。

陈海明睁开眼,只见王雪依旧蜷缩在角落,听到牢房门打开的声响,浑身不住地发抖。陈海明知道这意味着什么,便站起身朝门口走去。

这时一个大汉走了过来,打量了陈海明一眼,接着朝牢房的角落望去,看到王雪之后刚想走进去,陈海明站在门口挡着说:"你不是这间牢房的人,不可以进来。"

大汉有些不可置信地看着陈海明说道："小猴子，你想当英雄？"

陈海明摇摇头说："我不想当英雄，但我也不可能看着自己的同胞被欺凌。"

大汉笑了一下，接着又有几个囚犯走了过来。他们都朝牢房里面瞅了一通……接着瞥向陈海明，其中一囚犯拿出了小刀说："不想死就滚开。"

面对这么多囚犯，陈海明知道要是被打，一定很惨。但他不能让开，否则王雪就会被……

大汉一把揪住陈海明的衣领子，当即抡起拳头就要揍他。

关键时刻，一只手拉住了大汉。"够了，他的体内可是有菲利克斯的人格，你们想要揍亚伯拉罕的弟弟吗？"只见说话的人是一个个头不高的中年光头男人，留着胡子，笑眯眯的。

大汉恶狠狠道："那我不更应该揍他！好让菲利克斯的人格替代这个中国人！"

光头男人笑道："不用这么着急，亚伯拉罕早有了安排。"

听光头这么说，大汉才放下拳头，松开陈海明，接着没好气地踏上阶梯，朝高处走去。

光头笑着看向陈海明，自我介绍道："扎卡里·马尔科维奇。食堂现在正在放饭，我可以带你去。"

陈海明回头看了一眼王雪说："我不能丢下她。"

光头笑道："你想要带一个女人去食堂？那她得被多少男人觊觎？再说刚才那帮人也去食堂，你只要在他们回来之前赶回来就不会有事的，来，跟我来吧。"

陈海明确实感到饥饿难当，便跟着扎卡里走上旋梯。

走出圆形的地底监牢，来到囚犯饭堂。陈海明跟着扎卡里，在拿到餐盘打好餐食之后，便找角落的位置坐了下来。

在这里，鲜见亚裔脸庞，周围人很难不去打量新来的陈海明。

扎卡里笑着介绍道："这里比较好吃的只有那块奶酪，或许你该先吃了它。"

陈海明耳朵听着扎卡里的话，眼睛余光却在观察着周围。他明白，在这间能容纳几百号囚犯的饭堂里，没有几个人对自己抱有善意。

扎卡里注意到陈海明正在观察四周，便指了指角落说："看到那边没有。"

顺着扎卡里指的方向，陈海明看到了一小群亚裔面孔。

扎卡里继续说："通过肤色来划分群体是最简单的方法。不过亚裔人种是这里最少的，也是最受欺负的。如果你打算投靠他们，或许该好好权衡一下利弊。"

陈海明看着那些东方面孔，回答道："总比一个人受欺负要强吧。"

扎卡里耸耸肩，笑道："倒也是，不过你能以如今的人格坚持多久呢？"

扎卡里无论从笑容还是话语中都透露着恶意，陈海明猜到他可能是菲利克斯哥哥的人，只是来保护自己这副身体的，免得在转换成菲利克斯之前就被人大卸八块了。陈海明没有回答扎卡里，而是说："我要去别的桌。"

扎卡里露出略显尴尬和恶毒的笑容，摆了个手势没多说什么。

陈海明端起餐盘就径直走向了那些亚裔的囚犯。来到跟前，陈海明打招呼说："嘿，我叫陈海明。"

这些亚裔的囚犯显然没有打算理会陈海明，都在各自吃饭，无一人回应。

陈海明问："我能坐这里吗？"

话音未落，一个囚犯就将一个空置的餐盘放在了椅子上说："这里有人了。"

陈海明明显感到自己不受欢迎，略有些尴尬地继续说道："我来自中国。你们呢？都是第几代移民？"

这时，一名亚裔囚犯抬起头瞥向陈海明，突然用极高的声调开口道："不要以为我们不知道你是谁。你在外面干的好事，我们都知道。你专门欺骗来自中国或者亚裔的融合者，和菲利克斯联合起来将他们贩卖到黑市上，任凭那些浑蛋摘走他们的器官。"

陈海明被说得哑口无言，这高声让周围的囚犯的眼神都凶狠起来，齐刷刷地瞥向他。因为被关押在这里的囚犯全部都是融合者。

这名囚犯继续大声说道："所以这里不欢迎你。现在不会有你的位置，以后也不会有。"

陈海明只好端着盘子，走开几步，找了个角落的空位，一个人坐了下来。

这时，在不远处的一个桌旁，一名高大的黑人囚犯突然起身，径直朝陈海明走来。

陈海明看到了，没有站起身，只是将奶酪塞进嘴里。

这名黑人囚犯突然一把将陈海明揪起来，重重地扔了出去，摔到地上。陈海明在地上打了好几个滚，才慢慢爬起来。

人们冷眼注视着这一幕，扎卡里也是。毕竟刚才那个亚裔囚犯说的话已经引起了众怒，如果这个时候贸然前去阻止，恐怕会损伤亚伯拉罕的权威。

这名黑人囚犯走过去，指了指刚从地上爬起来的陈海明前胸说："到最底层，摘掉镣铐，和我进行一场决斗！不要要求我放过你！"

陈海明半跪着，声音很低沉地说："我不会和你决斗。"

黑人囚犯盯着陈海明问："你想当个懦夫吗？"

"不，不想。"

"那就到底层！让我们打上一场！"

陈海明没有起身，继续解释道："我不想和你搏斗。"

"起来！"黑人囚犯怒吼道。

这时扎卡里在一旁插话道："你没必要跟一个懦夫太认真。"

　　黑人囚犯并没有理会扎卡里。他指了指陈海明的脚说："你最好一辈子戴着它，否则我会立即掐断你的脖子！"说完便走回了自己的位子。

　　躲过一劫，陈海明感到十分庆幸。

　　二十多分钟过后，陈海明有些害怕，在等绝大部分人都回牢房了，才将餐盘放在一旁准备离开饭堂。可就在这时，从牢房的方向传来了呼喊声。陈海明拖着脚镣，赶紧来到牢房的最上层，站在铁架的边缘，只见漫天的白色厕纸从空中散落，犯人们群情激昂，又开始了那富有节奏的敲击和怒吼，震得人心惊肉跳。

　　这时，在这个圆柱形牢房的最底层，那沙地之上，一个声音传来冲他喊道："下来！除掉脚铐！让我们好好打一场！"

　　陈海明向下看去，在地底最深处的沙地上，就是刚才在饭堂的那个黑人囚犯，已经脱光了上身。而在他的旁边不远处，还有一个熟悉的身影，那不正是王雪吗？黑人不断朝自己怒吼着："如果你不下来，当那些牢笼中的野兽被放出来时，这个女人会怎么样，你一定明白！"

　　扎卡里走到陈海明身边问："为了一个陌生的女人，你确定自己要下去吗？"

　　陈海明攥着栏杆的手越来越紧。他明白在这里，如果一味怯懦再加上自己曾经对融合者犯下的罪行，那绝对获得不了任何尊重。陈海明瞥了一眼身旁笑眯眯的扎卡里，问道："亚伯拉罕在哪儿？他会看到这一切吗？"

　　"当然。"

　　"那他为什么不阻止？"

　　"菲利克斯是贩卖融合者的主导者，正是他提供的金钱让亚伯拉罕在这里得到了如今的地位，但并没有太多的人知道这件事。可刚才在饭堂里，那个亚裔人却将菲利克斯贩卖融合者的事宣扬了出去，亚伯拉罕自然不能再包庇你。你必须自己面对接下来的一切。"

听至此，陈海明喘了口粗气，他迈开步伐，义无反顾地朝监狱的最底层走去。

"去死吧！"

"你会被四分五裂！"

"那些野兽在等待享用你的尸体！"

咒骂声一字一句地传进耳中，陈海明低着头，没有去看四周那些激愤的囚犯们。

在下到最底层之前，一名狱警站在铁梯上帮陈海明打开了脚镣。陈海明走入沙地，在狱警将铁门关闭的一瞬间，周围的灯光全亮了。陈海明这才看到在底层四周的墙壁上，还有数间牢房，里面关押的并不是人，而是凶猛的狮子与老虎！它们凶恶的眼睛正盯着黑人囚犯、王雪与陈海明，不断地发出低吼。

陈海明看了眼王雪，对那黑人囚犯说："她是无辜的，让她回牢房吧。"

黑人囚犯点点头，看向王雪说："你可以走了。"

王雪随即站起身，走向铁梯。狱警又将铁门打开，让王雪进来，接着再度关闭。

陈海明也脱掉了上衣，露出令人惊叹的健壮身体，张开双手说："我们还在等什么？"

黑人囚犯怒吼道："来吧！！"随即扑向陈海明，想在第一时间抓住陈海明的肩膀。

陈海明侧身跳开一小段距离，挥起一拳打在了黑人囚犯的肋部。见对方肉很结实，这一拳似乎没什么效果，陈海明赶紧退开。

黑人囚犯挥舞了一下左拳，没有抢到陈海明，便挑衅道："来啊！懦夫！你这个胆小鬼！拿出你陷害同胞时的勇气！"

陈海明思忖着俩人身高差得有点多，得先想方设法弥补这个差距，并没有在意黑人囚犯的语言挑衅立马冲上去，他在等待机会。黑人囚犯耐不住性子，张开双手又朝陈海明扑了过来！陈海明突然用脚铲起地上的沙土向上一扬！扬起的沙土在眼前飞舞，不由得黑人囚犯连忙紧闭双眼，用双手去挡。趁着这个空当，陈海明一闪身来到了黑人囚犯侧面，伸出一脚，重重地从侧面踢到了黑人囚犯的膝盖上！只听到"咔吧"一声！大汉发出了一声惨烈的叫声，"啊！"黑人囚犯膝盖向内侧弯曲，看起来极为可怖，不由自主跪倒在地！

这一幕让监狱里瞬间安静了下来。扎卡里则笑道："这一下一定超疼的。"

陈海明没有继续进攻，站在原地说："我吞噬过 ASA 的人，你是打不过我的。"

"绝不！"黑人囚犯怒吼着，挥舞双臂想要抱住陈海明。

陈海明后撤了一步躲开，扑空的黑人囚犯左腿膝盖已经完全粉碎，根本支撑不住自己巨大的身躯，向前趴倒在地。

陈海明走开几步，从地上拿起囚服，直接穿上，而后回身问道："你真的这么想要杀死我吗？替亲人报仇？"

"啊啊啊！"黑人大汉拼命敲打着沙地，却敲不出任何声响。他只能以怒吼来发泄心中的怒火。只听他接着有气无力地说："我的妻子就是受了你的欺骗，被卖到了黑市上，等我打听到她的下落时，她已经被肢解了。她是一个中国来的好姑娘，而你和她来自同一个地方，却欺骗了她，却杀死了她！"

陈海明被眼前的黑人囚犯说得内心十分愧疚。他看向四周，向黑人囚犯问道："如果我现在离开底层，他们是不是就会将这些猛兽放出来将你咬死？"

黑人囚犯没有回答，只是恶狠狠地说道："就算今天我杀不死你，其他人也会割断你的喉咙。"

就在这时，四周牢笼的铁闸在慢慢升起。笼中猛兽已然蓄势待发。

狱警将门拉开一条缝隙冲陈海明说："快过来！"

数种猛兽被放出牢笼。它们都戴着可以通电的项圈，并没有一拥而上地攻击陈海明或黑人囚犯，而是缓慢地踱着步子，甚至不发出一丝声响。黑人囚犯处于沙地的正中心，被这些猛兽包围着，但他依旧恶狠狠地盯着陈海明，嘴里不停地诅咒道："你一定会跌入硫黄的火湖。"

陈海明则赶紧退到了铁门之后，狱警迅速将门紧紧锁住。

这时，一只老虎慢慢从身后靠近黑人，瞬间扑了上去，将黑人囚犯压倒在地，张开血盆大口，用尖锐的牙齿直接咬住黑人囚犯的脖子！霎时间，鲜血四溅！但另一只狮子则扑过去，它似乎是要咬老虎！老虎赶忙抽身离开猎物，冲狮子怒吼起来！有几只豺狼乘虚而入，扑了上去啃咬拖拽着黑人囚犯的尸体！

陈海明没有再去看这血腥的一幕，戴着镣铐缓步走回自己的牢房，见王雪又躲在了角落。陈海明什么也没说，来到桌边，一屁股坐在椅子上。他的手明显在颤抖。

过了几分钟，蜷缩在角落的王雪站起身，来到陈海明的身旁，紧紧地抱住了他。

三

"我调查了一下你的身份，曹警官，觉得很有意思。"站在落地窗边说话的人身着绿色迷彩，戴着贝雷帽与墨镜。

曹卫民站在这名军人不远处，双手被反绑在身后，脚上也戴着镣铐，并没有吭声。

这军人转过身来，看着曹卫民，自我介绍道："我叫法门·哈里森，是这座监狱的负责人。"

曹卫民冷冷地问道："你找我是为了？"

法门坐了下来，说："我知道你来美国的目的，我也知道你的目标现在也在这座监狱里，所以我想我们可以合作。"

"监狱的负责人找一个重刑犯合作？看起来这个负责人的权力系统不够牢靠。"

法门露出一丝笑意，摘下墨镜说："是的，融合者跟我们普通人类已经不是同一个种族了。他们不可能听我们的，再加上他们非常危险，最终形成了一套自己的体系，而这个体系的核心就是亚伯拉罕·克里夫顿。"

"你想让我杀了他？"

"我希望你取代他。"

"那些狱卒呢？让他们杀死一个囚犯，不是易如反掌的事情吗？"

法门中校将墨镜放在桌子上，神情严肃地说："这里绝大部分的狱卒都被亚伯拉罕贿赂了。除了我从军队带来的几个亲信之外，没有人能让我信任。"

"我看这里少说也关了数百名融合者，而你的人只有几个？看起来亚伯拉罕随时可以颠覆你，然后占领整座监狱。"

"如果他真这么做了，美国政府可能会将这里夷为平地。"

"可我也是融合者，你愿意相信我？"

"你只要能回自己的祖国，就不会被 ASA 的人盯上。所以你一定不会想一直待在这里，还有那个叫陈海明的中国人也是一样。你的任务就是带他回去，对不对？"

曹卫民不置可否，只是冷眼地看着法门。

清晨，牢房门再次打开。没有人再敢在王雪的牢门口探头探脑了。囚犯们知道王雪现在有了个忒厉害的室友。

王雪看起来十分虚弱，她已经好几天没去饭堂吃饭了。除了上厕所之外，她一直害怕地蜷缩在牢房的角落里一动不动。

陈海明将牢房中间挂了小帘子，马桶正好在两个人中间，谁需要方便时就将帘子搭到马桶的另一侧。

王雪总不吃饭终归不是事。这天早上她饿得几乎昏死了过去，被陈海明背起来朝饭堂走去。一个独臂的男人走过来问："她怎么了？"

陈海明说："她已经好几天没吃东西了，营养不良。还得了肺炎。"

独臂男人问："你是医生？"

陈海明点点头："是的。"

"我是比尔·维尔亨通。"

"陈海明。"

比尔看着陈海明背上的王雪说："她是这里仅有的几名女性为主要人格的融合者之一，受了很多苦。"

陈海明深深地喘了一口粗气，说："她肺部发炎得很严重，她需要药品。这座监狱有医务室吗？"

比尔摇摇头，说："如果这里有医务室，我的胳膊就不用这样了。"

听比尔这么说，陈海明瞥了眼他的小臂——被切掉的地方看起来参差不齐，手法非常拙劣，应该是外行人干的。陈海明背着王雪，一边上楼一边又问比尔说："这里住着这么多融合者，卫生条件也很糟糕，大家应该很容易患病，不可能搞不到药品的。"

比尔回应道："这里的教会或许能帮你搞到药品。"

"教会？这座监狱里还能有教会？"

比尔压低声音说："是的。不过我偷偷告诉你，教会表面上是由一个叫作凯恩的神父领导，但实际幕后操控者是亚伯拉罕·克里夫顿。他利用教会给这里的囚犯洗脑，让他们听从自己的命令。"

"那我怎么找到教会的人？"

"一是去讲堂听课，那里都是教会相关成员，二就是饭堂，教会的人会聚集在一起吃饭，不过人太多，不好问他们买药的事。"

陈海明问："讲堂几点开课？"

比尔回答道："现在，还有晚上。"

陈海明摇摇头说："我们晚上去，现在必须让她进食。"

比尔点点头，与陈海明同行来到了饭堂。

虚弱的王雪立马引来了无数目光。有的打量她的身体，有的观察她的容颜，但因为陈海明的关系，已经没人敢贸然上前挑衅。

陈海明让比尔帮忙扶着王雪，自己则去帮她盛饭。这时，那个亚裔的小群体中有几个人走向比尔，接着和比尔在交涉什么。陈海明回头看到这一情况，他立马放下盘子赶紧过去问："怎么回事？"

比尔解释说："他们希望我能将这位女士交给他们。"

一名亚裔男性用英文说："孤身一人，你没法保护她。把她交给我们，我们这里有药，还有更多的食物，她会马上好起来的。"

陈海明打量着这几个亚裔青年，恶狠狠地问："为什么？为什么你们之前不给她提供庇护？相信之前她凄惨的叫声应该已经传遍整个牢房区了吧？"

亚裔青年相互看了一眼，其中一人回答说："我们之前并不知道那个凄惨的叫声来自哪间牢房，她也一直没出房间，所以更不知道她是我们的同胞。"

陈海明冷眼看着这个人，露出略带嘲讽的意味笑道："同胞吗？难道这里的人不都是我们的同胞吗?!"陈海明的声音越来越大，整个饭堂的囚犯们都听到了。陈海明继续大声地说道："我们在外面已经没有家了。我们和外面的人已经不再是同一个种族。没有人会把我们当成同胞，难道在这里我们依旧要以肤色划分，然后互相残杀吗?!"

陈海明的话极具道理，整个饭堂鸦雀无声。这个亚裔的青年囚犯更是语塞。

陈海明摇着头说："走吧。我是不会将她交给你们的，你们保护不了她。"

这名亚裔青年囚犯盯着陈海明，这种羞辱感难以言喻，让他非常愤怒，可又无从发泄，只能恶狠狠地说："你真的想清楚了吗？你真的打算靠一个人的力量来保护她吗？"

陈海明讽刺道："怎么你认为自己连保护一个女人的能力都没有吗？"

饭堂里的其他囚犯纷纷笑了起来，几个亚裔青年囚犯顿感无地自容。其中一人想要上前揪住陈海明的脖领子，可这时一旁几位陌生人突然站了起来，走到陈海明身旁，盯着这几个亚裔青年囚犯。其中一人恶狠狠地道："离这个亚裔女人远点，否则要你们好看。"

几个亚裔青年囚犯恶狠狠地瞥了几眼陈海明，又指了指，随即悻悻地走开。

陈海明冲前来帮他的几个人连声说道："谢谢你们。谢谢你们。"

其中一个高大的白人囚犯说："保护好这位女士吧。但不要得意，因为这不代表你能偿还你对同胞所做的一切。"

陈海明点点头，目送几位囚犯坐回了原位，这才长出了一口气。

比尔比画着自己那只断掉的手说："你表现得很好，我想那帮家伙不会再来找麻烦了。"

陈海明看着王雪，有些不确定地回答道："或许吧，但现在最要紧的是医治她的病。"

四

"你可以走了。"

听到这话，张小凡有些不确定地站起身，在其他女犯人的注视下走出拘留所的牢房。

一名穿着西装、戴着眼镜的中年亚裔男性站在牢房前，冲张小凡用中文说："你好，我叫郑伟，是名律师。"

张小凡有些不确定地问："……是谁找的你？"

郑伟回答说："我们先离开这儿吧。"

张小凡随即点点头，和郑伟一起离开了拘留所。

刘勇已经等在外面。见到刘勇只身一人，张小凡赶紧冲郑伟问道："程柳梅和小枫呢？他们怎么样了？"

郑伟回答说："他俩已经被使馆的人接走了，应该很快就会登上回国的航班了。"

张小凡又急切地问："那曹卫民和陈医生呢？"

郑伟摇摇头，说："他们被送去了一个专门属于融合者的监狱，叫伊拉坡卡利皮西斯。"

张小凡惊讶道："我以为他们去了墨西哥？难道那里也有专门给融合者设立的监狱？"

郑伟推了推眼镜，说："并不是，他们是从墨西哥被引渡回了美国，就关在融合者的专属监狱。"说着郑伟看向刘勇："据我所知，你妻子也很有可能被引渡后去了那里。"

刘勇这时待不住了，上前质问道："你胡说什么！她又不是融合者！怎么会被抓去那里！"

郑伟不慌不忙地回答道："那个委托我来把你们救出来的人在伊拉坡卡利皮西斯有情报源。据说那里有一名中国女性，她嘴角上方是不是有颗痣？"

刘勇瞪大双目，后退了一步，简直有些不敢相信。

郑伟接着说："我不太清楚具体情况。但她也可能是因为和被走私的融合者同行，所以遭到了误认，才被抓去了那里。"

刘勇突然又反应过来什么，赶忙问："那我女儿呢？"

"如果她和她的母亲一直待在一起，相信很可能也在那里。"郑伟没敢把那个监狱男女不分这件事说出来。

刘勇有些失神地说："我要救她们，我要把她们救出来。"

郑伟又摇摇头："凭你一个黑客？别傻了，那个监狱根本不受政府承认。你没有地方可以去投诉，没有地方可以上诉。没有任何人会承认这个地方的存在。"

刘勇瞪大双目，上前揪住郑伟的领子恶狠狠地说："我不能就这样眼睁睁地看着她们母女待在监狱里！委托你的人是谁？他是不是有方法可以帮我们？"

张小凡赶紧拉开刘勇说："冷静点！起码你知道了她们现在没有性命的危险。"张小凡转向看着郑伟问道："你看起来不像政府的人，到底是谁委托你来救我们的？"

郑伟正了正自己的领带，拉开车门说："上车吧，我带你们去见他。"

临上车之际，张小凡突然想起一个问题，便问："那么多融合者被关在一起，难道美国政府不怕又一次引发时间扭曲，让监狱里的时间变慢吗？"

郑伟解释说："不会的，据我知道的，美国研究机关发现，融合者只有第一代大量聚集才会在一个范围之内引发时间流逝的改变。而关进那里的人……他们大多都融合了两到三名以上的人类，所以不可能是第一代融合者。"

张小凡和刘勇对视了一眼，随即上了车。郑伟驱车驶向附近的一座小型机场。

一架私人飞机上，一个身着银色西装的男人正坐在那里，看到张小凡、刘勇之后起身用略带口音的中文说："欢迎欢迎，我是保罗·吉伦，委托郑伟把你们带来的人就是我。"保罗就是拆穿奈特神父就是陈海明的那个人，但刘勇、张小凡并不认识他。

郑伟冲保罗打了声招呼说："那我先走了。"

保罗点点头，露出狡黠的微笑说："谢谢你。"

目送郑伟下了飞机，没等张小凡开口问，保罗一边将西装的扣子系上，一边用英语说："你们一定有很多疑问，我是谁？我为什么要救你们？我带你们来这里又是为了什么？"

刘勇、张小凡知道对方在卖关子，没接话。

保罗继续说："首先我得声明，我绝无任何恶意，你们是绝对安全的。"

面对保罗那不紧不慢的态度，刘勇着急地咬牙切齿，恶狠狠地问："你到底有没有办法救出我的妻女？"

保罗依旧笑道："有，不过需要时间，需要你们的配合。你们愿意吗？"

听保罗这么说，张小凡马上看向刘勇，看到他似乎就要不顾一切地答应保罗，便赶紧拉了他一把，抢先说："在说方法之前，你还是先解释一下自己是谁，又为什么要帮我们吧。"

保罗没有说话，直接从桌板上拿起一个文件夹，递给张小凡说："你们需要知道的东西都在这里面。"

看与不看，张小凡正在犹豫。刘勇却急切地一把接过文件夹撕开来，极度紧张地将里面的东西拿了出来。全是照片。而照片里的地点正是所谓的伊拉坡卡利皮西斯监狱！张小凡和刘勇都瞪大眼睛，赶紧将照片摆在一旁的桌子上摊开来，视线迅速扫过每一张，刘勇一下就发现了妻子王雪的身影！他拿起这张照片，手不自觉地在颤抖，转头看向保罗怒吼道："为什么？为什么她会和男犯人待在一个地方?!"

保罗收起笑容说："郑伟没有告诉你们吗？那个监狱的牢房是不区分男女的。"

刘勇当即将照片攥成了一个团，冷冰冰地问："你是怎么得到这些照片的?"

保罗说："监狱里有我的人，是他们拍下来的。"

张小凡赶紧抢问："为什么要拍下这些照片?"

没等保罗回答，刘勇突然冲保罗跪下来恳求道："求求你，让你的人保护我的妻子！求求你，无论付出多大的代价我都愿意！"

保罗笑道："这当然没问题，我马上就去安排。"说着保罗就拿出了电话，拨通一个号码，似模似样地交代了一通。

张小凡扶起刘勇。她知道保罗这是在做戏给刘勇看。如果保罗真是个好人，在知道刘勇的时候就应该派人把王雪保护起来，可他并没有。

等保罗挂下电话，张小凡再次追问道："你到底为什么要找人拍这些照片?"

刘勇依旧处于失神状态，他没有去想张小凡的这个问题。

保罗盯着张小凡，突然又露出了笑意说："我知道你是个记者，所以这些照片是为你准备的。"

张小凡有些疑惑地问："我？为什么？你大可以将这些照片放到社交网站上。"

保罗摇摇头："那样它们立刻就会被删除。现在各大社交网站都承受着来自政府的压力，行事非常小心翼翼。"

"可我是中国的记者，我能怎么样？"

保罗解释说："我希望你能将这些照片拿回国，从中国的网络将这些照片发出来。"

张小凡似乎明白了，但又不是很确定。

保罗接着说："你懂的，美国是绝不敢去中国抓人的。"

张小凡看向刘勇，俩人这时都明白了保罗的意思。但张小凡还是有一个问题不明白，遂问道："可你到底为什么要我公开这些照片？"

保罗回答说："因为在伊拉坡卡利皮西斯监狱，正在酝酿一场巨变，我可不希望美国政府轻轻松松投下一枚上千公斤的炸药就湮灭了一切证据。所以我们得曝光它，用舆论给那些穿着西装的刽子手们戴上枷锁。"

听到保罗这番话，张小凡略感害怕地继续问道："那你想利用监狱里的融合者干什么？"

保罗笑道："改变这个世界。"

五

　　还不到傍晚，陈海明坐在床边，看护着发着高烧的王雪。这时，有人来到牢房门外敲了敲铁门，"当当当"。陈海明回头看去，见是比尔。

　　比尔用左手从兜里拿出一板巧克力递给陈海明说："陈医生，不知道这个能不能稍微帮她恢复一些体力？"

　　陈海明接过来问："你从哪里得到的这个？"

　　比尔说："别人在我右手断的时候给我的，我一直没舍得吃。"

　　陈海明问："你真舍得把它给王雪吃吗？"

　　比尔点点头，说："没什么比生命更重要，何况她还是位女士。"

　　陈海明随即将巧克力掰成小块，喂进王雪的嘴里，再用水帮她把巧克力顺下去。

　　比尔站在陈海明身后说："快到去教会的时间了，她能跟我们一起吗？"

　　陈海明有些犯愁，摇摇头说："不行，现在她禁不起折腾，得让她在这里静养。"

　　这时门外有个人过来主动搭话道："我可以帮你们看着她。"

　　陈海明和比尔同时看去，只见这个人是中午曾维护陈海明与王雪的那几个人中的一位。他留着胡子，短发，穿着一件白色背心。陈海明不知道这人到底可信与否，和比尔对视了一眼。

　　看出了陈海明的顾虑，比尔说："他叫威廉，我觉得我们可以相信他。我断手的时候，他也曾经帮过我。"

陈海明随即起身走上前对威廉说："如果她醒了，让她喝点水。"

威廉点点头，说："听起来很简单。"

"她醒来看到你之后或许会很害怕，请你尽量绅士一点。"

"我懂。"

陈海明点点头，看向比尔说："那我们走吧。"

来到了饭堂，比尔带陈海明走到饭堂的橱柜后。两个凶神恶煞的大汉挡住了他们的去路。比尔从兜里掏出一个铁制的简易十字架，举起来给两个大汉看了看。大汉随即点点头，让比尔带着陈海明过去了。

陈海明有些奇怪，冲比尔问："去教会听课需要什么条件吗？"

比尔有些磕磕绊绊地回答说："不用，你不打算加入教会，就不用贡献任何东西。"

听了这话，陈海明有些惊奇地问道："什么意思？那你贡献出了什么才得到了刚才的十字架？"

比尔知道瞒不住了，随即举起了断臂："这并不是在和人决斗时被砍断的，而是贡献给了教会。据说融合者除了器官以外，连四肢都可以毫无障碍地和他人连接，所以我们全身都是商品。"

陈海明停住脚步，震惊地问："那为什么你还要加入教会？"

比尔低着头说："在这里，没有人能靠着自己活下来。我们的身体就等于大把大把的金钱，狱卒和各个帮派都觊觎着落单的囚犯，如果被盯上，就会被肢解，器官和四肢都会被贩卖。我不想加入任何一个帮派进行无休止的斗争，所以我宁愿为了加入教会而献出一只手，起码这里不再有争端。"

陈海明完全不能认同比尔的这番话，说："可如果以后遇到教会解决不了的危险，你要怎么保护自己呢？"

比尔没有说话，而是继续迈步向前。

推开一扇木门，一座细小的教堂呈现在陈海明眼前。长椅上几乎坐满了听课的人，他们大多是残废，有的眼睛被挖了，有的像比尔一样没了手或脚。陈海明还看到了亚裔的那个小团体，便冲比尔问："那些家伙也在这里？可他们看起来没有哪儿残废。"

"他们是给了其他教会成员的好处，和你一样被带进来的。他们和其他肤色的团体都合不来，所以总会来找教会的人交换物资。"

这时一名看起来五十多岁、戴着眼镜、穿着朴质神职服饰的男性走上了讲坛。他先是扫视了一圈，当看到还有一两个空位时，对着话筒，嘟囔了几句："看起来，有些人觉得信仰是一种需要时就有，不需要时就没的东西，那他就大错特错了。信仰需要时刻谨记，细心维护。如果因为懒惰，就放弃听课，放弃礼拜，放弃一直坚持的习惯，只能说明你的信仰和意志力都远远不足，在精神层面上，只能是一个弱者。"

比尔对陈海明说道："他就是这里的教区主教，凯恩·罗杰。"

陈海明在吸收了奈特神父之后，对于天主教的常识已经滚瓜烂熟，不禁疑问道："教区主教？一定不是罗马教廷册封的吧？"

比尔点点头，说："当然，恐怕梵蒂冈方面根本不知道世上还有这样一个监狱，更别提这样一座小教堂。"

陈海明又问比尔说："他在监狱外是做什么的？是神父？怎么会来这里讲课？"

"据说他以前确实是一位神父，不过现在也是这里的囚犯。他被亚伯拉罕看上了，顺理成章地就当上了这里的主教。"

陈海明瞥向四周，赶紧把话转回到来这儿的目的，问道："那我们要找谁才能弄到药？"

比尔没回答，而是问陈海明说："在这里买药需要很多钱，你要怎么付给教会？"

陈海明从兜里掏出一块金表，说："这是菲利克斯的，在我融合掉他的时候收起来的。你觉得这玩意值一盒抗生素吗？"

比尔点点头，说："我想没问题。"

“那我们找谁？”

比尔指了指站在一旁的一位年轻司事说：“等讲课结束我们再去。”

讲课结束，凯恩主教离去。司事开始整理教堂，陈海明和比尔起身走向祭坛。司事看到俩人走过来，盯着陈海明好一会儿，问：“你的体内有……亚伯拉罕的弟弟？”

“是的，我就是陈海明。”离得近了，陈海明突然闻到一股香气，更发现这司事的嘴唇上似乎涂着唇彩，还画着眼线，妆容有些诡异。

比尔说：“我们想要抗生素。”

司事瞥了一眼比尔问：“是你，还是他想要？”

比尔反问说：“有什么区别吗？”

司事冷笑了一声：“我们可不会要这个中国人‘身上’的东西，我们收不起。”

比尔从陈海明那里接过金表说：“你觉得这玩意能值多少盒抗生素？”

司事接过表，仔细瞅了瞅，接着揣进兜里说：“两盒。”

比尔看了一眼陈海明，陈海明点点头。比尔接着冲司事问：“我们什么时候能取货？”

司事说：“明天早上，饭堂见。”

比尔点点头，随即便转身和陈海明一起离开了教堂。

走出去没几步，陈海明有些不安地问：“他可信吗？”

比尔回应说：“想在这里搞到药，除了相信他们之外，别无他法，就连其他的团伙和帮派也都要从教会购药。”

“嗯，我懂了。”

俩人回到牢房，见王雪已经醒了，可她又在角落不住地颤抖。负责看守她的大汉有些无奈地冲陈海明耸耸肩，便一言不发地离开了牢房。

比尔见状，冲陈海明说：“明早我再来找你。”遂也跟着离开了。

陈海明走到王雪身前，蹲下来摸了摸她的脑门，感觉到高烧依旧在持续，便用中文说："刚才那个人是我找来看着你的，不用太害怕紧张。"

突然，王雪扑进了陈海明的怀里，紧紧攥着他的囚服，一言不发。

陈海明有些尴尬地拍了两下王雪的后背，安慰道："我说了不用害怕了。"

这时只听王雪呢喃道："不要走……不要走。"

陈海明低着头看着王雪，只见她紧闭着双眼，嘴唇发白。或许她根本不知道自己抱着的是谁。陈海明没有回应，只是抱着王雪的手更紧了。

第二天早上的饭堂里，陈海明、比尔并没有见到昨天收取金表的那名司事。

"怎么回事？他打算失约吗？"冲着比尔，陈海明的语气当中带着一股嗔怒。

比尔瞥着四周说："再等一会儿，没准他在忙教会那边的事，等他忙完了，就会来饭堂。"

陈海明有种不好的预感，说："我只有那一块表，如果失去了它，我们就再也没有东西可以和别人交换了。我记得你说过教会现在正在讲课，我们去的话，一定能找到他对不对？"

比尔有些着急地说："不一定，教会可不止他一个司事，好几个人轮流负责整理教堂。"

陈海明恶狠狠地问："那这些司事住在哪里？我猜应该不是我们的牢房吧。"

比尔说："教堂侧面有个小门，据说司事和主教凯恩的住所都在那里面。"

陈海明摸了一下身上带着的那把王雪的小刀，当即就走向饭堂通往教会的出口。比尔赶紧跟上，向守卫的大汉主动出示了一下铁制十字架。

进入教堂前的走廊里，突然陈海明不见了，比尔身前是位东方女性。这下可把比尔吓得不轻，不禁结结巴巴："……你是？"

"比尔，不用紧张。这是我妻子的模样。"

比尔不敢置信："你还是陈海明？"

"是的，我具有控制其他人格身体的能力。"

"……你到底吸收了多少人？"

"这个女人是我妻子，就是她让我也变成融合者的……"说着陈海明就推开了教堂的门。

小教堂里的人们专心致志地看着前方，虔诚地盯着在讲台上的凯恩主教，并没有人注意比尔和陈海明。

陈海明径直走向侧门，看起来这里没有守卫。他推门而入，但接着就被守在门后的人给拦了下来。

比尔惊呆了，他没想到陈海明竟然会就这么走了进去。他知道教会的厉害，不敢跟进去，随即找了座位，直接坐下了，可眼睛却不时盯向陈海明进去的那道侧门。

侧门内，看到进来的是个女人，守卫自然有些怦然心动，戒备心也不强了。毕竟在这个监狱里，虽然有不少囚犯吞噬过女性，但由女性人格占据的身躯实在太稀有了。守卫笑着冲陈海明说："女士，这里外人不能随便进来。"

陈海明也笑笑，突然间掏出小刀直接扎进了守卫的下颚，瞬间鲜血四溅。陈海明将小刀拔出来，又变回了本来的样貌，向走廊的深处走去。路过一个紧闭的房间，陈海明忽然闻到一股香气。这香气和昨天那个司事身上的味道略有点像。于是他停下脚步，伸手去拧门，"咔哧"，门居然没有锁。陈海明便直接将门打开，走了进去。

屋里有些烟雾缭绕。只见一张粉色的床上，躺着昨天的那位司事。他穿着一身女性的性感内衣，化着浓妆，似乎根本没有听到有人进来，依旧一动不动地睡着。

陈海明又看到桌上有白色的粉末，看起来他应该是吸食了不少毒品。陈海明先是四下翻了翻，希望找到抗生素，但未果，便从旁边拿起一杯水，直接浇在了司事的头上。

　　被水浇醒，司事惊慌地赶忙起身。陈海明见状又一把把他的脑袋按在了床上，随后用刀顶住司事的脸，恶狠狠地问道："抗生素在哪儿？"

　　"你怎么来这里的?!"司事一脸震惊。

　　陈海明攥起刀，一拳打在司事脸上，说："不要岔开我的问题！我在问你，抗生素在哪儿？"

　　司事拽着陈海明按住自己的手，想顶开但力气远不敌陈海明，便无赖地说："抗生素？我不知道。我不知道抗生素在哪儿，通常都是凯恩主教直接给我！"

　　陈海明稍稍用力，司事脸上的血便流淌了下来。陈海明警告道："你这张漂亮的脸蛋如果再划上几刀，我倒想看看凯恩主教还会不会来这里和你共度良宵。"

　　"你怎么知道……"丑事被戳穿，司事慌忙地问。

　　陈海明的语气就像变了一个人一样，说道："原来真的是主教的男宠，这事要是宣扬出去，恐怕凯恩主教的光辉形象也会一落千丈吧?"

　　陈海明的威胁让司事更加不知所措："你到底想干什么?!"

　　"抗生素！给我抗生素，我就不会把这件事宣扬出去。"

　　司事瞪大双目，想了一下说："好，好，我去给你拿药。"

　　听司事这么说，陈海明这才慢慢松开手上的劲儿，但刀依旧顶在司事的脖子后面。

　　司事慢慢起身，转过身看向陈海明，威胁说："中国人，你知道自己在做些什么吗?"

　　陈海明冷冰冰地说："我付了钱，来取药而已。"

　　"你会后悔的。"

　　"别废话了，快点把药拿出来。"

　　司事抹了一把脸上的血水，歪了下脑袋说："跟我来。"

　　陈海明用刀顶着司事的脖子，跟在司事身后走出房间。其实这位司事在几天前也看到了陈海明和黑人大汉的决斗，知道他的厉害。司事并不打算反抗，寻思先给了药把他打发走，之后再把这事告诉凯恩主教，怎么也能收拾他了。

俩人走到一个类似库房的门前，司事推开门走了进去。刚一进门陈海明就看到了成堆的药品以及各种包装食品……

司事从柜子里拿出三盒抗生素递给陈海明说："你的钱只够两盒，剩下一盒算我送的。"

就在司事给陈海明递药时，陈海明突然举起小刀一下子扎穿了司事拿药的胳膊。司事瞬间叫喊出来："啊！"随后陈海明一把将司事推到墙边，死死捂住对方嘴的同时，又将刀抽出来再次扎进了司事的下颚！这一下司事圆睁双目再也不动了……

坐在教堂里的比尔犹如热锅上的蚂蚁，眼角余光几乎没有离开陈海明刚才进去的那道门。突然间，门又打开了。比尔赶紧瞅着，是一个自己并不认识的亚裔人走了出来。比尔不敢贸然上前询问，他不确定这个人到底是陈海明还是别的囚犯。只见这人匆匆走出教堂，比尔却依旧呆坐在原地，他不知道该不该跟过去。讲课结束，那道门内再未走出其他的人。无奈，比尔只好随众人一同离开教堂，返回牢房。

比尔疾步走下铁梯，首先来到陈海明的牢房前向里面张望。见陈海明正在给王雪喂药，比尔赶紧凑上去，低声问："刚才出来的那个亚裔是你？"

陈海明没有回身，点点头，拿着杯子给王雪喂了口水。

比尔不安地继续问："你怎么拿到药的？里面没有守卫吗？"

陈海明将水放在一旁，转过身，语气冰冷地回答说："有，不过被我杀了。"

"你疯了吗？他们会发现的。"

"走廊里并没有监视器。"

　　比尔有些激动，努力压低声音说："他们一定会顺着线索找到我们，你会把我们所有人害死。对了那个司事呢？你见到他了吗？"

　　陈海明语气平淡地继续说："他也死了。"

　　"什么？"比尔简直不敢相信自己的耳朵，惊愕万分地看着陈海明说，"你真的疯了！你怎么会把他也杀掉呢？他可是凯恩主教最……"突然间，比尔有些难以启齿。

　　陈海明接过比尔的话说："最喜欢的男宠。"

　　"你知道？那你还杀了他？"

　　"我必须通过他才能找到那些药。而如果他看到了我，那他就必须死。"

　　比尔后退了一步，他不知道眼前这个中国人还有如此狠辣的一面。他瞥了眼王雪问："她怎么样？药好使吗？"

　　陈海明依旧冰冷地回答说："如果不好使，那她就只有死路一条。"

　　一个多小时之后——午后——这是每天牢房门应该关闭的时间，可没有听到提示的警报声响起。陈海明站在牢房门跟前，看着四周躁动不安的囚犯，心中也有些忐忑。

　　"怎么回事？"

　　"不是该到关牢房门的时间了吗？让我看看你的表。"

　　陈海明走到牢房门前的平台之上，向上方望去。只见有好几个亚裔的青年囚犯被人从牢房中押了出来。他们大声喊道："你们要干什么？你们要干什么?!"

　　比尔凑了过来，有些慌张地问陈海明："怎么回事？"

　　陈海明没有回答。

　　那几个亚裔囚犯被数名大汉从监狱的上层带向底层，而路过陈海明的身边时，其中一个亚裔青年囚犯看向他和比尔，质问道："你做了什么？你做了什么！"

陈海明冷眼看着对方，没有吭声。

随后这几名亚裔的青年囚犯被扔进了底层的沙地上。通往铁梯的门被关闭，几个亚裔青年囚犯背靠着背，向四周的黑暗望去，只觉得野兽的低鸣此起彼伏。

这时，牢狱里广播响起："底层沙地上的这些人因为从教会偷走了药品，还杀死了一名司事和守卫，罪无可赦，将被执行集体处决。"

陈海明觉得这个声音很像是菲利克斯的哥哥亚伯拉罕。

这时候，只听到沙地上的一个亚裔青年大声喊道："不是我们！绝不是我们干的！一定是那个新来的中国人！一定是他！他的身体里一定有别的亚裔人！"

另外几个人也喊了起来："他的女性同伴生病了！一定是他想要药品！是他干的！"

整个监狱，所有牢房里囚犯的视线瞬间就移向了站在栏杆边上的陈海明。大家觉得这几个亚裔说得有道理，纷纷议论了起来，人声鼎沸。

在牢房区最高的平台上，走出一老者和一壮年，正是凯恩主教和亚伯拉罕·克里夫顿！只见凯恩主教朝陈海明所在的位置指了指，便迅速有好几个人气势汹汹地朝陈海明走了过去。

比尔吓得赶紧回头看向牢房里面，桌子上已经没有药盒一类的东西，但他还是紧张地向陈海明问道："剩下的药在哪儿？"

陈海明冷静地说："放心吧，药盒我已放在了那几个亚裔家伙的牢房里。剩下的药我也已经放在了别人那里。"

比尔问："谁？值得信任吗？"

陈海明看向比尔反问道："在这个地方有人值得信任吗？"

比尔后退了一步，看着陈海明的眼神越发感到不寒而栗。

凯恩主教的手下来到陈海明跟前，一把推开他，进屋就搜寻药品的线索。

王雪这时躺在床上，盯着这些大汉东翻西翻，默不作声。

　　牢房就这么大点地方，大汉们将王雪拽了起来，几人把床垫割开，也没有发现任何药品的痕迹。

　　这时一名大汉走了出来，他盯着矮自己不少的陈海明问道："我记得这个女人前几天病恹恹的，今天怎么就好了？"

　　陈海明大声回答说："那你也应该知道她之前病得有多重。你见过吃了药不到一个小时，这么重的病就能好的人吗？！"

　　陈海明的声音穿透了整个牢区，其他囚犯又纷纷议论起来，觉得陈海明说得没错。

　　亚伯拉罕没再理会陈海明，直接命令道："打开牢笼！"

　　只听几名亚裔的青年玩命地哭喊出来："不！不要！"

　　"啊啊啊啊！"

　　"我不想死！"

　　野兽们奔出牢笼，很快便将这些亚裔青年囚犯的肉啃食一空。沙地上布满了鲜血、人骨与野兽不甚喜欢的五脏六腑。

　　比尔看着这一切，内心不禁越来越害怕这个叫陈海明的东方人了。他趁陈海明没注意的时候离开了。

　　陈海明发现比尔不告而别，便走进牢房，看着坐在床上的王雪，用中文说："躺下吧，我刚才给你吃的退烧药只能让你坚持一小会儿。待会儿你还会发烧，没准比之前更难受，还得再吃几天抗生素才能好转。"

　　王雪点点头，随即躺在床上，慢慢又蜷缩了起来。

　　当晚，夜里十二点多，牢房外传来脚步声，陈海明警觉地翻床起身。他发现脚步声在自己牢房前停住了。陈海明先是瞥了眼王雪，只见她并没有醒，神情略微有些痛苦地躺着。他蹑手蹑脚地走到牢房的门跟前，向外看去，是两名男性站在那里。其中一人是狱卒。在看清另外一人的面容后，陈海明吃惊地低声说道："是你？你怎么也进来了？我记得你不是融合者。"

这人伸手递给陈海明一张纸条，淡淡地说："照顾好我的妻子，明天我就会来看她。"

陈海明接过纸条，点点头。

随即这人便被狱卒带往了更下层的牢房。

离陈海明牢房不远的比尔此时辗转反侧，难以入眠。他也听到了脚步声，起身站在牢房门边上，隐约瞥见了陈海明和那人的低声交谈。他觉得陈海明实在太危险了，自己应该和他保持距离。

第二天一早，牢房门刚打开没一会儿，比尔还在洗漱，只听到牢房门口有一个声音说："我需要你的帮助。"

比尔回头看去，说话的人正是陈海明。比尔用毛巾擦干脸，警惕地问："什么忙？"

陈海明走上前，低声解释说："我们要揭发凯恩主教。"

"揭发？"

"是的，他和他的司事之间有一些见不得人的事情。"

比尔不敢置信地看着陈海明："你疯了吗？如果你揭发他，不就等于承认了司事是你杀的？还冤枉了那些亚裔。"

陈海明看向比尔的右手说："难道你不想吗？不想为你的右手报仇吗？"

比尔摇摇头，坚决地说："我不会因为仇恨而冲昏头脑。如果你要这么做，请不要把我牵扯进去！"

陈海明冷冷地说："这么多人都看到你和我走得很近，你真的觉得自己可以置身事外吗？"

比尔警告说："别忘了还有王雪，难道你连她的安危也不顾了吗？"

"我从没有这么说。"

"你到底要干什么？揭发主教到底对你有什么好处？"

陈海明越发靠近比尔，耳语道："当然有，因为这关乎我们几个人是否可以离开这里。"

比尔吃惊地看着陈海明，说："什么？怎么可能？绝对没有融合者可以离开这里！政府是绝对不会允许这样的事情发生的！否则亚伯拉罕·克里夫顿早就可以离开了。"

陈海明将一张纸条展开来，低声说："信不信由你，但我希望你先看看这个。"

比尔冲陈海明手里的纸条看去，只见纸条上写着"国际社会已经知道了，攻占这里，我将赋予你们自由"，署名是 C 外加一个 F。比尔有些怀疑地念道："C……F……这信难道是法门中校写的？"

陈海明点点头。

比尔紧接着又问："这是谁给你的？"

"一个刚来的囚犯。"

"你怎么知道他值得信任？"

"因为在监狱外面我就认识他，而且他还不是个融合者。"

"什么？"比尔更加不敢置信。

陈海明继续说服道："你知道法门中校在这个监狱里没什么话语权，看起来我们可以和他做一笔交易。"

"就算都是真的，可法门中校值得信任吗？"

"这是一场赌局，我们的身家都已经下进去了，难道不开牌我们就直接认输吗？"

比尔摇摇头，有些激动地举着胳膊说："我已经成这样了，我不想再失去更多。"

看到无法说服比尔，陈海明也不想强行逼迫："好吧，我不会勉强你，只是希望你以后不会为了今天的决定而后悔。"

比尔没再多说，陈海明便知趣地离开了。比尔内心十分矛盾，对陈海明的建议他也有点心动。他走出牢房，朝陈海明的牢房那边望去，只见陈海明在和另外一名亚裔中年男性说着话，难道这个人就是新来的？

这时，身旁一个路过的囚犯冲比尔挑衅说："那个中国人有了新欢，就不要你了吧。"

比尔没吭声，只是冷冷地瞥了说话人一眼。这样的挑衅遇到的实在太多了，更何况自己没了手，想打人都做不到。

饭点，比尔随着众人的脚步去往饭堂。就在比尔端着盘子准备坐下时，突然瞥见陈海明和一个人径直走向饭堂通往小教堂的出口。那人骨瘦如柴，看起来十分虚弱，或许是肾脏被摘走了一个。他是教会的成员，比尔曾经在小教堂里看到过他。果不其然，那人拿出了十字架，守卫们随即放行。比尔放下盘子，不安地吃了两口，便起身也走向了小教堂。

穿过走廊，推开门，教堂里的人们在专心听课，唯有比尔在打量着四周，找寻陈海明的踪迹。比尔发现，通往司事与凯恩主教休息室的侧门处，多了两个守卫。现在想混进去已经没有可能了。可陈海明如果找不到证据，恐怕不会有人相信凯恩主教和司事之间有着不正当关系。虽然谁都知道教会实际的掌控者是亚伯拉罕，贩卖融合者的器官需要亚伯拉罕来操作，但凯恩主教的地位依旧非常重要。他是教会在囚犯们心中的代表，平时都以和蔼可亲的智者形象示人。如果大家知道他和司事有染，那整个教会很有可能就此垮掉。毕竟为了教会，很多人已经失去了手脚。如果他们知道自己其实是忠于一个如此龌龊的败类，相信局面一定很难收拾。是任由陈海明这么干下去，还是去举报他们，维持住监狱和教会的现状？比尔内心激烈碰撞，十分煎熬。他坐在长椅上左右不是，双腿不停抖动。

旁边的人有些不耐烦，冲比尔问道："你怎么了？"

比尔看了对方一眼，没有吭声，勉强控制住了抖动的双腿。静等许久，讲课才结束。其间，比尔没有看到有任何人进出那个侧门。他心想，难道陈海明放弃了吗？可就在这时，突然一个白人走向了凯恩主教。比尔仔细盯着这个白人，居然觉得他眉骨之间有那么点像亚伯拉罕·克里夫顿，便赶紧起身，也朝主教那边走去，想凑近了听听俩人在说什么。

离得近了，只听那个白人对凯恩主教说："相信你应该认得我。"

主教推了推眼镜，有些惊愕地望着白人问道："菲利克斯，你夺回了身体吗？"

听到菲利克斯这个名字，不远处的比尔惊呆了。他心想，难道这个白人就是亚伯拉罕的弟弟——菲利克斯·克里夫顿？

只见菲利克斯点点头。

主教看向周围，说："你出现在这里很危险，我们去别处再说。"

看着凯恩主教带着菲利克斯就要走向侧门，比尔急忙喊道："凯恩主教！"

这时，不止凯恩和菲利克斯，没有离去的众人和守卫们的目光也都纷纷转向比尔。

比尔抬起手指着菲利克斯对凯恩主教说："你不能相信他！那个中国人具有控制他体内所有人格的能力！你眼前的菲利克斯根本不是他本人，而是那个中国人陈海明在操控！"

比尔的话，瞬间便让凯恩主教从菲利克斯的身边退开了一步，但他依旧有些怀疑地看着比尔问道："你怎么知道的？"

比尔有些颤抖地说："他的体内还有一个女性人格。他就是利用这个人格，在昨天杀死了守卫和司事，进入库房偷走了抗生素。那些抗生素就是给和他同一个牢房的女性融合者吃的！"

主教凯恩打量了一眼菲利克斯，又冲比尔问："你为什么会知道这一切？"

比尔被这样一问，一时语塞。突然他发现在揭露陈海明的同时，无疑也暴露出自己是同谋，顿时无比后悔，脸色苍白，手足无措。

菲利克斯的神情此时也有些暗淡、失望。他盯着比尔为自己辩解道："凯恩，你真的相信这样一个无名小卒的话吗？什么控制其他人格，我们根本从来没见过这样的能力，这只是他瞎掰出来的谎话，或许他也有过亲人变成了融合者，也被卖去了黑市，他只是想要报仇而已。"

凯恩主教想了想，接着冲比尔问道："你是说他体内还有一个女人？"

比尔点点头："对……他恐怕就是利用这个女人，让守卫放松警惕，再……"

凯恩主教点点头："嗯，别的目击者也看到了一名女性走进那个侧门。我们之前以为这名女性是那个亚裔团体中的一员……"

菲利克斯则更加激烈地辩解说："哼，凯恩，你真的要相信这样一个家伙吗？他怎么能证明我身体内还有一个女性人格呢？他根本只是在胡说八道而已。"

这时，比尔缓缓地道："我有办法能证明。"众人齐刷刷又看向比尔。只听比尔接着说道："陈海明牢房中，现在还有两个人，一男一女，他们似乎是很亲密的关系，还都和陈海明认识，一定知道真相。"

听比尔这么说，菲利克斯睁大双目，因为他知道只要王雪有难，刘勇一定会将所有秘密和盘托出，自己必定百口莫辩。

几个小时之后，四个人站在了环形牢房区的最底层的沙地上，他们是陈海明、刘勇、王雪和比尔。

比尔恐惧地看着四周，他不知道那些牢笼何时会打开，野兽何时会扑向自己。

刘勇抱着王雪，不断地安慰道："别怕，有我在呢，别怕。"

陈海明则看着铁梯的最上方站着的亚伯拉罕·克里夫顿和凯恩主教喊道："你们真的打算处死我吗？亚伯拉罕，我的体内可是有你弟弟的人格。"

亚伯拉罕鼓足声音愤怒地说："他的人格已经被你彻底融合掉了，我的弟弟已经不存在了！而你，要为此付出最惨痛的代价。"亚伯拉罕的话音一落，囚犯们又开始了富有节奏的怒吼和敲击！

陈海明盯着四周，听栏杆升起的声响传来，他明白这些凶猛的野兽即将被放出牢笼……

在重刑犯的牢房里，法门中校站在曹卫民的牢房门前缓缓说道："亚伯拉罕已经知道了一切，他对我下手也只是时间问题。"

身着囚服的曹卫民回应说："打开牢房门和通道，我要去救他们。"

"你要和那些野兽搏斗吗？你会死。"

"我不会死，因为它们同样也将会和一头野兽搏斗。"

法门中校朝一旁的狱卒点点头，随即所有重刑犯的牢房门都被打开，曹卫民走出牢房，大声怒吼道："兄弟们，到了我们该上场的时候了！"

重刑犯纷纷走出牢房。

法门中校掏出手枪说："我来带路。"

曹卫民点点头，大声道："跟着法门中校！"

看着四周慢慢步出牢笼的猛兽，比尔吓得瘫坐在地。陈海明过去一把拉起他说："不要显得怯懦。越怯懦就越容易受到野兽的攻击！"陈海明不断转身，和比尔一同绕着王雪和刘勇，尽量不让后背长时间对准某一头野兽。尽管这些猛兽之间并不会合作，不断相互吼叫，偶尔还会撕咬，但扑向他们是迟早的事。

鬣狗诡异的叫声传来。陈海明深吸一口气。他怕野兽一拥而上，便拿出了藏在身上的小刀，突然冲向了一只鬣狗。一瞬间，鬣狗也扑向陈海明，跳起来想咬陈海明的脖子！陈海明一个侧身闪躲，脑袋躲开了鬣狗的血盆大口，但也被鬣狗扑倒在地。陈海明没有多想，一刀插进了鬣狗的肚子！刹那，鬣狗发出哀号！陈海明用左胳膊勒住了这只鬣狗的脖子，让它的嘴不能对准自己，不断抽插小刀，直到鬣狗一动不动。

推开鬣狗的尸体，陈海明全身已经沾满鲜血。而刚才鬣狗的哀号和这满地的血无疑让其他猛兽迟疑了一下，没有贸然扑向陈海明。

这时一柄砍刀被一名囚犯从上面扔到了沙地上，比尔赶紧捡起来。

陈海明抬头望去，只见一名白人囚犯说："中国人，这算是我对你保护无辜者的敬意。"

陈海明点头致谢，接着看向比尔说："你会用那玩意吗？"

刘勇这时松开王雪，扶着比尔的肩膀，将他手中的砍刀夺过来说："看着我的妻子。"接着眼睛直直地盯住面前的野兽，手中的刀越握越紧。

公狮发出低吼，眼睛也直勾勾地盯着刘勇。

随着呼吸声越来越轻，公狮猛然嚎叫了一声，扑向刘勇！

刘勇赶紧向旁边一记翻滚，躲开了这一扑。但显然狮子的肌肉与灵活度让它能以更快的速度再次扑向刘勇。

千钧一发之际，没有其他办法，为了救刘勇，陈海明一把将手中的小刀朝着狮子狠狠地扎了过去！这一下小刀居然正好扎中了狮子面门，霎时间鲜血四溅。

而刘勇则在狮子巨爪落下砸中自己的一瞬间，横向一滚，躲开了这头公狮。瞬间起身，挥舞起砍刀，直朝公狮的左眼扎了下去。

瞎了一只眼，公狮漫无目的狂舞着，来对抗疼痛与黑暗中的恐惧！

刘勇没来得及将砍刀拔出来，便赶紧后撤跳开。此时即使被狮子的爪子刮到也不是闹着玩的。

陈海明和刘勇对视了一眼，他们手中的武器皆在狮子的面部，如今两手空空，场地里还有其他猛兽。该怎么办？俩人心中不禁有些打鼓。

或许是感觉到了陈海明与刘勇不好对付，猛兽们竟然逐渐向王雪和比尔围拢过去！而隔在他们之间的是那头正在挣扎的公狮！

此时陈海明和刘勇哪里还顾得上自身安危，二人同时冲了过去。就在从公狮面前穿过的那一瞬间，二人竟不约而同地将各自的武器一下子拔了出来。不过陈海明还是被狮子的爪子挠到了前胸。一瞬间，他倒地，连滚了好几个圈。

刘勇没时间理会陈海明，急忙朝王雪和比尔跑去。他挥舞着砍刀，一下子冲到另一只鬣狗身后，抡刀就砍，头上传来犀利的气流声让鬣狗警惕地蹦开了。鬣狗回身咬着牙，伏低身子和刘勇对峙着！

刘勇也学着野兽，不断地发出低吼。

其他几只野兽此时也被刘勇所吸引，纷纷转向了他！

　　刘勇发现，救了王雪，自己却陷入了被猛兽围攻的境地。

　　陈海明捂着不断渗血的胸口大喊道："跑！跑到狮子后面！"

　　听到陈海明的喊话，刘勇随即回身疾跑。跑到公狮跟前，他一个翻身，越过狮子的后背，闪到了另一边！

　　果然，那些野兽忌惮狮子的威慑力，一时间不敢过来！

　　刘勇瞥了眼陈海明问："你怎么样？"

　　陈海明站起身，看向自己胸口那几道有些吓人的血痕说："大概死不了。"血不断地渗出，陈海明喘着粗气，觉得头晕，但还是勉强支撑住身体，他也害怕那些野兽趁机攻击自己。

　　就在这时，一个声音从上至下穿透了整个监狱："陈海明，我来了！"

　　陈海明不敢抬头看去。他认得这个声音！是曹卫民的！

　　脚踏铁梯的纷乱声音渐大，曹卫民与众多重刑犯在法门中校的带领下来到了环形监狱，隶属亚伯拉罕的警卫和狱卒们不明所以，并没有阻止他们前行，而是纷纷闪开。曹卫民冲在最前面，在离地面还有相当一段高度时，便手撑着栏杆，直接越了过去，跳到地面，冲那些鬣狗怒吼："啊啊啊啊！"

　　更多的重刑犯也随着曹卫民跳了下去！这些重刑犯虽然赤手空拳，但在曹卫民的带领下，看起来各个面无惧色。

　　法门中校站在栏杆边，看着沙地中央的情况。但很快他就被亚伯拉罕周边持枪的警卫和狱卒按在地上，铐了起来。

　　亚伯拉罕盯着趴在地上的法门中校说："你疯了吗……居然敢把重刑犯带来这里？"

　　重刑犯们将陈海明、王雪他们里三层、外三层地围了起来！

　　陈海明冲站在最前端的曹卫民说："接着！"便将刘勇手中的砍刀拿过来扔给了他！

　　曹卫民接过砍刀，冲陈海明点点头，面向那些鬣狗。他也不冲上去急攻，只是原地摆出架势，等着鬣狗一只一只扑上来。

随着诡异的叫声！一只鬣狗扑了过来！一下便扑倒了一名重刑犯，不断地撕咬。没有时间再对峙，曹卫民当即也扑上去一刀扎进鬣狗侧面的肚子里，更用尽全身的力气将鬣狗翻倒在地，试图救下那位重刑犯。接着，曹卫民再次扑到鬣狗身上，用全身的重量压住它，一只手按住其脖子，不断猛砍，将鬣狗的脑袋剁成了肉酱！看鬣狗一动不动，曹卫民起身，回头看去，那名被扑倒的重刑犯脖子已经被鬣狗一口咬烂，不断涌出鲜血，看起来没救了。

鬣狗们似乎没有害怕的意思，纷纷扑了上来和重刑犯们扭打在一起。可武器实在有限，更多人只能以血肉之躯和鬣狗的尖牙搏斗！霎时间，整个沙地上鲜血飞溅，哀号与怒吼交织着。受伤的陈海明与王雪他们一同看着眼前这无比惨烈的搏杀。

最终在重刑犯们的顽强搏杀和曹卫民不断挥舞的砍刀下，大多数鬣狗都躺在了地上奄奄一息。而那头公狮也筋疲力尽，站在原地不断地低吼。

曹卫民浑身鲜血淋漓，喘着粗气，扫视四周。不光鬣狗，重刑犯们也是死伤惨重，好在陈海明他们没有再受到攻击，而眼前的威胁只剩下了那只瞎眼的公狮。曹卫民慢慢挪动步伐，举着刀靠近狮子瞎眼的那一侧。走在沙地上，很难不发出脚步声。狮子耳朵稍稍一动，立即转向了曹卫民，匍匐着，摆出了即将扑上去发动攻击的姿势。

陈海明站出来，拿着小刀从身后慢慢靠近公狮。他和曹卫民对视了一眼，点点头打了个暗号，随即疾速跑向狮子！

就在公狮回身的一瞬间，曹卫民冲了上去，直接跳起，扑到了公狮的背后，用砍刀直接扎了上去！疼痛难当！公狮不断地蹦起来，挣扎着想把身上的曹卫民和砍刀统统甩出去！可曹卫民紧紧握住刀柄，并不松手！公狮疯狂地挣扎了好一阵，突然间，"砰"的一声！砍刀应声而断，曹卫民被甩了出去！好在这头狮子已经受伤严重，它并没有第一时间攻击倒地的曹卫民！曹卫民一个鹞子翻身，后退了几步，接着大叫一声，再次冲狮子撞了过去！

　　一瞬间，曹卫民居然将几百斤的狮子掀翻在地。陈海明趁势一把将狮子背后的砍刀拔出扔给了曹卫民，曹卫民拿着砍刀就扎进狮子的肚子，接着怒吼着横向一划！"啊啊啊啊！"霎时间，公狮长声哀号，四肢不断蹬踹，鲜血和内脏一起从被割开的肚子处涌了出来！所有观战的人都屏住了呼吸！

　　曹卫民站起身，满脸满身都染着血，接着也是长声怒吼。"啊啊啊啊啊啊！"这吼声震彻整个环形监狱。这个比狮子还要勇猛的男人，震慑了监狱中的每一名囚犯。

　　但这监狱中依旧有着大批憎恨陈海明，憎恨菲利克斯·克里夫顿的人。这时，一名壮汉跳入了底层的沙地上。大汉脱掉了上衣，指着陈海明怒吼道："菲利克斯·克里夫顿就在你的体内，而你也协助过他，那些家伙在我的面前肢解了我的亲人，我要为她们报仇！！"大汉越说越激动，声音传到了监狱的角角落落！囚犯们群情激奋！不少人随着大汉怒吼了出来，表达着内心的愤怒与不满！

　　曹卫民恶狠狠地盯着大汉没有吭声。

　　陈海明则坚定地回答道："菲利克斯·克里夫顿确实被我吞噬了，如果你们真的想来报仇，我绝不会逃避。如果你认为杀了我，就能慰藉你的家人，那就来吧，看我们到底谁会葬身在谁的身前！"

　　曹卫民走过去几步，正好挡在陈海明和大汉之间，将砍刀扔在地上说："来吧，我也不用武器。"

　　在曹卫民和野兽搏斗时，大汉已领教了曹卫民的厉害。曹卫民往他和陈海明之间一横，他自然不敢贸然扑上，而是冲着高处怒吼道："你们还在等什么？为什么我们不该趁着这个机会讨回一切！让那些将我们当作商品拿去贩卖的人付出代价？包括那两个人！"随着大汉的手指，众人看向了站在最顶端的凯恩主教和亚伯拉罕·克里夫顿！

　　山呼海啸般的吼叫声此起彼伏，不少囚犯已经被大汉的几句话勾起了心中的愤慨。突然间，随着又一个囚犯带头，不断有囚犯跳进了底层的沙地上；还有不少囚犯逼近最高层的亚伯拉罕和凯恩主教，看气势似乎要把他俩一并扔进牢底的沙地！

陈海明、刘勇、曹卫民与余下的重刑犯们渐渐靠近，背对背贴在一起，越来越多的囚犯跳入场地里，将他们包围了起来！

陈海明紧张地望向四周，围攻他们的人数渐多，唯一值得庆幸的是这些囚犯没有武器，否则以这个人数，只怕很快自己和曹卫民就会被剁成肉泥。

比尔慌张地喊道："没希望了，我们死定了！"

"上啊！"突然间，大汉一声吼叫。

人群冲向了沙地正中间的陈海明一行人！

面对抡拳冲上来的囚犯，曹卫民低头，一记上勾拳，一瞬间便将对方打至下巴牙齿粉碎，接着一巴掌拍在对方右脸上，对方一下子倒地，再起不能。马上又有一个人冲上来，曹卫民右手将其抡来的胳膊向旁边一挡，顺势转了一个身，跃起，加上惯性的力量右脚扫在对方的左脖子上，将其踢倒在地。

随即又有两人扑上来，曹卫民伸出一脚踢中一人的肚子，接着回身时，另一人已经冲上来抱住了自己。不想曹卫民力大无比，直接拎起这人，向后一扔，两个囚犯重重地撞在了一起。曹卫民乘势冲上去，抬起一脚，踹在一人的脸上，又俯下身子，一拳砸在另一人的头上。

这时有一名囚犯趁机扑上去，从身后抱住了曹卫民，不断用拳头砸曹卫民的脑袋。曹卫民起身，反手抓住身后人的脑袋，一个弯腰，向前一拽，将这个囚犯直接甩了出去，重重地砸在地上。曹卫民一发狠，抬脚直接跺了下去，囚犯的脸骨一下子凹陷进去！

有囚犯继续冲上来，曹卫民也驱前几步，一个俯身，右手直接勾住对方的两腿之间，接着用肩膀扛起了囚犯，向另一个方向扔了出去，更狠的是伸出一脚，踹在没有落地的囚犯后背，囚犯脊背折断的同时，撞向了一干囚犯，砸得这伙人纷纷坐倒在地。

"啊啊啊啊啊啊！"曹卫民一声长吼，冲向了倒地的众囚犯。只见他踩在囚犯的身上一跃而起，一脚端在另一囚犯的脸上，随后主动出击，左闪右躲之间来回出拳，几下便又打倒了数名囚犯！

渐渐地，曹卫民也开始中拳，不知不觉间嘴里已经含满了鲜血。"啊啊啊啊！"曹卫民狂吼之间，鲜血喷溅，周围的囚犯一时间不敢再冲上来！

突然间，一名囚犯跑过来，伸出一脚。他竟也想学曹卫民的动作。可一瞬间，曹卫民抓住他的脚，向上一掀！对方直接后脑着地，脊椎被自己的体重压断！

又有一名身高十分恐怖的大汉冲了上来，他一把拿住了曹卫民的肩膀，竟将曹卫民直接拎起来。曹卫民岂会束手就擒，伸出双手重重地拍在了大汉的双耳之上！大汉被震得头晕眼花，松开曹卫民，倒退了好几步，弯着腰，手扶着头部。

曹卫民冲上去，大汉伸出手想要够他，但曹卫民闪到大汉身后，双手一把勒住了大汉的脖子和脑袋，大吼一声，用力一掰，大汉随即倒地，当场毙命！

或许是受到曹卫民的鼓舞，余下的重刑犯们也不再惧怕，不断地挥舞着拳头，不断地搏杀。可囚犯的人数实在太多太多！重刑犯们不断地有人倒下，却没有更多人补充进来。如此消耗下去，就算是曹卫民也迟早会顶不住。搏杀依旧在继续，足足持续了十几分钟……

在打倒了眼前的人之后，陈海明后退了几步。他感觉有些腿软，被身后的刘勇一把扶住说："坚持住！"

生死关头，"砰"一声枪响震彻整个环形监狱。沙地上打斗的重刑犯与囚犯们都停住了手脚。向上面望去，只见沙地上方不远处的铁梯上，法门中校端着一把枪，亚伯拉罕和凯恩主教已经被控制。原来是狱卒中有人看到情形不对，反叛了亚伯拉罕，解开了法门中校的镣铐，希望法门出面控制住局势。

法门中校用枪对准沙地，说："如果有人敢再动手，我就不客气了。"

囚犯们都愣在原地，谁也没有想到事情会发展到这个地步。

法门中校似乎没打算下到沙地上，只是冷冷地说："中国人还有重刑犯，你们上来，其余的人不要动。"

陈海明长出一口气，盯着四周冲自己怒目而视的囚犯，和曹卫民等人一同慢慢走上了盘旋的铁梯，他胸口的伤势已经因为融合者特殊的自愈能力逐渐愈合了。

路过法门身旁，法门瞥了一眼曹卫民说："继续走，走到最上面。"

曹卫民点点头，便和陈海明一同向更上方而去。

六

三天后，曹卫民驾驶着一辆黑色的越野车，车里坐着陈海明、刘勇、王雪与比尔。陈海明看着前方仿佛没有尽头的国道说："离我们到达边境还要多久？"

曹卫民回答道："不远了。"

陈海明总是不安地看向反光镜，他怕有车在跟踪。

又过去了半个小时。前方不远就是边境，入境美国的车队大排长龙。出境的也不少，曹卫民将车停在了出境队伍的最末尾。

出境的车子越排越多，通过边境的手续时间有点长。陈海明不断瞥向四周的汽车，观察有没有可疑的人坐在里面。

曹卫民紧握着方向盘，他也有些紧张。只要能通过边境就安全了，那边有人在等他，而在没有过境之前，随时有可能会被美国政府派来的部队拦下来。

比尔有些着急地问："车队为什么不走？"其他人都默不作声。比尔继续说，"我们真的要相信那个叫保罗的人吗？什么最右侧的通道可以让我们离开美国。可他的目的是什么？他为什么要救我们出来？"

曹卫民冷冷地说道："闭嘴，陈医生愿意把你从那个监狱里带出来，你该感到庆幸。"

刘勇这时不安地用中文说："他说的并非没有道理，那个叫保罗的人到底有什么目的？就这样平白无故地将我们救出来，还好心把我们送出美国，让我们能和中国人会合？"

听着其他几人的话，陈海明没有吭声。他看到不远处边境旁海关大楼里有个人正站在窗边打量着他，而那个人他还认识，是盖尔。

盖尔和陈海明对视了一眼，比出嘘的手势。

曹卫民冲陈海明问："你觉得呢？"

陈海明回答道："我说不好。"

曹卫民感觉到陈海明似乎有些心事，问："你怎么了？"

陈海明遮掩道："我也觉得不安，好运气来得太突然了。"

曹卫民冲大家安慰道："我们马上就要越过边境，只要到了墨西哥那边就好说了。"

陈海明又望向盖尔那个方向，盖尔似乎已经进到房子里了。

随着前边出境人员的放行，曹卫民慢慢将车开到检查栏前。他踩下刹车，打开车窗，看向岗亭里的工作人员。

工作人员说："护照。"

这出乎了曹卫民等人的意料，因为他们刚从监狱里出来，肯定没有正式身份，也不可能携带着护照这种东西。

比尔不安地喃喃道："我就知道，我就知道这一定是个陷阱。"

刘勇赶紧提醒说："安静。"

曹卫民看着工作人员说："保罗·吉伦让我们走的这条通道。"

工作人员听了，随即走出岗亭。一旁的士兵也走到汽车旁，端着枪敲了敲车窗，让陈海明把这边的窗户也打开。

陈海明降下车窗，只见士兵打量了自己一通，接着说："先生，你得下车。"

车上的人都很吃惊，但士兵看着陈海明，接着说："只有你，先生。"

陈海明回头看了一眼车里人，最后又瞥了眼王雪，随即推开车门，举着双手下了车。

刘勇低声冲曹卫民问："你就让他这么被带走了吗？"

曹卫民没回应。他看到不光周围有好几个手持自动步枪的士兵，连不远处的房子上都布有狙击手，正瞄准自己，随时可能扣下扳机……

陈海明下了车，被士兵带入了边境通道一旁的海关大楼。

紧接着汽车前方的栏杆被打开，工作人员说："你们可以走了。"

曹卫民随即踩下油门，驶出了边界。沿着国道行驶了大约一公里后，见路旁有几辆黑色的汽车正等在那里。曹卫民踩下刹车，将车停在一旁，招呼几个人都下了车。

等在路边的人全是东方面孔。其中一个穿着白衬衫的中年男人上前和曹卫民握手说："曹队长，你可算越过了边境。"

曹卫民则指了指身后介绍说："他是刘勇，那是他妻子王雪，他们都是中国人，我们得带他们一起回去。"

"没问题。"中年男人一边点头，一边看向比尔，有些奇怪地问："这个没有手的白人难道是陈医生？"

曹卫民摇摇头。

中年人赶紧又问："那陈海明呢？"

曹卫民说："他被拦在了边境。"

中年人吃惊地问："什么？你说什么？曹队长。"

曹卫民再次解释道："他被边境的士兵带走了，我没能把他带出来。"

中年人指着曹卫民厉声说道："曹队长！他如今的能力有多特殊、多可怕，你不是不知道！"

曹卫民胡噜了一下头发说："是的，相信将他带走的人也知道。"